U0145053

陳艷平、張新杰 主編

TOPIK．韓語測驗

中級單字

文字復興有限公司 印行

目錄

► **가까워지다** 動 變近，親近

衍生片語　시간이 ～（時間逼近），친구와 ～（和朋友關係親近）

常用例句　음력설이 가까워졌다.
春節近了。
그녀와 가까워질 방법이 없었다.
沒辦法和她親近。

相關詞彙　가깝다（近），근접하다（臨近），멀다（遠），사이 좋다（關係好）

► **가까이** 名 副 近處

衍生片語　서로 ～ 있다（彼此接近），～ 다가가다（靠近）

常用例句　이쪽으로 가까이 오너라.
往這邊靠近一點。
그를 두 시간 가까이 기다렸지만 만나지 못했다.
等了他將近兩個小時，還是沒見到他。
그와 나는 가까이 지내는 사이다.
他和我走得很近。
집 가까이에서 놀도록 해라.
在住家附近玩。

相關詞彙　가깝게（近），친하게（親近），멀리（遠）

► **가꾸다** 動 ①精心打理　②打扮，裝飾

衍生片語　논밭을 ～（打理農田），정원을 ～（整理庭院）

常用例句　화단에 아름답게 핀 장미꽃을 보니, 그동안 장미를 열심히 가꾼 보람을 느낀다.
看到花壇中綻放的玫瑰花，體會到這段時間精心栽培它的意義。
황무지를 잘 손질하여 수확이 좋은 밭으로 가꾸었다.
把荒地整理成了良田。

相關詞彙　키우다（培養），꾸미다（裝飾），손질하다（修理，修整）

► **가난하다** 形 貧困，窮

衍生片語　가정이 ～（家境清寒）

常用例句　어머니가 장기간 치료를 받는 통에 가정이 매우 가난해졌다.
母親長年接受治療，所以家境變得十分清貧。
그는 집이 너무 가난해서 초등학교도 못 마치고 일자리를 찾아 나서야 했다.

由於家境貧寒，他連小學都沒畢業就不得不找工作了。

相關詞彙 어렵다（艱苦），빈한하다（貧寒），넉넉하다（富足）

► **가늘다** 形 細，纖細

衍生片語 실이 ～（線細），맥박이 ～（脈搏微弱）

常用例句 실이 머리칼보다도 가늘다.
線比髮絲還細。
허리가 개미처럼 가늘어서 무슨 힘을 쓰겠어.
腰像螞蟻一樣細，能有什麼力氣。

相關詞彙 굵다（粗），날씬하다（苗條）

► **가능성[-썽](可能性)** 名 可能性

衍生片語 ～을 점치다（預測可能性），～이 크다（可能性大），～이 희박
하다（可能性渺茫）

常用例句 오늘 밤에는 비가 올 가능성이 높은 편이다.
今天晚上下雨的可能性很大。

相關詞彙 현실성（現實性）

► **가능하다(可能-)** 形 可能

衍生片語 가능한 방법（可能的辦法），가능하게 되다（成爲可能）

常用例句 가능한 모든 수단과 방법을 동원했지만 그를 설득할 수는 없었다.
用盡所有可能的手段和方法，但還是沒能說服他。
컴퓨터 통신의 발달로 전 세계 사람들과 정보 교환이 가능하게 되
었다.
由於電腦通訊的發達，讓和全世界的人們交換訊息成爲可能。

相關詞彙 불가능하다（不可能）

► **가득** 副 滿，滿滿

衍生片語 ～ 차다（裝滿，擠滿），～ 따르다（倒滿），～ 서리다（彌漫）

常用例句 술잔이 넘치도록 술을 가득 따랐다.
把酒杯倒進滿滿的酒。
술집 안에는 사람들이 가득 차서 왁자지껄 떠들어 대고 있었다.
酒吧裡擠滿了人，正大聲地喧嘩。

(相關詞彙) 그득（滿滿的），잔뜩（滿滿的）

► **가득하다[-드카]** 形 滿，滿滿

(衍生片語) 사람이 ～（擠滿了人），냄새가 ～（彌漫著氣味）

(常用例句) 방 안에 사람들이 가득했다.
房間裡擠滿了人。
봄철의 뒷산엔 꽃향기가 가득했다.
春天的後山彌漫著花香。

(相關詞彙) 가득 차다（充滿）

◄ **가로** 名 橫

(衍生片語) ～ 방향（橫向），～ 건너다（橫渡）

(常用例句) 이 방은 가로가 4미터나 된다.
這個房間寬4米。
서가들을 가로로 배열하면 훨씬 많이 놓을 수 있다.
如果將書架橫著擺，就能放更多。

(相關詞彙) 횡（橫），세로（豎）

► **가루** 名 粉，粉末

(衍生片語) 분필 ～（粉筆屑），～를 내다（製成粉末），～가 곱다（粉末精細）

(常用例句) 체로 가루를 곱게 친다.
用篩子將粉末篩得精細。
고추를 빻아 가루로 만든다.
將辣椒磨成粉末。

(相關詞彙) 분말（粉末）

◄ **가리다** 動 ①區分，挑選　②（小孩）怕生

(衍生片語) 우승 팀을 ～（挑選優勝隊伍），낯을～（怕生）

(常用例句) 잘못된 문장을 가려서 바르게 고치세요.
請挑出錯誤的句子，並將其改爲正確的句子。
그는 돈을 버는 일이라면 수단과 방법을 가리지 않았다.
只要是能賺錢的事情，他從不管手段和方法。
낯을 보통으로 가리는 아이가 아니다.
這個孩子不是一般的怕生。

（相關詞彙）고르다（挑選）

▶ **가리다** 動 遮蓋，遮掩

（衍生片語）시야를 ～（遮住視野），손으로 얼굴을 ～（用手將臉遮住），눈물이 앞을 ～（眼淚模糊了前方）

（常用例句）안개에 가려서 앞이 잘 안 보인다.
因爲大霧彌漫，所以看不清前方。
우리 집은 앞 건물에 가려서 햇볕이 잘 들지 않는다.
我們家被前面的建築物擋住，所以陽光照不進來。

（相關詞彙）감싸다（遮掩）

▶ **가리키다** 動 指，把……叫做……

（衍生片語）방향을 ～（指明方向），손으로 ～（用手一指）

（常用例句）그는 손가락으로 북쪽을 가리켰다.
他用手指指向了北方。
모두들 그 아이를 가리켜 신동이 났다고 했다.
所有的人都指著那個孩子説：「神童出現了」。

（相關詞彙）지시하다（指示），지적하다（指出）

▶ **가만히** 副 悄悄地，靜靜地

（衍生片語）～ 살다（靜靜地生活），～ 생각하다（靜下來想一想），～ 앉다（靜靜地坐著）

（常用例句）그는 지금 몇 시간 동안 아무 말 없이 가만히 앉아만 있다.
他已經好幾個小時沒説話了，只是靜靜地坐著。
집에 가서 가만히 생각해 보니까 내 잘못도 있었다.
回到家後，靜靜地想一想，我也有錯。

（相關詞彙）조용히（安靜地），잠자코（靜靜地）

▶ **가스(gas)** 名 ①氣體 ②瓦斯，煤氣

（衍生片語）질소 ～（氮氣），～가 누출되다（瓦斯漏氣）

（常用例句）가스레인지가 안 켜지는 걸 보니 가스가 다 떨어졌나 보다.
瓦斯爐點不著火，好像是瓦斯用光了。

（相關詞彙）기체（氣體）

ㄱ

► **가슴속(-쏙)** 名 心裡

衍生片語 ～ 깊이 간직한 추억 (珍藏在內心深處的回憶)

常用例句 그는 일기장을 펼쳐 가슴속에서 우러나오는 대로 적었다.
他打開日記本，記下自己內心深處流露出來的思緒。

相關詞彙 마음속 (內心)，심중 (心中)

가이드(guide) 名 導遊

衍生片語 친절한 ～ (親切的導遊)，～ 자격 시험 (導遊資格考試)

常用例句 친절한 가이드의 안내로 즐거운 여행이 되었다.
導遊熱情的講解，讓我們的旅遊很愉快。
첫 해외여행에서는 통역을 겸한 가이드가 필요하였다.
第一次海外旅行時，需要同時能擔任翻譯的導遊。

相關詞彙 안내원 (解說員)

► **가져가다** 動 拿走，帶走

衍生片語 책을 ～ (把書拿走)，가방을 ～ (把書包拿走)

常用例句 이책을 도서관으로 가져 가거라.
把這本書拿到圖書館去。
꽃을 집에 가져 가 화단에 심어라.
把花拿回家種到花壇裡。

相關詞彙 가져오다 (帶來)

가져다 주다 動 帶來

衍生片語 행운을 ～ (帶來幸運)，선물을 ～ (拿來禮物)

常用例句 물질의 풍요가 행복만을 가져다 주지는 않는다.
物質上的富足帶來的不僅是幸福。
형은 항상 필요한 물품들을 내 집으로 가져다 주었다.
大哥經常給我家帶來些生活必需品。

相關詞彙 가져오다 (帶來)

► **가짜** 形 ①假 ②冒充，冒牌

衍生片語 ～ 신분증 (假身分證)，～에 속다 (被冒牌貨騙了)，～ 상품 (假貨)

常用例句 업주는 서류를 가짜로 꾸미며 거액을 탈세하했다.

業主們製造假文件以逃避巨額稅金。

지금까지 알려진 바로는 용의자가 작성한 본적과 현주소는 모두 가짜였다.

據了解，犯罪嫌疑人的籍貫和現址都是偽造的。

이 상표는 가짜다.

這個商標是假冒的。

(相關詞彙) 거짓（滿意），위조품（偽造品），모조품（仿冒品）

각(各) 冠 ①各，各個　②各種

(衍生片語) ～ 학교（各學校），～ 부처（各部門），～ 지방（各個地方）

(常用例句) 한국의 발전은 각 지역마다 다르다.

韓國各地發展水準不同。

(相關詞彙) 각각（各個）

각각(各各)[-깍] 副 各，各自

(衍生片語) ～ 처리하다（分別處理），～ 쌍방을 대표하다（代表雙方）

(常用例句) 네 사람은 각각 자기 의자에 앉았다.

四個人各自坐到了自己的椅子上。

사람들은 생각이 각각 달랐지만 다수의 의견에 따르기로 합의했다.

雖然每個人的想法不盡相同，但最後決定服從多數人的意見。

(相關詞彙) 따로따로（分別），제각기（各自）

각각(各各)[-깍] 名 各

(衍生片語) ～의 능력（各自的能力），～의 장점（各自的長處）

(常用例句) 회의 참석자들은 각각의 의견을 자유롭게 이야기했다.

會議參加者們自由地闡述各自的意見。

글을 세 문단으로 나누고 각각의 내용을 요약했다.

將文章分爲三段，分別概括其內容。

(相關詞彙) 하나하나（一個一個）

각국(各國)[-꾹] 名 各國

(衍生片語) ～의 정치（各國政治），～의 경제（各國經濟）

(常用例句) 그는 유럽 각국을 여행하였다.

他遊歷了歐洲各國。

세계 각국의 대표들이 회담을 가졌다.

世界各國代表舉行了會談。

相關詞彙 각 나라（各國）

각자 [-싸](各自) 名 副 各自

衍生片語 ～ 노력하다（各自努力），～ 준비하다（各自準備）

常用例句 각자가 맡은 일에 힘쓴다.
努力完成各自負責的工作。
각자의 일은 스스로 책임져야 한다.
每個人都要對各自的工作負責。

相關詞彙 저마다（每個人）

각종[-쫑](各種) 名 各種

衍生片語 ～ 참고서（各種參考書），～운동 경기（各種體育競技）

常用例句 꽃집에는 각종 꽃들이 있다.
花店裡有各式各樣的花。

相關詞彙 가지가지（各式各樣），각가지（各式各樣）

간(間) 名 之間

衍生片語 부부～（夫妻之間），부자～（父子之間），친구～（朋友之間）

常用例句 부모와 자식 간에도 예의를 지켜야 한다.
父母和子女間也應遵守禮儀。

相關詞彙 사이（關係，之間）

간단하다 [간딴—](簡單-) 名 簡單

衍生片語 간단한 구조（簡單的構造），간단한 복장（簡單的服裝），간단
한 문제（簡單的問題）

常用例句 간단한 짐은 손에 들면 되지, 짐칸에 넣을 필요가 없다.
簡單的行李用手提著就好，不用放在行李架上。
간단한 설명을 붙였다.
附上簡單的說明。
일이 그렇게 간단하지 않다.
事情並不是那麼簡單。

相關詞彙 간략하다（簡略），단순하다（單純）

▶ **간단히(簡單-)** 副 簡單地

衍生片語 ～ 설명하다（簡單說明），～ 대답하다（簡要地回答）

常用例句 간단히 식사를 끝냈다.
　　　　簡單地吃完了飯。
　　　　이야기의 내용을 간단히 말했다.
　　　　簡單地說了一下故事的內容。

相關詞彙 간략히（簡略地），간결히（簡潔地）

▶ **간식(間食)** 名 零食

衍生片語 ～을 먹다（吃零食），～시간（零食時間）

常用例句 오늘 간식은 뭐지?
　　　　今天的零食是什麼呢？
　　　　저녁 식사를 하기 전 그들은 간식으로 삶은 고구마를 먹었다.
　　　　吃晚飯之前，他們把煮地瓜當零嘴吃了。

相關詞彙 과자（餅乾），케이크（蛋糕）

▶ **갈다** 動 調換，更換

衍生片語 새 것으로 ～（換成新的），좋은 것으로 ～（換成好的）

常用例句 다 쓴 전등을 빼고 새 것으로 갈아 끼웠다.
　　　　把用過的燈泡扔掉，換個新的裝上了。
　　　　창을 열고 실내 공기를 갈았다.
　　　　把窗戶打開，讓室內空氣對流。
　　　　책임자를 전문가로 갈다.
　　　　將負責人換成專家。

相關詞彙 바꾸다（換），교환하다（交換），교체하다（交替）

▶ **갈다** 動 ①磨，挫　②咬（牙）

衍生片語 칼을 ～（磨刀），이를 ～（咬牙）

常用例句 기계로 옥돌을 갈아 구슬을 만든다.
　　　　用機器將玉石磨製成玉珠。
　　　　자면서 뽀드득 뽀드득 이를 갈았다.
　　　　一邊睡覺一邊咯吱咯吱地磨牙。

相關詞彙 물다（咬）

▶ **갈색 [-쌕](褐色) 名** 褐色

衍生片語 ～ 머리（褐色頭髮），～ 피부（褐色皮膚）

常用例句 낙엽이 다 떨어져 거의 갈색으로 보이는 야산이 눈에 들어왔다.
落葉已經凋零，幾乎變成褐色的小山坡映入眼簾。

相關詞彙 브라운（棕色），노란색（黃色）

▶ **갈아입다 [가라-따] 動** 換（衣服）

衍生片語 옷을 ～（換衣服）

常用例句 외출복을 평상복으로 갈아입었다.
把外出服裝換成了便服。

相關詞彙 바꾸어 입다（換衣）

▶ **갈아타다 [가라-] 動** 換乘

衍生片語 비행기를 ～（換乘飛機），버스를 ～（換乘巴士）

常用例句 그는 길이 너무 막혀서 버스에서 내려 지하철로 갈아탔다.
因爲路上塞車，他下了巴士，改搭地鐵。
공항에서 도심으로 오려면 지하철을 두 번이나 갈아타야 한다.
從機場到市中心，需要換乘兩次地鐵。

相關詞彙 바꿔타다（換乘），환승하다（換乘）

▶ **감다 [-따] 動** 閉（眼）

衍生片語 눈을 ～（閉上眼睛）

常用例句 비참한 현실에 눈을 감아 버렸다.
在悲慘的現實面前閉上了眼睛。

相關詞彙 외면하다（避開）

▶ **감동(感動) 名** 感動

衍生片語 ～을 받다（被感動），～을 주다（使感動），～을 자아내다（感動人心）

常用例句 가슴이 터질 듯한 감동을 느꼈다.
感受到了一種痛徹心扉的感動。

相關詞彙 감격（感激），무정（無情，冷漠）

▶ **감상(鑑賞)** 名 鑑賞，欣賞

衍生片語 영화 ～（欣賞電影），음악 ～（音樂鑑賞）

常用例句 나의 취미는 음악 감상이다.
我的興趣是欣賞音樂。

相關詞彙 완상（賞玩）

▶ **감상하다(鑑賞-)** 動 鑑賞，欣賞

衍生片語 미술품을 ～（欣賞美術品），음식 맛을 ～（品嚐食物的味道），
경치를 ～（欣賞風景）

常用例句 관광객들은 한국의 고적을 감상했다.
遊客們欣賞了韓國的古蹟。

相關詞彙 구경하다（觀賞）

▶ **감정(感情)** 名 感情

衍生片語 ～이 풍부하다（感情豐富），～이 메마르다（感情淡薄），～
을 사다（討好），～을 해치다（破壞感情），～을 잡다（拿捏感
情）

常用例句 그는 자신의 감정을 솔직하게 표현했다.
他坦率地表達了自己的感情。
어머님은 슬픈 감정을 참지 못하고 눈물을 흘리셨다.
媽媽忍受不住悲傷的情感，流下了眼淚。
그녀는 그의 비밀을 누설해 결국 그의 감정을 사고 말았다.
她洩露了他的祕密，導致他對她很有成見。

相關詞彙 느낌（感覺）

▶ **강도(強盜)** 名 強盜

衍生片語 ～ 사건（強盜案），～를 잡다（抓住強盜），은행～（銀行大
盜）

常用例句 어제 우리 동네 부잣집에 강도가 들었다.
昨天，我們村裡的有錢人家裡闖進了強盜。

相關詞彙 도적（竊賊），도둑（小偷）

▶ **강원도(江原道)** 名 江原道

衍生片語 ～땅（江原道的土地），～에 살다（在江原道生活）

常用例句　강원도에는 뛰어난 경승지가 많다.
江原道有很多著名的景點。
옛날 강원도의 한 마을에 효자가 살고 있었다.
從前，在江原道的一個村子裡住著一個孝子。

강제(強制) 名 強制，強迫

衍生片語　～노동（強制勞動），～노역（強制勞役），～모병（強制徵兵）

常用例句　강제로 일을 시킨다.
強迫做事。
다른 사람에게 신앙을 강제로 갖게 하는 것은 옳지 않다.
強制別人的信仰是不對的。
강제로 자기의 생각을 남에게 받아들이라 하지 마라.
不要強迫別人接受你自己的想法。

相關詞彙　강요（強要），강구（強求），억지도（強迫）

강조하다(強調-) 動 強調

衍生片語　명암을 ～（強調明暗）

常用例句　어머니는 아이들에게 저축의 필요성을 강조하셨다.
媽媽向孩子們強調儲蓄的必要性。
선생님께서는 학생들에게 정의롭게 살아야 한다고 강조하시곤 한다.
老師總是向學生們強調要正直地生活。

相關詞彙　힘주다（致力於），역설하다（強調）

갖다 [갇따] 動 ①拿，帶　②擁有

衍生片語　선물을 ～（帶禮物），권력을 ～（擁有權利）

常用例句　어린아이가 장난감을 갖고 논다.
孩子們拿著玩具玩耍。
많은 형제를 갖고 있는 사람이 부럽다.
羨慕有很多兄弟姐妹的人。

相關詞彙　가지다（擁有），지니다（具備）

개발하다(開發-) 動 開發

衍生片語　광산을 ～（開發礦產），산림 자원을 ～（開發山林資源），능력을 ～（開發能力）

常用例句	경치가 좋은 곳을 관광지로 개발하려고 한다.

計劃把景色好的地方開發成旅遊景點。

첨단 산업을 개발하고 육성한다.

開發、扶植尖端產業。

▷ 개인(個人) 名 個人

衍生片語 ～기업（私營企業），～ 경제（個體經濟）

常用例句 이것은 나 개인의 문제가 아니라 우리 부서 전체의 문제다.

這不是我自己的問題，而是我們整個部門的問題。

개인 자격으로 참가했다.

以個人的名義參加。

相關詞彙 단체（團體）

▶ 개인적(個人的) 名 個人的

衍生片語 ～ 경험（個人的經驗），～인 생각（個人的想法），～ 의견（個人的意見）

常用例句 공적인 일을 개인적인 감정으로 처리하면 안 된다.

帶著個人的感情處理公事是不行的。

저는 개인적으로 그 의견에 반대합니다.

我個人反對那種意見。

相關詞彙 단체적（團體的）

▷ 거짓 [-짇] 名 假，虛假

衍生片語 ～ 고백（虛假的告白），～으로 말하다（說謊），참과 ～（真與假）

常用例句 그것은 사실이 아닌 거짓에 불과한다.

那不是事實，是謊話而已。

그의 증언은 모두 거짓이었다.

他的證詞全是假的。

相關詞彙 허위（假的）

▶ 거짓말 [-진-] 名 謊話，謊言

衍生片語 터무니없는 ～（毫無修飾的謊言），～을 밥 먹듯 하다（說謊就像家常便飯），새빨간 ～（睜眼說瞎話）

常用例句 그는 선생님에게 아프다고 거짓말하고 등교하지 않았다.

他對老師謊稱生病了，沒來上課。

그것은 거짓말처럼 들린다.

那件事聽起來很像謊話。

(相關詞彙) 허사（假話），허언（假話）

걱정되다 [-쩡-] 動 擔心

(衍生片語) 걱정된 일（擔心的事情），참으로～（眞的很擔心）

(常用例句) 이러다가 학교에 늦지 않을까 걱정된다.

擔心再這樣下去上學會遲到。

아들이 타향에서 잘 지내고 있는지 걱정된다.

不知兒子在他鄉過得好不好，眞令人擔心。

(相關詞彙) 근심되다（擔心），우려하다（憂慮）

걱정스럽다 [-쩡-따] 形 擔心

(衍生片語) 표정이 ～（表情令人擔心），걱정스러운 일（令人擔心的事）

(常用例句) 어머니의 건강이 걱정스럽다.

擔心媽媽的健康。

그는 아내를 혼자 보내기가 걱정스러웠다.

把妻子一個人送走後，他很擔心。

(相關詞彙) 근심스럽다（擔心）

건너가다 動 ①過　②度，越

(衍生片語) 미국으로 ～（去美國），바다를 ～（越洋），횡단보도를 ～（穿越人行步道），물 ～（無可挽回）

(常用例句) 이모 집에 건너가면 이모의 병세가 어떤지 살펴봐라.

如果去姨媽家，就去看一下姨媽的病怎麼樣了。

헤엄을 쳐서 강을 건너갔다.

游泳渡江。

그 문제는 이미 물 건너간 일이다.

那個問題已經是無可挽回了。

(相關詞彙) 건너다（渡過）

건너오다 動 過來

(衍生片語) 다리를 ～（過橋），이리 ～（到這裡來）

(常用例句) 잠시 후 그들은 모두 안방으로 건너왔다.

過了一會兒，他們都到臥室來了。

네가 배를 타고 이곳에 건너온 진짜 이유가 무엇이냐?

你坐船來這裡的眞正原因是什麼？

(相關詞彙) 건너가다（過去）

► 건지다 動 ①撈，打撈　②救出，拯救

(衍生片語) 고기를 ～（撈魚），목숨을 ～（救命），본전도 못 ～（連本都沒撈回來）

(常用例句) 국에서 건더기를 건져 먹었다.

在湯中舀菜吃。

어머니는 사랑으로 악의 수렁에서 아들을 건졌다.

媽媽用愛將兒子從邪惡的泥沼中拯救了出來。

(相關詞彙) 꺼내다（取出），구해내다（救出），구출하다（救出）

► 건축(建築) 名 建築

(衍生片語) ～ 공사（建築施工），도서관 ～（圖書館建築），빌딩을 ～하다（建築大廈）

(常用例句) 아파트 건축에 일가견이 있다.

對公寓建築有獨到的見解。

(相關詞彙) 세우다（建立），짓다（建造）

► 걸리다 名 ①被掛上　②絆（腳）　③需要

(衍生片語) 벽에 ～（被掛在牆上），시간이 ～（需要時間），목에 ～（吃東西噎到了，做事遇到了瓶頸），손에 ～（栽在某人手裡）

(常用例句) 옷걸이에 많은 옷이 걸려 있다.

衣架上掛了很多衣服。

차가 밀려 다음 정거장까지 20분이 걸린다.

因爲堵車，到下一站花了20分鐘。

(相關詞彙) 매달리다（掛），소요되다（需要），필요하다（必要）

► 걸음 [거름] 名 走，步調

(衍生片語) 급한 ～（急步），～이 무겁다（沉重的腳步），한～발을 떼다（剛剛起步），～이 가볍다（步履輕盈），～을 재촉하다（催促加快步伐）

(常用例句) 겨울이 빠른 걸음으로 다가 온다.

冬天正快步地向我們走來。

(相關詞彙) 행보（步行），발짝（腳步）

검다 [-따] 形 ①黑 ②陰險

(衍生片語) 색깔이 ～（顏色黑暗），속이 ～（內心陰險），뱃속이 ～（黑心）

(常用例句) 올해는 검은 옷이 유행이다.
今年流行黑色。
검은 속셈을 드러냈다.
流露出陰險的內心。

(相關詞彙) 거뭇하다（黑暗），흉하다（凶險），시커멓다（漆黑）

검사(檢查) 名 檢查，檢疫

(衍生片語) ～ 절차（檢查程序），숙제 ～（檢查作業），시력을 ～하다（檢查視力）

(常用例句) 제품의 품질을 검사하다.
檢查產品的品質。

(相關詞彙) 조사（調查）

검정색 名 黑色

(衍生片語) ～ 옷（黑色衣服），～ 치마（黑色裙子）

(常用例句) 올해는 검정색이 유행하고 있다.
今年黑色比較流行。

(相關詞彙) 검은색（黑色）

겁(怯) 名 膽怯，畏懼

(衍生片語) ～이 나다（害怕），～이 많다（膽子小），～이 없다（不畏懼），～을 내다（害怕）

(常用例句) 아이는 어둠 속에서 겁을 잔뜩 먹었는지 벌벌 떨고 있다.
孩子在黑暗中可能很害怕，瑟瑟地發抖。
너는 무슨 겁이 그리 많으냐?
你膽子怎麼這麼小呢？

(相關詞彙) 무서움（畏懼），공포（恐怖）

▶ **겉[걷]** 名 表面，外表

衍生片語 ～으로 보다（從表面看），가죽의 ～（皮革的表面），～으로 빙빙 돌다（虛有其表；金玉其外，敗絮其中）

常用例句 봉투 겉에 주소를 썼다.
在信封上寫上了地址。
겉 다르고 속 다르다.
表裡不一。
사람을 겉만 보고 판단해서는 안 된다.
不能僅從表面來判斷一個人。

相關詞彙 표면（表面）

▶ **게다가** 副 ①在那裡 ②加上，而且

常用例句 흐린 날씨에 게다가 바람까지 분다.
天氣陰沉，還颳著風。
공부도 잘하고 게다가 미인이다.
又會唸書，又是個美女。

相關詞彙 데다가（再加上），거기다가（加上）

▶ **겨우** 副 ①好容易，好不容易 ②僅僅

衍生片語 ～ 합격하다（好不容易及格），～ 끝나다（好不容易才結束），～ 한 달（僅僅一個月），～ 세 살（才三歲）

常用例句 며칠 날밤을 새워 오늘에야 겨우 작품을 완성했다.
熬了幾天幾夜，好不容易今天才把作品完成。
네 실력이 겨우 이 정도밖에 안 되니?
你的實力不過如此嗎？

相關詞彙 간신히（艱難地）

▶ **겨울철** 名 冬季

衍生片語 ～이 오다（冬天來了），～을 지내다（過冬）

常用例句 겨울철이라 그런지 온천에 유난히 사람이 많다.
可能因為是冬季，所以泡溫泉的人格外多。

相關詞彙 동절（冬季）

▶ 견디다 **動** ①耐用 ②堅持

衍生片語　고통을 ～（忍受痛苦），추위에 ～（忍受寒冷），시련을 ～
（歷經考驗），오래 ～（耐用）

常用例句　이 구두는 오래 견디지 못한다.
這雙皮鞋不是很耐穿。
이 돈이면 며칠은 견딜 수 있겠어.
這點錢能堅持幾天。

相關詞彙　참다（忍耐），인내하다（忍耐）

▶ 결심하다 [-씸-](決心-) **動** 決心

衍生片語　결혼을 ～（決定結婚），굳게 ～（堅定決心）

常用例句　그는 이곳에 집을 짓기로 결심하였다.
他決定在這個地方蓋房子。
그는 마라톤에 인생의 승부를 걸겠다고 결심했다.
他決心讓馬拉松來決定自己人生的勝負。

相關詞彙　마음먹다（決心）

▶ 결정[-쩡](決定) **名** 決定

衍生片語　～을 내리다（做決定），～이 서다（樹立決心），～이 흔들리다
（決心動搖），～을 뒤엎다（推翻決定）

常用例句　이 문제는 아직 결정을 내리지 못했다.
這個問題尚未作出決定。

相關詞彙　결단（決定）

▶ 결정되다[-쩡-](決定-) **動** 被決定

衍生片語　직무가 ～（職務已定），승부가 ～（勝負已定）

常用例句　결국에는 모든 것이 처음 계획대로 처리하기로 결정되었다.
最終決定所有的事情都按最初的計劃處理。
한국인이 결승전 경기의 주심으로 결정됐다.
決賽的主審被定爲韓國籍裁判。

相關詞彙　확정되다（確定），정해지다（定下來）

▶ 결정하다 [-쩡-](決定-) **動** 決定

衍生片語　순서를 ～（決定順序），승부를 ～（決定勝負）

常用例句 감독은 고민 끝에 그를 주연으로 결정했다.
經過一番思索，導演最後把他定為主角。
그들은 내년 봄에 결혼하기로 결정했다.
他們決定明年春天結婚。

相關詞彙 정하다（定）

► 경기(競技) 名 比賽，運動比賽

衍生片語 ～를 치르다（舉行比賽），～에 참가하다（參加比賽），～에 이기다（贏得比賽），～ 규칙（比賽規則）

常用例句 규칙을 잘 지켜야만 흥미진진한 경기를 펼칠 수 있다.
只有確實遵守規則，才能展開一場精彩的比賽。

相關詞彙 시합（比賽），게임（game，遊戲）

► 경기도(京畿道) 名 京畿道

衍生片語 ～도민（京畿道居民）

常用例句 경기도는 서울과 인접해 있다.
京畿道與首爾毗鄰。

相關詞彙 강원도（江原道），도회（都會）

► 경기장(競技場) 名 賽場，運動場

衍生片語 육상 ～（田徑運動場），실내 ～（市內運動場），노천 ～（露天運動場）

常用例句 경기장에 응원하러 간다.
去賽場加油。

相關詞彙 운동장（操場）

► 경상도(慶尚道) 名 慶尚道

衍生片語 ～ 말씨（慶尚道口音），～ 사투리（慶尚道方言）

常用例句 임진왜란 때 경상도 전역이 난리를 치렀다.
壬辰倭亂時期，整個慶尚道出現了動亂。

相關詞彙 영남（嶺南）

► 경영(經營) 名 經營

衍生片語 ～ 능력（經營能力），～의 합리화（合理化的經營），회사의 ～

（公司的經營）

常用例句　아버지께서는 조그만 공장을 경영하고 계신다.
父親經營著一家小工廠。

相關詞彙　운영하다（經營）

경우(境遇) 名 境遇，情況，環境

衍生片語　만일의 ～（萬一，不測），대개의 ～（通常，一般情況下）

常用例句　어려운 경우에 처하였다.
處於危險之中。
이 시험에 전원이 합격한 것은 예외적인 경우이다.
這次考試全部及格，屬於意外情況。

相關詞彙　상황（情況），처지（處境）

경험(經驗) 名 經驗，經歷

衍生片語　～을 얻다（獲得經驗），～이 풍부하다（經驗豐富），～이 부족
하다（經驗不足）

常用例句　아직은 경험이 부족하여 일하는 게 서툴다.
經驗尚且不足，工作起來有些手忙腳亂。
그동안의 경험을 살려서 한번 잘 해 보시오.
利用那段時間的經驗，好好做吧。

相關詞彙　체험（體驗）

계산[게-](計算) 名 計算

衍生片語　치밀한 ～（縝密的計算），～이 빠르다（結算很快），～에 밝다
（擅長計算）

常用例句　계산을 치르고 호텔을 떠났다.
結完帳離開了旅館。
그 은행원은 계산을 잘못하여 모자란 금액을 자기 월급으로 채웠
다.
那名銀行職員用自己的工資填補了由於結算錯誤而短缺的金額。

相關詞彙　셈（算）

계산하다[게-](計算-) 動 計算

衍生片語　비용을 ～（計算費用），사람 수를 ～（計算人數）

常用例句 오늘 번 돈을 계산해 보았다.
算了算今天賺的錢。
그가 나가면서 식사비를 모두 계산했다.
他邊往外走邊把飯錢付了。

相關詞彙 헤아리다（揣測），지불하다（支付）

계약[게-](契約) 名 契約，合約

衍生片語 ～ 파기（廢除合約），～ 체결（締結契約），～ 기한（契約期限），～을 맺다 (簽訂合約)

常用例句 계약이 만료되기까지는 아직 1년이 남았다.
距合約期滿還剩下一年的時間。
서로 경쟁을 하던 두 회사가 앞으로는 공동으로 기술을 개발하기로 계약하였다.
曾經互相競爭的兩家公司，約定今後共同開發技術。

相關詞彙 약정（約定）

계획 [게-](計劃) 名 計劃

衍生片語 작업～（工作計劃），～을 잡다（訂定計劃），～을 실천하다（實施計劃）

常用例句 당초 계획대로 우리는 수요일 아침에 서울로 돌아왔다.
按照當初的計劃，我們在星期三早上回到了首爾。

相關詞彙 예정（預定）

고개 名 ①後頸 ②頭

衍生片語 ～가 아프다（後頸疼），～가 뻣뻣하다 (頸部僵硬)，～를 돌리다（轉頭），～를 흔든다（搖頭），～를 숙이다（低頭），～를 끄덕이다（點頭）

常用例句 고개를 뒤로 젖히고 하늘을 올려다 보았다.
頭向後，仰望天空。
누가 부르는 것 같아 고개를 뒤로 돌렸다.
好像有人在叫，於是向後轉頭。

相關詞彙 목（脖子），머리（頭）

고객(顧客) 名 顧客，客戶

衍生片語 ～이 많다（顧客多），～이 없다（沒有顧客）

常用例句	그 점원은 고객에게 친절하게 대한다.

常用例句 그 점원은 고객에게 친절하게 대한다.
那個店員對待顧客很親切。
요즈음 백화점에 고객이 많이 늘었다.
最近百貨商店的顧客增加了很多。

相關詞彙 손님（客人）

고급(高級) 名 高級

衍生片語 ～ 시계（高級手錶），～ 과정（高級課程），～ 레스트랑（高級餐廳）

常用例句 그 사람의 악기는 고급이었다.
那個人的樂器是高級貨。

相關詞彙 상급（上級），일급（一級）

► 고려하다(考慮-) 動 考慮

衍生片語 사정을 ～（考慮事情），이해관계를 ～（考慮利害關係），신중히 ～（慎重考慮）

常用例句 현실을 고려해서 계획을 세운다.
考慮現實情況，訂定計劃。

相關詞彙 생각하다（思考）

고르다 動 選擇，挑選

衍生片語 물건을 ～（選擇物品），단어를 ～（選擇單字）

常用例句 여기 쌓인 책들 중에 아무것이나 골라 내용을 살펴보자.
在堆積在這裡的書中隨便挑一本，看看內容。
그중에서 네 마음에 드는 것을 하나 골라라.
從那裡面挑一個你滿意的。

相關詞彙 가리다（挑選），선택하다（選擇）

► 고르다 形 平均，均勻

衍生片語 날씨가 ～（風和日麗），치아가 ～（牙齒整齊）

常用例句 이익을 고르게 분배하였다.
利益均霑。（共同分享好處。）
고르지 못한 일기에 건강은 어떠하신지요?
天氣不好的時候，您的身體怎麼樣？

相關詞彙 균등하다（平均）

▶ **고민(苦悶)** 名 苦惱

衍生片語 ～을 털어놓다（傾訴苦惱），～을 해결하다（排解苦惱）

常用例句 이성 문제로 고민이 많다.
由於異性問題很苦惱。

相關詞彙 걱정（擔心），고뇌（苦惱）

▶ **고민하다(苦悶-)** 動 苦惱

衍生片語 건강을 ～（爲健康而煩惱），취업문제로 ～（煩惱就業問題）

常用例句 여러 가지 복잡한 문제로 고민하다 보니 머리가 아프다.
一直在考慮各種複雜的問題，所以頭疼。
왜 이렇게 고민하느냐?
你爲什麼這麼苦惱？

相關詞彙 걱정하다（擔心），근심하다（憂愁）

▶ **고생(苦生)** 名 ①辛苦，辛勞　②苦難的生活

衍生片語 ～을 겪다（歷經辛苦），갖은 ～（各種艱苦）

常用例句 그는 어려서 부모를 여의고 갖은 고생을 겪어 왔다.
他從小就失去了父母，經歷了各種苦難。
고생을 낙으로 삼았다.
以苦爲樂。

相關詞彙 고난（苦難），고통（痛苦）

▶ **고생하다(苦生-)** 名 吃苦，辛苦

衍生片語 밤낮으로 ～（日夜辛勞），고생한 형（辛苦的哥哥）

常用例句 자식을 공부시키느라고 고생하셨다.
爲了供子女讀書，受了很多苦。

相關詞彙 수고하다（辛苦）

▶ **고속도로(高速道路)** 名 高速公路

衍生片語 ～로 달리다（向高速公路駛去），넓은 ～（寬闊的高速公路）

常用例句 시원하고 넓은 고속도로 위로 차들이 씽씽 달리고 있다.
在令人愜意、寬闊的高速公路上，汽車呼嘯而過。

相關詞彙 하이웨이（highway，高速公路）

▶ 고장 名 ①地方　②故鄉，家鄉　③產地

衍生片語　낯선 〜（陌生的地方），우리 〜（我的家鄉），사과의 〜（蘋果產地）

常用例句　개성은 인삼으로 유명한 고장이다.
開城因盛產人參而聞名遐邇。
바다를 끼고 있는 이 고장 아이들은 수영이라면 다들 자신 있었다.
因為鄰海，這裡的孩子們一提到游泳都很有信心。

相關詞彙　장소（地點），지방（地方），지역（地區）

▶ 고장(故障) 名 ①故障，事故　②障礙

衍生片語　〜이 나다（出現故障），〜난 사람（有問題的人），〜난 시계（壞掉的手錶）

常用例句　라디오가 고장이 났는지 소리가 나지 않는다.
收音機可能是壞了，沒有聲音。
과음으로 위가 고장이 났어.
因飲酒過量，胃出毛病了。

相關詞彙　사고（事故）

▶ 고치다 動 ①修理　②糾正，改

衍生片語　답안을 〜（改答案），말씨를 〜（糾正語氣），시계를 〜（修理手錶），자동차를 〜（修理汽車）

常用例句　장마철이 오기 전에 지붕을 고쳐라.
在梅雨季節到來之前，把屋頂修一修。
늦잠 자는 습관을 고치기가 쉽지 않다.
睡懶覺的習慣不好改。

相關詞彙　수리하다（修理），교정하다（校正）

▶ 고통(苦痛) 名 苦痛，痛苦

衍生片語　심한 〜（深深的痛苦），〜에서 벗어나다（擺脫痛苦），〜을 겪다（經歷苦痛）

常用例句　정신적 고통이 크다.
精神上的痛苦很大。

相關詞彙　괴로움（痛苦）

► **곧바로[-빠-]** 副 ①一直，筆直 ②坦率，如實

衍生片語 ～ 가다（直走），～ 오다（筆直地過來）

常用例句 이 길을 따라서 곧바로 가면 우체국이 나온다.
沿著這條路直走，就能看到郵局。
그는 학교를 졸업하고 곧바로 회사에 취직하였다.
他從學校畢業後，馬上就去公司工作了。

相關詞彙 곧장（一直），즉시（立刻）

► **골목** 名 小巷，胡同

衍生片語 막다른 ～（死胡同），～에 들어서다（進入小巷）

常用例句 골목에 쌓인 눈을 치웠다.
清理了巷子裡的積雪。
우리 집 앞 골목에서는 언제나 어린아이들이 놀고 있다.
我家門前的巷子裡，總有小孩子在玩。

相關詞彙 골목길（巷子）

► **골목길[-낄]** 名 小巷

衍生片語 ～로 들어서다（進入小巷），～에서 걷다（在小巷裡行走）

常用例句 골목길에서 달리기를 한다.
在小巷裡跑步。

相關詞彙 골목（胡同）

► **골프(golf)** 名 高爾夫球

衍生片語 ～ 연습장（高爾夫球練習場），～를 하다 (打高爾夫球)

常用例句 골프는 경비가 비교적 많이 드는 운동이다.
高爾夫球是費用比較昂貴的運動。

相關詞彙 잔디밭（草坪）

► **골프장(golf場)** 名 高爾夫球場

衍生片語 ～에 가다（去高爾夫球場）

常用例句 지역 주민과 환경 단체들은 골프장 개발의 부당성을 지적하였다.
地區居民和環境團體指出了開發高爾夫球場的不當之處。

相關詞彙 운동장（運動場），축구장（足球場）

▼ **곱다[-따]** 形 ①好看，漂亮 ②善良 ③好聽

衍生片語 고운 얼굴（漂亮的臉蛋），고운 목소리（好聽的聲音），마음씨
가 ～（心地善良）

常用例句 신부가 한복을 곱게 차려입었다.
新娘穿著端莊的韓服。
그녀는 곱고 아름다운 마음씨를 가진다.
她有一顆美麗善良的心。

相關詞彙 예쁘다（漂亮），착하다（善良）

▶ **곳곳[곧꼳]** 名 到處，處處

衍生片語 ～을 쏘다니다（到處亂竄），～에 나붙다（到處貼）

常用例句 자연보호 운동이 곳곳에서 일어났다.
到處興起了保護大自然的運動。
벽면 곳곳에 금이 가서 집을 다시 지어야 할 지경이다.
牆面到處都是裂縫，已經到了該翻修的程度了。

相關詞彙 처처（到處），여러곳（處處）

▼ **공간(空間)** 名 空間

衍生片語 좁은 ～（狹小的空間），～을 메우다（塡補空間），생활 ～（生
活空間），～을 차지하다（占據空間）

常用例句 거실이 좁은데도 공간을 활용하여 가구를 배치하니까 꽤 널찍해 보
인다.
雖然臥室很窄，但因爲善於利用空間擺放家具，所以看起來很寬
敞。
인간은 공간을 초월할 수 없다.
人類無法超越空間。

相關詞彙 시간（時間）

▶ **공동(共同)** 名 共同

衍生片語 ～ 개최（共同舉辦），～ 1위（並列第一），～ 운영（共同經營）

常用例句 책임은 두 사람이 공동으로 진다.
責任由兩人共同承擔。

相關詞彙 단독（單獨），혼자（獨自），개인（個人）

▶ **공무원(公務員)** 名 公務員，公職人員

衍生片語 고급 ～（高級公務員），～으로 일하다（以公務員的身分工作）

常用例句 공무원은 사무 범위에 따라 국가 공무원과 지방 공무원으로 나뉜다.
公務人員依照工作範圍，分為國家公務員和地方公務員。

相關詞彙 공직자（公職人員）

▶ **공사(工事)** 名 工事，工程

衍生片語 ～를 마무리하다（完工），사옥 신축 ～（新建住宅工程），～를 벌이다（施工）

常用例句 그 아파트는 지금 공사가 진행되고 있다.
那棟公寓現在正在施工。
공사 중에 통행에 불편을 드려 죄송합니다.
由於施工給您帶來通行上的不便，我們深表歉意。

相關詞彙 토목사업（土木工程）

▶ **공연(公演)** 名 公演，演出

衍生片語 축하 ～（慶祝演出），～이 시작되다（演出開始），～을 끝내다（演出結束）

常用例句 막을 올리기 한 달 전부터 단원들은 열심히 공연 준비를 했다.
在開幕一個月前，團員們就開始積極準備演出。

相關詞彙 연출（演出），감독（導演），출연（扮演）

▶ **공짜(空-)** 名 免費

衍生片語 ～ 구경（免費參觀），～ 전화（免費電話），～ 밥을 먹다（吃免錢的飯）

常用例句 나는 그것을 친구에게 공짜로 주었다.
我要把它免費送給朋友。

相關詞彙 무료（免費），유료（收費），요금（費用）

▶ **공항버스(空港bus)** 名 機場巴士

衍生片語 ～를 타다（坐機場巴士），～에 오르다（上機場巴士）

常用例句 공항버스를 타고 시내에 간다.
坐機場巴士到市區。

相關詞彙 리무진 (機場巴士)

► 과거(過去) 名 過去

衍生片語 ~의 습관 (過去的習慣) , ~에 매이다 (被過去所束縛)

常用例句 과거를 잊고 새 출발을 하였다.
忘記過去，重新開始。
나는 과거에 교사 생활을 한 적이 있다.
我過去當過老師。

相關詞彙 옛날 (過去) , 옛적 (古代) , 지난날 (過去)

► 과목(科目) 名 課，課程

衍生片語 전공 ~ (專攻課程) , 선택 ~ (選修課)

常用例句 학기말에는 전 과목을 모두 시험 본다.
期末的時候所有科目都要考試。
그 학생이 좋아하는 과목은 국어와 수학이다.
那個學生喜歡的課程是國語和數學。

相關詞彙 과정 (過程)

► 과장(課長) 名 系主任，科長

衍生片語 국어국문학과 ~ (國語文系系主任) , 산부인과 ~ (婦產科主任)

常用例句 총무과의 과장이 누구지?
總務科的科長是誰？

相關詞彙 팀장 (組長)

► 과제(課題) 名 ①課題，問題 ②任務

衍生片語 당면한 ~ (面臨的課題) , 학교 ~ (學校課題)

常用例句 민족 통일은 우리 세대가 완수해야 할 가장 중요한 과제이다.
民族統一是我們這一代人需要完成的最重要的課題。

相關詞彙 문제 (問題) , 프로젝트 (項目)

► 과학(科學) 名 科學

衍生片語 정밀 ~ (精密科學) , 응용~ (應用科學)

常用例句 과학박물관을 관람함으로써 미래와 과학에 대한 탐구심을 키울 수

있다.
　參觀科學博物館，可以培養對未來和科學的探索之心。

相關詞彙　학문（學問），자연과학（自然科學）

과학자 [-짜](科學者) 图 科學家

衍生片語　자연~（自然科學家），~가 되다（成為科學家）

常用例句　그의 꿈은 우주의 신비를 밝히는 과학자가 되는 것이었다.
　他的夢想是成為揭開宇宙奧祕的科學家。

相關詞彙　천문학자（天文學家）

과학적(科學的) 图 科學的

衍生片語　~ 사고（科學思考），~ 설명（科學的說明），~인 탐구（科學探索），~으로 살피다（科學的觀察）

常用例句　탐정은 매우 과학적인 방법으로 사건을 풀어 나갔다.
　偵探採用一種十分科學的方法破了案。

相關詞彙　자연과학적（自然科學的），합리적（合理的）

관객(觀客) 图 觀眾

衍生片語　~의 갈채（觀眾的喝采），~이 많다（觀眾很多）

常用例句　관객의 인기를 독차지하였다.
　獨占了觀眾的寵愛。
　이번에 개봉한 영화에 관객이 많이 몰렸다.
　這次的電影首映會觀眾蜂擁而至。

相關詞彙　관중（觀眾），참관인（參觀者），시청자（觀眾），시청률（收視率）

관계[-게](關係) 图 ①關係　②有關方面

衍生片語　사제 ~（師徒關係），국제 ~（國際關係），~를 맺다（締結關係），~를 끊다（斷絕關係）

常用例句　문학은 우리의 현실 생활과 분리할 수 없는 관계에 있다.
　文學與我們的現實生活有著密不可分的聯繫。
　무역 관계의 일에 종사한다.
　從事貿易相關的工作。

相關詞彙　관련（有關），연관（關係）

관광(觀光) 名 觀光

衍生片語 ～ 수입（觀光收入），～을 떠나다（去觀光），해외 ～（海外觀光）

常用例句 이번 여행은 사업차 가는 것이 아니라 순전히 관광을 위한 것이다.
這次旅行不是去辦公，純粹是去觀光。

相關詞彙 구경（觀賞），유람（遊覽）

관광객(觀光客) 名 遊客

衍生片語 ～이 많다（遊客很多），～이 늘다（遊客增多）

常用例句 공항에는 해외로 나가는 관광객들이 줄을 잇고 있다.
機場裡，去海外的遊客們絡繹不絕。
민속촌은 외국 관광객들이 많이 찾는 곳이다.
民俗村是很多外國遊客都會去的地方。

相關詞彙 유람객（遊客）

관광지(觀光地) 名 旅遊景點

衍生片語 문화 ～（文化旅遊勝地），국제 ～（國際旅遊勝地）

常用例句 제주도는 한국에서 가장 유명한 관광지이다.
濟州島是韓國最有名的旅遊勝地。

相關詞彙 유람지（觀光地）

관련 [괄-](關聯) 名 相關，聯繫

衍生片語 ～ 기사（相關報導），～ 업체（相關行業）

常用例句 그는 이번 사건과 밀접한 관련이 있는 인물이다.
他是與這次事件有著密切關係的人物。

相關詞彙 관련（相關），관계（關係），연관（相關）

관련되다[괄-](關聯-) 動 有關

衍生片語 관련된 범죄（相關犯罪），관련된 사람 (有關人士)

常用例句 그 두 사건은 아무래도 매우 밀접히 관련되어 있다는 생각이 든다.
怎麼都覺得這兩次的事件有著非常密切的關係。
적지 않은 사람들이 이번 사건과 관련돼 있다.
有不少人跟這次事件有關。

相關詞彙 연관되다（相關），관격되다（有關）

▶ 관련하다 [괄-](關聯-) 動 相關

衍生片語 관련한 논평（相關評論），관련한 문제（相關問題）

常用例句 그 문제와 관련해서 이번에는 제가 한 말씀 드리겠습니다.
因爲和那個問題有關，所以這次由我向您報告。

相關詞彙 상관하다（有關）

▶ 관리 [괄-](管理) 名 管理

衍生片語 재산 ～（財產管理），～를 소홀히 하다（放鬆管理）

常用例句 열쇠 관리는 남에게 맡기지 말고 자기 자신이 직접 하는 것이 좋다.
鑰匙不要交給別人，最好還是自己掌管。

相關詞彙 감리（監理）

▶ 관심(關心) 名 興趣

衍生片語 ～을 끌다（引人注目），～이 많다（很感興趣），～이 없다（沒有興趣）

常用例句 젊은이들은 새로 나온 차에 강한 관심을 보인다.
年輕人對新上市的車很感興趣。

相關詞彙 관념（觀念）

▶ 관찰하다(觀察-) 動 觀察

衍生片語 상태를 ～（觀察狀態），시세 변화를 ～（觀察時勢變化）

常用例句 사회학자라면 항상 사회 현상에 대해 주의 깊게 관찰해야 한다.
如果是社會學家，就要經常注意觀察社會現象。

相關詞彙 살피다（觀察），주의하다（注意）

▶ 관하다(關-) 動 關於，有關

衍生片語 정치에 ～（關於政治），건강에 ～（關於健康）

常用例句 다음은 여성의 사회적 지위에 관하여 토론하도록 하겠습니다.
下面開始討論關於女性社會地位這個問題。
그 문제에 관하여 우리는 한 치도 양보할 수 없습니다.
關於這個問題，我們無法做出任何讓步。

相關詞彙 관계되다（相關）

광고(廣告) 名 廣告

衍生片語 ～효과（廣告效果），신제품 ～（新產品廣告），신문 ～（報紙廣告），～가 나다（做廣告）

常用例句 초기의 광고는 단순히 상품에 대한 정보를 제공하는 데 그쳤습니다.
初期的廣告僅限於單純地提供商品的相關訊息。

相關詞彙 선전（宣傳），홍보（宣傳訊息）

괜히 副 徒然，空，白白地

衍生片語 ～오다（白來），～싸우다（白吵一場），～애쓰다（白費心）

常用例句 괜히 쓸데없는 곳에 돈 쓰지 말고 어려울 때를 생각해서 저축해라.
不要把錢白白用到無用之處，想想困難的時候，存點錢吧。

相關詞彙 쓸데없이（沒用地）

괴롭다[-따] 形 痛苦，不舒服，難過

衍生片語 마음이 ～（心中難過），몸이 ～（身體不舒服），괴로운 생활（痛苦的生活）

常用例句 경제적 빈곤보다도 정신적 빈곤이 나를 더 괴롭게 했다.
與經濟上的貧困相比，精神上的貧瘠更讓我痛苦。
몸이 괴로워 일찍 잠자리에 들었다.
身體不舒服，早早就就寢了。

相關詞彙 고통스럽다（痛苦），고달프다（傷心）

굉장히(宏壯-) 副 非常，很

衍生片語 ～빠른 속도（非常快的速度），～좋다(很好），～예쁘다（非常漂亮）

常用例句 그녀는 안개 긴 바다를 굉장히 좋아했다.
她非常喜歡籠罩著霧氣的大海。

相關詞彙 매우（很），몹시（很），제법（相當）

교류(交流) 名 ①交流　②交流電

衍生片語 문화 ～（文化交流），양국간의 ～（兩國之間的交流），～발전기（交流發電機）

常用例句 예전에는 중국과의 문화적 교류를 통해 선진 문화를 받아들였다.
從前透過與中國進行文化交流，吸收先進文化。

문화 교류가 확대되고 있다.
文化交流日益擴大。

相關詞彙 소통（溝通），교환（交換）

▶ 교육(教育) 名 教育

衍生片語 학교 ～（學校教育），～을 받다（接受教育），～에 종사하다
（從事教育工作）

常用例句 교육 환경이 열악하였다.
過去教育環境惡劣。
어린아이들을 올바르게 교육한다.
正確地教育兒童。

相關詞彙 가르침（教育）

◀ 교포(僑胞) 名 僑胞

衍生片語 ～ 2세（僑胞第2代），재일 ～（在日僑胞），해외 ～（海外僑
胞）

常用例句 그는 귀국한 교포이다.
他是歸國僑胞。

相關詞彙 교민（僑民），해외동포（海外同胞）

▶ 교환(交換) 名 交換

衍生片語 선물 ～（交換禮物），의견 ～（交換意見）

常用例句 그 두 사람은 서로 의견을 교환해 가면서 입장 차이를 줄이려고 노
력했다.
他們二人彼此交換意見，努力縮小立場差距。
세계 각국은 무역을 통해 서로 재화를 교환한다.
世界各國透過貿易來相互交換財物。

相關詞彙 교체（交替），교류（交流）

◀ 구경하다 動 觀看

衍生片語 영화를 ～（看電影），시합을 ～（觀看比賽），박람회를 ～（參
觀博覽會）

常用例句 산 좋고 물 좋은 곳으로 구경 갔다.
去山清水秀的地方參觀。

相關詞彙 보다（看），관람하다（觀賞），구경가다（觀賞）

► **구멍** 名 ①孔，洞，眼　②漏洞

衍生片語　～이 뚫리다（出現漏洞），～난 양말（破洞的襪子），～을 막다（堵漏洞）

常用例句　수도관에 구멍이 나 물이 샌다.
自來水管破了個洞，在漏水。
문풍지 구멍으로 방 안을 엿보았다.
從窗紙的洞偷看房間裡面。

相關詞彙　홀（洞）

► **구체적(具體的)** 名 具體的

衍生片語　～ 모습（具體的樣子），～ 사례（具體事例），～으로 말하다（具體地說）

常用例句　묘사는 추상적인 대상을 구체적으로 보여 주는 방법이다.
描寫是將抽象的對象具體地展示出來的方法。

相關詞彙　대체로（大體上）

► **구하다(救-)** 動 救，救濟，救命

衍生片語　목숨을 ～（拯救性命），가난한 사람을 ～（救濟窮人），영혼을 ～（拯救靈魂）

常用例句　물에 빠진 강아지를 구해 집에서 키우고 있다.
救了落水的狗，並收養了牠。
목숨을 바쳐 나라를 구하였다.
犧牲生命拯救了國家。

相關詞彙　구제하다（救濟），돕다（幫助）

► **구하다(求-)** 動 尋找，尋求

衍生片語　약을 ～（求藥），일자리를 ～（求職），진리를 ～（尋求真理），동정을 ～（尋求同情）

常用例句　그는 신선한 생선을 구하러 바닷가까지 갔다.
他為了買新鮮的魚，甚至去了海邊。
친구는 결혼 문제에 관해 선배에게 조언을 구하려고 하였다.
朋友想向前輩請教關於結婚的問題。

相關詞彙　찾다（找），모색하다（探求）

▶ **국민[궁-](國民)** 名 國民

衍生片語 ～교육（國民教育），～총생산（國民生產總值），한국 ～（韓國公民）

常用例句 나라의 경제 발전을 위하여 국민 각자가 열심히 일해야 한다.
為了國家的經濟發展，需要公民各自努力工作。
정부는 국민을 위해 힘써야 한다.
政府應該努力造福於民。

相關詞彙 백성（百姓）

▶ **국수[-쑤]** 名 麵條

衍生片語 ～기계（製麵機），～한 접시（一盤麵條），～를 삶다（煮麵條），～를 뽑다（擀麵條），[관]～를 먹다（辦婚禮）

常用例句 음식점에 간 우리는 국수를 한 그릇씩 먹었다.
我們去餐廳，每人吃了一碗麵條。

相關詞彙 면（麵）

▶ **국제[-쩨](國際)** 名 國際

衍生片語 ～경쟁（國際競爭），～학술 대회（國際學術大會），～규격（國際標準）

常用例句 서울 올림픽의 성공으로 한국의 국제적 지위가 크게 향상되었다.
首爾奧運會的成功舉辦，使韓國的國際地位得到了很大的提升。
국제적인 협력과 평화의 유지는 국제 사회의 중요한 과제이다.
國際合作與維護和平是國際社會的重要課題。

相關詞彙 국내（國內）

▶ **국회의원 [구쾨-](國會議員)** 名 國會議員

衍生片語 ～ 선거（國會議員選舉），～ 당선자（國會議員當選者）

常用例句 국회의원의 지역구 방문에 보좌관들이 국회의원을 수행하였다.
在國會議員的地區走訪中，助理們一直跟隨在國會議員身邊。

相關詞彙 총선（大選；選取），대선（大選），유세（遊說）

▶ **군(君)** 名 ①君 ②人（指男人）

衍生片語 김현수 ～（金玄秀君），박 ～（朴君）

常用例句	김 군, 어디를 그리 급히 가나? 金君，這麼急著去哪裡啊？ 이 군은 앞으로 무슨 일을 하려는가? 李君以後打算從事什麼工作啊？
相關詞彙	씨（氏）

▶▶▷ **군데** 名 處

衍生片語	한 ～（一處），두 ～（兩處），몇 ～（幾處）
常用例句	이 글은 여러 군데 잘못이 있다. 這篇文章很多地方都有錯誤。
相關詞彙	장소（地點）

▶ **굳이[구지]** 副 ①堅持 ②特意，一定

衍生片語	～ 반대하다（堅持反對），～ 사양하다 (特意讓步)
常用例句	굳이 따라가겠다면 할 수 없지. 如果堅持要跟去也沒辦法。 사례를 굳이 거절할 필요가 없다. 沒有必要一定要拒絕謝禮。
相關詞彙	구태여（一定），끝끝내（堅持），결국（結果）

▶▷▷ **굵다[굴따]** 形 ①粗，粗大 ②（粒）大 ③（嗓音）粗

衍生片語	팔뚝이 ～（胳臂粗），손가락이 ～（手指粗），굵은 감자（大馬鈴薯），알이 ～（蛋很大），굵은 목소리（粗嗓門）
常用例句	손마디가 굵어서 반지가 들어가지 않는다. 手指關節粗，戒指戴不進去。 올해는 농사가 잘되어서 이삭이 굵게 여물었다. 今年收成好，稻穗飽滿。 변성기를 겪은 아이는 목소리가 굵어졌다. 經過變聲期的孩子嗓音變粗了。
相關詞彙	가늘다（細）

▶ **굽다[-따]** 動 ①烤 ②炒 ③燒

衍生片語	구운 고구마（烤地瓜），도자기를 ～（燒製瓷器），벽돌을 ～（燒磚）
常用例句	가게에서 갈비 굽는 냄새가 코를 찔렀다.

小店裡烤排骨的味道刺鼻。

독을 구울 때 어떻게 온도를 조절해야 하는가?

燒製罈子時，怎麼控制溫度呢？

(相關詞彙) 태우다（糊）

▶ 궁금하다 形 ①掛念，納悶，焦心　②嘴饞　③好奇，想知道

(衍生片語) 결과가 ～（想知道結果），소식이 ～（想知道消息），속이 ～（肚子餓），입이 ～（嘴饞）

(常用例句) 부모는 자식의 생사가 궁금하여 가만히 있을 수가 없었다.
父母掛念孩子的生死，坐立不安。
그 안에 무엇이 들었는지 무척 궁금하다.
很好奇那裡面裝的是什麼。

(相關詞彙) 알고 싶다（納悶），답답하다（鬱悶）

▶ 권투(拳擊) 名 拳擊

(衍生片語) ～ 선수（拳擊選手），～ 시합（拳擊比賽）

(常用例句) 어제 권투 중계를 보았다.
昨天看了拳擊比賽的轉播。

(相關詞彙) 복싱（boxing，拳擊）

▶ 권하다(勸-) 動 勸，勸告

(衍生片語) 책을 ～（推薦書），술을 ～（勸酒）

(常用例句) 친구가 권해서 이 일을 시작하게 되었다.
在朋友的勸告下，開始著手這件事。
그는 나더러 참으라고 권했다.
他勸我忍住。

(相關詞彙) 권고하다（勸告）

▶ 귀국 [-구카-](歸國) 名 歸國，回國

(衍生片語) ～독주회（歸國獨奏音樂會），～ 길에 오르다（踏上歸國之路）

(常用例句) 세계 대회에서 우승한 선수단이 귀국하면 큰 환영 행사가 있을 예정이다.
在世界大賽中取得冠軍的代表隊回國時，將要舉行盛大的歡迎慶典。
그는 곧 귀국할 예정이다.

他計劃馬上回國。

相關詞彙 돌아오다（回來）

▶ 귀엽다[-따] 形 可愛

衍生片語 귀여운 아이（可愛的孩子），귀여운 목소리（可愛的嗓音），
귀여운 얼굴（可愛的臉蛋）

常用例句 나에게는 아기의 우는 모습조차도 귀여웠다.
連孩子哭的樣子我都覺得可愛。

相關詞彙 예쁘다（漂亮），곱다（漂亮，好看）

▶ 규칙(規則) 名 規則

衍生片語 ～ 위반（違規），～을 정하다（制定規則），～을 지키다（遵守
規則），～을 어기다（違反規定）

常用例句 주어진 규칙에 따랐다.
遵守現有的規則。

相關詞彙 법칙（法規），규정（規定），규율（紀律）

▶ 규칙적 [-쩍](規則的) 名 有規律的

衍生片語 ～인 변화（有規律的變化），～인 생활（有規律的生活）

常用例句 벨 소리가 규칙적으로 울렸다.
鈴聲有規律地響了起來。

相關詞彙 규범（規範）

▶ 그냥 副 ①照樣，仍然，仍舊 ②就那樣 ③沒辦法，無可奈何

衍生片語 ～두다（就那麼放著）

常用例句 가게에 들어갔다가 그냥 나왔다.
進了小店，就那樣出來了。（什麼都沒買。）
하루 종일 그냥 울고만 있으면 어떻게 하니?
如果一整天都在哭，那該怎麼辦？
아까 그 말은 그냥 해 본 말이 아니야.
剛才那些話不就是隨口說說的。

相關詞彙 그대로（就那樣，原樣），그저（就那樣）

▶ 그늘 名 ①陰涼處　②憂愁，陰影

衍生片語　나무~（樹陰），~이 비끼다（帶著憂愁）

常用例句　나무 그늘 아래에서 쉬었다 가자.
在樹下休息一會兒再走吧。
햇볕에 서 있지 말고 이쪽 그늘로 와라.
別在陽光下站著，到這邊的陰涼處來。
얼굴에 그늘이 섰다.
臉上帶著憂愁。

相關詞彙　음지（背光地）

▶ 그다음 名 然後

衍生片語　~분（下一位）

常用例句　그다음 사람 대답해 보세요.
請下一位回答。

相關詞彙　그뒤（從那以後），연후（然後）

▶ 그다지 副 ①不大，不怎麼　②那樣，那麼

衍生片語　~크지 않다（不怎麼大），~예쁘지 않다（不怎麼漂亮）

常用例句　그 사람은 무슨 걱정이 그다지도 많은가?
那個人的煩惱怎麼那麼多？
그것은 그다지 큰 건물이 아니다.
那個建築物不怎麼大。

相關詞彙　그렇게（那麼），별로（不怎麼），그만큼（像那樣）

▶ 그대로 副 就那樣

衍生片語　~간직하다（原樣珍藏），~두다（就那樣放著）

常用例句　옛 모양 그대로 회복하였다.
還原成爲從前的樣子了。
나를 보고도 그대로 지나가더라.
看見我也直直地走過去了。

相關詞彙　똑같이（同樣）

▶ 그램(gram) 名 公克

衍生片語　사~（4公克），사십~（40公克）

常用例句 화물의 그램 수를 알려주세요.
請告訴我貨物的公克數。

相關詞彙 킬로그램（千克，公斤）

▶ **그러므로** 副 因此，所以，因而

常用例句 나는 생각한다. 그러므로 나는 존재한다.
我思故我在。
인간은 말을 한다. 그러므로 동물과 구별된다.
人類會講話，因而能與動物有所區別。

相關詞彙 따라서（因此），결국（結果），그까닭에（因而）

▶ **그러하다** 形 那樣

衍生片語 그러한 경우（那種情況），그러한 사람（那種人）

常用例句 그러한 예는 얼마든지 찾을 수 있다.
那樣的例子，不勝枚舉。
그러한 이름의 사람은 여기 없습니다.
這裡沒有叫那個名字的人。

相關詞彙 그렇다（那麼）

▶ **그려지다** 動 畫著，畫好

衍生片語 그림이 ～（畫著畫）

常用例句 아치형 문에는 용이나 코끼리가 그려져 있다.
拱門上畫著龍或象。

相關詞彙 그리다（畫，描繪）

▶ **그룹(group)** 名 總公司，集團

衍生片語 재벌 ～（財閥集團），～ 총수（集團總數），～ 회장（集團會長）

常用例句 올해 30대 그룹은 신입 사원 채용 규모가 전년도에 비해 급속히 줄었다.
今年30大集團招募新職員的規模與去年相比大幅減少。
거대한 그룹을 경영한다.
經營龐大的集團。

相關詞彙 집단（集團）

▶ **그리** 副 ①不怎樣 ②那樣 ③那裡，那邊

衍生片語 ～ 가다（去那裡），～ 많지 않다（沒有那麼多），～ 생각하다（想念那裡）

常用例句 너는 무엇이 그리 바쁘니?
你什麼事那麼忙？
그리 서 있지 말고 빨리 들어와 문을 닫으시오.
別站在那兒，趕緊進來，把門關上。
이 일은 그리 쉬운 일이 아니다.
這件事並不是那麼簡單的。

相關詞彙 그렇게（那樣）

▶ **그립다[-따]** 形 ①懷念，思念 ②希望得到的，需要的

衍生片語 부모님이 ～（思念父母），고향이 ～（思念家鄉），그리운 사람（想念的人）

常用例句 이 사진을 보면 그리운 그녀의 모습이 떠오른다.
看著這張照片，又想起了心中思念的她的樣子。
작년에 돌아가신 할아버지가 그립다.
想念去年過世的爺爺。

相關詞彙 생각나다（想起），보고 싶다（想念）

▶ **그만** 副 ①到此為止 ②馬上，頓時

衍生片語 ～ 먹다（別吃了），농담 ～하다（不開玩笑了）

常用例句 눈이 그만 왔으면 좋겠다.
雪能停就好了。
토론은 충분히 했으니 그만 끝냅시다.
已經討論得很充分了，到此為止吧。
너무 놀라서 그만 소리를 지르고 말았다.
十分驚訝，頓時大叫了起來。

相關詞彙 중지（終止），끝（結束）

▶ **그만두다** 動 作罷，拉倒，算了

衍生片語 직장을 ～（辭職），학업을 ～（輟學），입씨름을 ～（停止吵嘴）

常用例句 그는 옷가게를 그만두고 식당을 차렸다.

他不經營服裝店了，開起了餐廳。

相關詞彙 그치다（停止），끝내다（結束）

▶ **그만큼** 副 差不多，那麼多

衍生片語 ～ 아프다（那麼痛）

常用例句 그만큼 공부했으니 틀림없이 성공할 것이다.
學了那麼多，一定會成功的。
그만큼을 다 먹으라고?
讓我吃這麼多？

相關詞彙 그만치（那麼）

▶ **그만하다** 形 ①差不多，相差不多 ②就那樣

衍生片語 그만한 일（那麼點事）

常用例句 그만한 양이면 우리 식구 모두 먹어도 충분하겠다.
這些量，差不多夠我們全家吃了。
그만한 일로 뭘 그렇게 화를 내니?
怎麼為這點事生那麼大的氣？
이것도 그만한 무게를 가지고 있다.
這個東西也那麼重。

相關詞彙 웬만하다（一般的）

▶ **그중(-中)** 名 其中

衍生片語 ～에서（在那當中）

常用例句 그는 벽에 걸린 옷이 많은데 그중 깨끗하고 성한 옷을 골라 입었다.
牆上掛著很多衣服，他從中挑了件乾淨整潔的穿上了。
나는 사과 상자에서 그중에 좋은 걸로 몇 개 꺼냈다.
我在蘋果箱子中拿出了幾個好的。

相關詞彙 가운데（其中）

▶ **그치다** 動 停，停止

衍生片語 비가 ～（雨停了），노래가 ～（歌聲停了）

常用例句 아이의 울음소리가 좀처럼 그치지 않았다.
孩子的哭聲一點都沒停。

相關詞彙 끝내다（停止）

► 근로자 [글-](勤勞者) 名 勞工

衍生片語 ～ 하루 임금（勞工的日薪），～의 운명（勞工的命運）

常用例句 경기가 점차 회복 국면으로 접어들면서 근로자의 임금 인상 문제가 다시 거론되기 시작했다.
隨著經濟進入逐步恢復的局面，開始再一次把提高勞工工資的問題拿出來討論。

相關詞彙 노동자（工人），인부（工人，苦力）

► 근무(勤務) 名 工作

衍生片語 ～ 생활（工作生活），～ 교대（輪班），야간 ～（夜班），
～에 충실하다（踏實地工作）

常用例句 오늘은 내가 야간 근무를 서는 날이다.
今天是我上夜班的日子。

相關詞彙 업무（業務）

► 근무하다(勤務-) 動 工作，上班

衍生片語 충실히 ～（踏實工作），통역관으로 ～（當翻譯）

常用例句 아파트 경비는 24시간 교대로 근무한다.
公寓警衛二十四小時輪班工作。
학교 도서관에서 사서로 근무한다.
在學校圖書館當管理員。

相關詞彙 일보다（工作）

► 글 名 ①文章 ②文字 ③學識，學問

衍生片語 좋은 ～（好文章），～을 배우다（學習文字），～을 모르다（不
識字）

常用例句 글 한 편으로 이름을 날렸다.
因爲一篇文章而聲名大噪。
견문이 넓을 뿐만 아니라 글도 대단하다.
不僅見聞廣泛，學識也很了不起。

相關詞彙 문장（句子），글월（句子；信）

► 글쓰기 名 寫文章，作文

衍生片語 ～를 잘하다（善於寫文章），～를 못하다（不會寫作文）

常用例句	이 아이는 말재주는 없지만 글쓰기는 아주 잘한다.
	這個孩子雖然口才不好，但是文章寫得很好。

相關詞彙	작문（作文），글짓기（寫文章）

글씨 名 ①書法，寫字　②寫的字　③字體

衍生片語	～가 예쁘다（字漂亮），～를 배우다（學習書法）

常用例句	글씨가 큼직하여 읽기 좋다.
	字體粗大，讀起來很容易。
	칠판에 글씨를 쓴다.
	在黑板上寫字。
	이것은 누구의 글씨입니까?
	這是誰的字？

相關詞彙	문자（文字），서예（書法）

글자 [-짜](-字) 名 文字，字

衍生片語	～의 획수（筆畫數），～를 쓰다（寫字）

常用例句	글씨를 흘려 써서 이 글자가 '서'인지 '저'인지 잘 모르겠다.
	字跡模糊，不知道這個到底是'서'還是'저'。
	칠판에 적은 글자가 잘 안 보인다.
	黑板上的小字看不大清楚。

相關詞彙	글씨（字體），문자（文字）

금(金) 名 金，金子

衍生片語	～을 캐다（挖金子），～메달（金牌），～이 비싸다（金子很貴）

常用例句	돈이 아니라 금을 주어도 아무도 그 일을 하지 않을 것이다.
	就算給的不是錢而是金子，也不會有人做那件事的。

相關詞彙	금전（金錢），골드（黃金）

금방(今方) 副 ①剛才，剛剛　②馬上，立刻

衍生片語	～ 구워 낸 빵（剛烤出來的麵包），～ 오다（馬上來），～ 나가다（馬上出去）

常用例句	그녀는 금방 나갔다.
	她剛剛出去。
	금방 비가 올 것처럼 하늘이 어둡다.

天陰得好像馬上就要下雨似的。

그는 동생에게 소리치고 나서 금방 후회하였다.

他衝著弟弟吼了幾句後，馬上就後悔了。

相關詞彙 방금（剛剛），곧（馬上），즉시（馬上，立刻）

▶ 금연 [그면](禁煙) 名 ①禁菸 ②戒菸

衍生片語 ～ 좌석（禁菸席），～ 구역（禁菸區），～석（禁菸席）

常用例句 금주보다 금연이 더 어려운 법이다.

戒菸往往比戒酒更難。

정초에는 금연을 결심하는 사람들이 많다.

年初很多人會決心戒菸。

相關詞彙 단연（戒菸）

▶ 금지(禁止) 名 禁止

衍生片語 통행 ～（禁止通行），～ 기간（禁止期間），～ 조항（禁止事項）

常用例句 회의 참석을 금지 당했다.

被禁止出席會議。

相關詞彙 정지（停止）

▶ 금지되다(禁止-) 動 被禁止

衍生片語 도박이 ～（賭博是被禁止的），개발이 금지되는 자연보호지역（禁止開發的自然保護區）

常用例句 병원 대합실에서의 흡연은 금지되어 있다.

禁止在候診室裡吸菸。

相關詞彙 허가되다（被許可）

▶ 금지하다(禁止-) 動 禁止

衍生片語 입산을 ～（禁止上山），출입을 ～（禁止出入）

常用例句 외부인의 출입을 금지한다.

禁止外來人員出入。

相關詞彙 허가하다（許可）

급하다(急-)[그파-] 形 ①急 ②困難

衍生片語 급한 사정（緊急情況），급한 일（急事），돈이 ～（急需錢）

常用例句 내 급한 성질은 고칠 수 없을 것 같다.
我這急性子好像改不了了。

相關詞彙 급박하다（急迫），긴박하다（緊急）

긍정적(肯定的) 名 肯定的

衍生片語 ～인 답면（肯定的答覆），～인 태도（肯定的態度），～측면（肯定的方面），～으로 답하다（做出肯定回答）

常用例句 그는 긍정적으로 고개를 끄덕였다.
他肯定地點了點頭。

相關詞彙 부정적（否定的）

기대(期待) 名 期待，期望

衍生片語 ～를 걸다（寄託期望），～를 무너뜨리다（期望破碎），～에 보답하다（報答期望）

常用例句 그는 부모님의 기대에 어긋나지 않는 아들이었다.
他是一個不會違背父母期望的兒子。
사장은 올해 입사한 신입 사원들에 대한 기대가 컸다.
社長對今年的新職員期望很高。

相關詞彙 바람（希望）

기대하다(期待-) 動 期待，期望

衍生片語 변화를 ～（期待變化），성공을 ～（期望成功）

常用例句 우리는 월급이 오르기를 기대하고 있다.
我們在期待調漲薪水。
우리 회사가 선보일 신제품을 많이 기대해 주십시오.
請期待我們公司新推出的新產品。

相關詞彙 바라다（希望），원하다（希望）

기도(祈禱) 名 祈禱，禱告

衍生片語 간절한 ～（誠摯的祈禱），～를 올리다（進行禱告）

常用例句 그는 어머니의 건강 회복을 위해 하느님께 기도했다.
他正在爲母親能夠恢復健康而向上蒼祈禱。

저의 기도를 들어주십시오.
請聽聽我的禱告。

(相關詞彙) 기원（禱告）

▶ **기록하다(記錄-)[-로카-] 動** 記錄

(衍生片語) 기록을 남기다（留下記錄），세계 최고 기록（世界最高紀錄），기록을 경신하다（刷新紀錄）

(常用例句) 후대의 역사가들은 역사책에 그를 위대한 영웅으로 기록할 것이다.
後代的歷史學家會將他描述成一位偉大的英雄。

(相關詞彙) 적다（寫下），쓰다（寫）

▶ **기르다 動** ①養，飼養　②培養　③留（頭髮）　④養成

(衍生片語) 새를 ～（養鳥）인재를 ～（培養人才），수염을 ～（留鬍子），습관을 ～（養成習慣）

(常用例句) 그는 취미로 화초를 기르고 있다.
他把養花當成興趣。
제자를 길러 내었다.
培養了弟子。
그녀는 머리를 엉덩이까지 길러서 곱게 땋았다.
她把頭髮一直留到了臀部，編得很漂亮。
용돈을 쓸 때에는 계획을 세워 바르게 쓰는 습관을 기르도록 하자.
應該養成一種有計劃地正確使用零錢的習慣。

(相關詞彙) 양육하다（養育）

▶ **기름 名** ①油　②脂肪

(衍生片語) 콩 ～（豆油），～을 바르다（擦油），～을 치다（上油），～이 많은 고기（油多的肉）

(常用例句) 기계가 빡빡하고 잘 돌아가질 않아 기름을 쳤다.
機器太緊，轉不動，所以上了點油。
김에 기름을 발라 구웠다.
把海苔抹上油烤了烤。
배에 기름이 꼈다.
肚子長了脂肪。

(相關詞彙) 유（油），지방（脂肪），윤활유（潤滑油）

▶ **기본(基本)** 名 基本，基礎

衍生片語　～ 어휘（基本詞彙），～ 원리（基本原理）

常用例句　무슨 일을 하든지 기본이 충실해야 발전할 수 있다.
　　　　　無論做什麼事，基礎扎實才能得到發展。
　　　　　격렬한 논란 끝에 양측은 기본 원칙에 합의했다.
　　　　　在激烈的討論後，雙方在基本原則上達成了共識。

相關詞彙　밑바탕（基礎），근원（根源），뿌리（根基）

▶ **기뻐하다** 動 高興，欣喜，歡欣

衍生片語　소식을 듣고 ～（聽到消息後很開心），크게 ～（開心極了）

常用例句　선물을 받은 아이가 뛸 듯이 기뻐했다.
　　　　　收到禮物的孩子高興得像要跳起來一樣。
　　　　　그는 수석 졸업에 아주 기뻐했다.
　　　　　他很高興能夠以第一名的成績畢業。

相關詞彙　좋아하다（喜歡），즐거워하다（喜歡）

▶ **기쁨** 名 高興，欣喜

衍生片語　～과 슬픔（高興與悲傷），인생의 ～（人生的喜悅），커다란 ～
　　　　　（巨大的欣喜）

常用例句　재회의 기쁨을 느끼기도 전에 또 다시 이별이라니.
　　　　　在沒感受到重逢的喜悅之前，又要離別……
　　　　　그의 얼굴에는 기쁨이 넘쳐 있었다.
　　　　　他的臉上洋溢著喜悅。

相關詞彙　즐거움（高興）

▶ **기사(技士、技師)** 名 技師，司機

衍生片語　버스 ～（公車司機），수석～（首席工程師）

常用例句　아버지는 버스를 운전하시다가 지금은 택시 기사를 하고 계신다.
　　　　　父親開了一段時間的巴士，現在是計程車司機。

▶ **기술(記述)** 名 ①技術　②記載，記錄

衍生片語　～ 내용（記錄內容），역사 ～ 방법（歷史記錄方法）

常用例句　이 역사책은 사료에 대한 철저한 해석과 객관적인 기술로 유명하다.
　　　　　這本歷史書因其對史料透徹的解析和客觀的記載而聞名。

사회학자는 그 사회의 현상, 구조, 변동 따위에 대하여 적합한 기술을 할 수 있어야 한다.

社會學家應對社會現象、結構、變動等做出合理的記載。

(相關詞彙) 기록（記錄）

► 기억(記憶) 名 記憶

(衍生片語) ～이 희미하다（記憶模糊），～에 남다（留在記憶中），～을 불러일으키다（喚起記憶）

(常用例句) 너무 오래된 일이라 기억이 없으신 모양이군요.
事情過去很久了，好像記不起來了吧。

(相關詞彙) 추억（回憶）

► 기억나다(記憶-)[-엉-] 動 想起來

(常用例句) 오래전 일이라 좀처럼 기억나지 않는다.
很久之前的事了，很難想起來。
한참 후에야 그의 이름이 기억났다.
過了好一會兒才想起他的名字。

(相關詞彙) 생각나다（想起）

► 기억되다(記憶-) 動 被記住

(衍生片語) 기억되는 이름（記住的名字），기억된 프로그램（被記住的節目）

(常用例句) 그 작품은 문학사에 오래 기억될 것이다.
那部作品將在文學史上名垂青史。
나에게 담임선생님은 매우 엄격한 분으로 기억된다.
在我的記憶中，班主任是一位十分嚴屬的老師。

(相關詞彙) 잊어버리다（忘記）

► 기억하다(記憶-)[-어카-] 動 記住

(衍生片語) 기억할 만한 날（值得記住的日子），말을 ～（記住話），단어를 ～（背單字）

(常用例句) 아버지는 여전히 아들이 그 일을 했다고 기억하고 계셨다.
父親仍然記得兒子曾做過那件事情。
나는 아직도 그를 반장으로 기억하고 있다.
我還記得他是班長。

相關詞彙 생각하다（想起）

► 기온(氣溫) 名 氣溫

衍生片語 ～이 내려가다（氣溫下降），～이 올라가다（氣溫上升），～이 높다（氣溫高），～이 낮다（氣溫低）

常用例句 내일은 차가운 시베리아 고기압의 영향으로 전국의 기온이 영하로 떨어질 것이라고 한다.
受寒冷的西伯利亞高氣壓影響，明天全天氣溫將降至零度以下。

相關詞彙 온도（溫度）

► 기운 名 力氣，精力

衍生片語 ～이 세다（力氣大），～이 나다（有力氣），～을 쓰다（費力），～을 키우다（養精蓄銳）

常用例句 내가 아무리 기운이 없어도 이걸 못 들겠니?
我再怎麼沒力氣，難道就連這個也提不起來嗎？
이걸 옮기려면 기운 좀 써야 될 거야.
想要搬這個，得費點力氣了。

相關詞彙 힘（力氣），기력（力量），정력（精力）

► 기자(記者) 名 記者

衍生片語 정치부 ～（政治記者），편집 ～（編輯記者），스포츠 ～（體育記者），수습 ～（實習記者）

常用例句 그 기자의 기사는 예리하기로 정평이 나 있다.
那個記者的報導被公認為言辭犀利。
대선에 관한 기자들의 취재 경쟁이 뜨겁다.
記者們關於大選的取材競爭已是白熱化。

相關詞彙 인터뷰（採訪）

► 기준(基準) 名 基準，標準

衍生片語 심사 ～（審查標準），평가 ～（評價標準），～을 세우다（確立標準），～을 바꾸다（改變標準），～을 적용하다（適用標準）

常用例句 세금은 기준에 따라 여러 가지로 분류할 수 있다.
稅金根據標準可以分為許多種。
일정한 기준이 없으면 제대로 된 평가를 내릴 수 없다.
如果沒有一定的標準，那就無法做出正確的評價。

相關詞彙 표준（標準）

► 기초(基礎) 名 基礎

衍生片語 ～ 실력（基礎實力），～ 조사（基礎調查），～가 부족하다（基礎不足），～를 다지다（奠定基礎），～를 세우다（打基礎）

常用例句 민주 국가에서는 국민의 여론을 기초로 하여 정책을 수립하고 추진한다.
民主國家以公民的輿論爲基礎來制定和實施政策。
논리적 사고력은 모든 학문의 기초가 된다.
邏輯性思考能力是所有學問的基礎。

相關詞彙 바탕（基礎），주춧돌（基石），초석（基礎，基石）

► 긴장(緊張)(하) 名 緊張

衍生片語 ～의 연속（緊張的延續），～을 늦추다（緩和緊張），～을 풀다（緩解緊張）

常用例句 양국 간에 긴장이 높아 가고 있다.
兩國之間的關係越來越緊張。
음악을 들으면 긴장이 풀린다.
聽音樂可以緩解緊張。

相關詞彙 이완（鬆弛，鬆懈）

► 긴장하다(緊張-) 動 緊張

衍生片語 매우 ～（十分緊張）

常用例句 시험을 볼 때 너무 긴장하지 말고 평소 실력대로만 해라.
考試時不要緊張，就像平時那樣做。
어두운 골목 속에서 누군가 튀어 나올 것만 같아 긴장하였다.
漆黑的巷子中，好像有人要突然跳出來，所以很緊張。

相關詞彙 정신차리다（打起精神），주목하다（矚目，注意）

► 길거리[-꺼-] 名 街道，大街

衍生片語 ～로 내쫓다（追到大街上），～로 나서다（上街），～에서 노는 아이（在街道玩耍的孩子）

常用例句 빚으로 집이 넘어가자 우리는 하루아침에 길거리에 나 앉게 되었다.
以房抵債後，我們馬上就露宿街頭了。

相關詞彙 길가（路邊），가도（街道），도로변（路邊）

▶ 까닭[-닥] 名 原因，理由

衍生片語　～없이（毫無理由），～이 있다（有原因），～을 묻다（訊問原因）

常用例句　주의하지 않는 까닭에 그런 일이 생겼다.
　　　　　沒注意，所以才發生了那種事。
　　　　　그 사람이 오지를 않으니 무슨 까닭이냐?
　　　　　那個人沒來，有什麼原因嗎？

相關詞彙　이유（理由），원인（原因）

▶ 까만색(-色) 名 黑色

衍生片語　～눈동자（黑色的眼珠），～옷（黑衣服）

常用例句　까만색 승용차가 지나간다.
　　　　　黑色的轎車開過去。

相關詞彙　검은색（黑色），흑색（黑色），까망（黑）

▶ 까맣다[-마타] 形 ①黑　②黑呼呼　③記憶模糊

衍生片語　까만 머리카락（黑色的頭髮），까맣게 타다（曬黑）

常用例句　하얀 종이에 까만 글씨가 있긴 한데 눈이 나빠 잘 보이지 않는다.
　　　　　白紙黑字，但因爲眼睛不好，所以看不清楚。
　　　　　그 일을 까맣게 잊고 있었다.
　　　　　那件事忘得一乾二淨了。

相關詞彙　검다（黑的）

▶ 깜빡 名 ①一閃　②突然，一下子

衍生片語　～ 잊다（突然忘記），～ 지나가다（一閃即逝），～할 사이（瞬間）

常用例句　퓨즈가 나갔는지 전등이 깜빡 켜졌다가 금방 꺼져 버렸다.
　　　　　可能是保險絲斷了，燈閃了一下就滅了。
　　　　　눈 깜빡할 사이에 대학 4년이 지나갔다.
　　　　　一眨眼，大學四年就過去了。

▶ 깜짝 副 一下子

衍生片語　～ 놀라다（嚇了一跳）

常用例句　내가 부르는 소리에 그는 깜짝 놀랐다.

他被我叫他的聲音嚇了一跳。

(相關詞彙) 갑자기（突然）

▶ 깨끗이[-끄시] 副 乾淨地

(衍生片語) ～씻다（洗得乾淨），～치우다（打掃得很乾淨）

(常用例句) 맑고 깨끗이 웃는 아가 얼굴에 내 마음도 환해진다.
望著孩子們那清純的笑臉，我的心情也豁然開朗了。
너는 공책 정리를 참 깨끗이 잘하는구나.
你的筆記整理得真乾淨啊！

(相關詞彙) 청소하다（打掃）

▶ 깨다 動 ①醒　②覺醒，覺悟

(衍生片語) 마취에서 ～（從麻醉中醒來），술이 ～（醒酒），잠이 ～（睡醒），머리가 ～（頭腦清醒）

(常用例句) 잠을 너무 오래 자면 잠에서 깨는 시간도 오래 걸린다.
睡的時間長，醒來所花的時間也長。
늘 의식이 깨어있는 사람이 되어야 한다.
應該做一個時時刻刻頭腦清醒的人。

(相關詞彙) 깨닫다（感到，領悟），각오하다（做好心理準備）

▶ 깨다 動 ①打破　②破壞

(衍生片語) 그릇을 ～（打破碗），계란을 ～（打破雞蛋），약속을 ～（破壞約定），분위기를 ～（破壞氣氛），세계 기록을 ～（打破世界記錄）

(常用例句) 공으로 유리창을 깼다.
用球把玻璃窗打破了。
계단에서 굴러 무릎을 깼다.
從樓梯上滾下來，膝蓋摔破了。
인종 차별의 벽을 깼다.
要打破種族歧視的高牆。

(相關詞彙) 깨뜨리다（打碎），파괴하다（破壞），무너뜨리다（推翻）

▶ 깨지다 動 ①破碎　②破產，破滅

(衍生片語) 그릇이 ～（碗碎了），희망이 ～（希望破滅）

(常用例句) 발에 차여 무릎이 깨지다.

被踢了一腳，膝蓋破皮了。

（相關詞彙）쪼개지다（裂開，劈開），파괴되다（破壞），무너지다（倒塌）

► 꺼내다 動 ①掏出 ②提起，說起來（話）

衍生片語 동전을 ～（掏出硬幣），**책을 ～**（掏出書），말을 ～（提起，說起來）

常用例句 옷장에서 옷을 꺼냈다.
從衣櫃中掏出了衣服。
네 생각을 숨김없이 꺼내어 이야기해 보렴.
你就將你的想法毫無保留地説出來吧。

（相關詞彙）끌어내다（拉出），끄집어내다（拿出來）

► 꺼지다 動 熄滅

衍生片語 전등이 ～（電燈熄滅），불이 ～（火滅了）

常用例句 바람에 촛불이 꺼졌다.
燭火被風吹滅了。

（相關詞彙）켜지다（打開）

꺾 껌(gum) 名 口香糖

衍生片語 ～을 씹다（嚼口香糖），～ 한 통（一罐口香糖），～을 뱉다（吐口香糖）

常用例句 껌을 질겅질겅 씹는다.
嘎吱嘎吱地嚼著口香糖。

（相關詞彙）크실로스（木糖醇）

► 껍질[-찔] 名 外皮，表皮

衍生片語 ～을 까다（剝皮），～을 벗기다（剝皮），～이 두껍다（皮厚）

常用例句 이 사과는 껍질이 너무 두껍다.
這個蘋果皮太厚了。

（相關詞彙）껍데기（皮，殼），표피（表皮）

꺾 꼭대기[-때-] 名 頂

衍生片語 건물 ～（建築物頂端），나무 ～（樹頂），～에 오르다（爬到峰頂）

常用例句 뒷산 꼭대기에 오르면 마을이 한눈에 보인다.
　　　如果爬到後山的山頂，整個村莊就能盡收眼底。

相關詞彙 정상（頂峰），피크（頂端）

► **꽃잎[꼰닙]** 名 花瓣

衍生片語 ～을 따다（摘花瓣），～이 떨어지다（花瓣凋零），장미 ～（玫瑰花瓣）

常用例句 매화는 5개의 꽃잎이 있다.
　　　梅花有五片花瓣。

相關詞彙 꽃판（花瓣）

► **꽤** 副 很，相當

衍生片語 ～ 힘들다（很辛苦），～ 크다（很大），～ 좋다（很好），～ 춥다（很冷）

常用例句 아직 꽤 시간이 있다.
　　　還有很多時間。
　　　작년에 비가 꽤 많이 왔다.
　　　去年下了很多雨。

相關詞彙 매우（很），몹시（非常）

► **꾸미다** 動 ①裝飾，布置　②裝修　③策劃

衍生片語 머리를 ～（弄頭髮），가계를 ～（裝修店舖），계획을 ～（策劃）

常用例句 언니는 예쁘게 꾸미고 맞선을 보러 나갔다.
　　　姐姐打扮得很漂亮，出去相親了。
　　　신혼집을 아담하게 꾸몄다.
　　　新房裝修得很雅緻。
　　　지하 조직을 새로 꾸미었다.
　　　重新組建了地下組織。

相關詞彙 수식하다（修飾），장식하다（裝飾），치장하다（裝扮）

► **꾸준히** 副 不懈地

衍生片語 ～ 공부하다（不懈地學習），～ 준비하다（努力不懈地準備）

常用例句 꾸준히 노력해야만 성공할 수 있다.
　　　只有堅持不懈地努力，才會成功。

相關詞彙 부지런히 （勤奮地）

▶ **꿈꾸다** 動 幻想，作夢

衍生片語 고향을 ～ （夢到故鄉），정치가를 ～ （幻想當政治家）

常用例句 요즘은 밤마다 꿈을 꾼다.
最近每晚都作夢。
헛된 꿈을 꾸지 마라.
別作白日夢了。

相關詞彙 바라다 （希望），희망하다 （希望），원하다 （願望）

▶ **꿈속[-쏙]** 名 夢中

衍生片語 ～에서 만나다 （在夢中相遇），～에 나타나다 （出現在夢中）

常用例句 사랑하는 연인을 꿈속에서 만났다.
與相愛的人在夢中相遇。
꿈속에서 겪었던 일이 생생하게 떠오른다.
夢中，自己經歷過的事情歷歷在目。

相關詞彙 몽중 （夢中）

▶ **끄덕이다[-더기-]** 動 點頭

衍生片語 고개를 ～ （點頭），가볍게 ～ （輕輕地點頭），끄덕여 승낙하다
（點頭允許）

常用例句 두 사람은 서로 머리를 끄덕이며 이야기했다.
兩個人一邊互相點頭，一邊說話。

相關詞彙 젓다 （搖）

▶ **끊다[끈타]** 動 ①斷 ②買 ③斷絕 ④戒

衍生片語 실을 ～ （線斷了），고무줄을 ～ （橡皮筋斷了），소식을 ～ （消
息中斷），거래를 ～ （斷絕來往），술을 ～ （戒酒），담배를 ～
（戒菸），왕복표를 ～ （買來回票），기차표를 ～ （買火車票）

常用例句 외부와의 접촉을 끊어 버렸다.
斷絕與外界的一切接觸。
상대편이 일방적으로 전화를 끊었다.
對方把電話給掛斷了。
나는 표를 끊고 차에 올랐다.
我買票上了車。

나는 담배를 끊기로 결심했다.
我決心戒菸了。

相關詞彙 절단하다（切斷，斷絕），그만두다（停止）

▶ 끊어지다[끄너-] 動 斷

衍生片語 실이 ～（線斷了），왕래가 ～（斷絕來往），전기가 ～（斷電）

常用例句 나와 그녀의 관계는 끊어졌다.
我和她斷絕關係了。
여객기와 통신이 끊어졌다.
與客機的通訊中斷了。

相關詞彙 떨어지다（斷絕）

▶ 끌다 動 ①拖，牽拉 ②拖延 ③吸引

衍生片語 신을 ～（拉線），쟁기를 ～（拉犁），수레를 ～（拉車），시간을 ～（拖延時間），인기를 ～（吸引人氣），주의를 ～（吸引注意）

常用例句 그는 긴 청바지를 접지 않고 질질 끌고 다닌다.
他沒把長牛仔褲捲起來，就拖拉著褲子走。
손님을 끄는 비결이 무엇이냐?
吸引顧客的祕訣是什麼？
나는 어떤 일이든지 미적미적 끄는 것은 질색이다.
我最討厭什麼事都磨磨蹭蹭的人。
시간을 끌지 말고 빨리 해라.
別拖延時間，趕快走。

相關詞彙 당기다（拉）

▶ 끓다[끌타] 動 ①沸騰 ②發熱 ③冒火，光火

衍生片語 물이 ～（水開了），끓는 국물（沸騰的湯），이마가 ～（額頭發熱），속이 ～（心中冒火）

常用例句 물은 섭씨 100도에서 끓는다.
水在攝氏100度的時候沸騰。
방바닥이 절절 끓는다.
房間地面熱得火燙。
가슴속에서 울화가 끓는 것 같다.
心中怨氣衝天。

相關詞彙 끓어오르다（滾開，沸騰）

▶ 끓이다[끄리-] 動 燒開，煮

衍生片語 물을 ～（水開了），국을 ～（熬湯），차를 ～（煮茶）

常用例句 저녁 반찬으로 찌개를 끓였다.
晚餐熬湯喝。

相關詞彙 끓게 하다（燒開）

▶ 끝내[끈-] 副 終於，最後

衍生片語 ～ 거부하다（最後拒絕了），소망을 ～ 이루다（願望終於實現
了）

常用例句 그는 자기를 도와준 사람이 누군지 끝내 알 수 없었다.
他到最後也不知道幫助自己的人是誰。
우승하려던 우리의 꿈은 끝내 무산되고 말았다.
我們想要得冠軍的夢想最後破滅了。

相關詞彙 마침내（最終），끝끝내（後果），결국（後果）

▶ 끼다 動 ①籠罩，彌漫　②積（垢）　③夾，插

衍生片語 안개가 ～（霧氣彌漫），구름이 ～（雲彩彌漫），연기가 ～（煙
氣籠罩），때가 ～（積污垢），책을 ～（夾著書）

常用例句 연기가 방안에 끼었다.
煙籠罩著房間。
흰 양말은 때가 잘 낀다.
白襪子很容易積污垢。
두 이해 당사자 사이에 끼어 난처한 입장에 있다.
夾在兩個利害關係者中間，立場很尷尬。

相關詞彙 덧붙다（籠罩）

▶ **나누다** 動 ①分 ②一起吃喝 ③交談

衍生片語 사과를 ～（分蘋果），음식을 나누어 먹다（把東西分著吃），
이야기를 ～（交談）

常用例句 나는 이 물건들을 불량품과 정품으로 나누는 작업을 한다.
我的工作是將這些物品分爲不良品和合格品。
어머니는 음식을 동네 사람들과 나누어 먹기를 즐기셨다.
母親喜歡與村子裡的人一起分享食物。
우리는 그 문제에 대해서 의견을 나누었으나 결론을 내지는 못했
다.
關於這個問題，我們已經談過了，但是沒能得出結論。

相關詞彙 가르다（分），분류하다（分類）

▶ **나다** 補 ①表示「繼續、多次」或強勢 ②表示「完了」

衍生片語 꽃이 피어 ～（花開了），끝나고 ～（結束了），곤난을 겪고 ～
（經歷過困難）

常用例句 하고 싶은 말을 하고 나니 속이 후련하다.
將想說的話都說出來後，心裡很痛快。
오래 계속하고 나면 익숙하게 되겠지.
做的時間久了，就熟練了。

相關詞彙 대다（表動作的反覆）

▶ **나머지** 名 ①剩餘 ②之餘

衍生片語 ～ 사람들（其餘的人），～ 상품（剩下的商品），기쁜 ～（高興
之餘）

常用例句 이 돈으로 먼저 등록금을 내고 나머지로는 책을 사라.
先用這個錢把學費交了，剩下的去買書吧。
어머니는 아들의 합격 소식에 너무나 기쁜 나머지 눈물까지 보이
셨다.
母親爲兒子合格的消息感到非常高興，甚至流下了眼淚。

相關詞彙 여분（剩餘）

▶ **나빠지다** 動 變壞

衍生片語 사정이 ～（情況變壞），건강이 ～（健康變差）

常用例句 할머니는 건강이 점점 나빠지고 있다.
奶奶的健康狀況越來越差。

상황이 갈수록 나빠진다.

情況越來越糟。

(相關詞彙) 좋아지다（變好）

► **나서다** 動 ①站出來　②出現

衍生片語　앞으로 ～（站到前面），큰길에 ～（來到大路上），반격에 ～ （站出來反擊），구매자가 ～（出現買家）

常用例句　우리는 회사의 사활을 걸고 상품 홍보에 적극적으로 나섰다.

這關係到公司的生死存亡，我們積極地站出來宣傳產品。

어려운 학생들을 돕기 위한 자선가가 나섰다는 소식이 신문에 실 렸다.

報紙上刊登了一則消息，說出現了幫助困難學生的慈善家。

(相關詞彙) 나오다（出現），출현하다（出現），나타나다（出現）

► **나타나다** 動 ①出現，顯出　②產生，發生

衍生片語　효과가 ～（見效），결함이 ～（顯現出缺點）

常用例句　그의 주장은 이 글에 잘 나타나 있다.

他的主張在這篇文章中得到了充分體現。

어떤 물건이든지 자유롭게 교환할 수 있는 수단으로써 화폐가 나 타났다.

作爲一種可以自由交換物品的手段，於是貨幣出現了。

(相關詞彙) 보이다（顯現），나오다（出現），출현하다（出現）

► **나타내다** 動 表現，顯出

衍生片語　기쁨을 ～（表達喜悦之情），생각을 ～（表達思想）

常用例句　이 작가는 자신의 인생관을 소설 속에 잘 나타내고 있다.

這位作家在小說中把自己的人生觀很好地展現了出來。

신비에 싸인 인물이 드디어 그 모습을 사람들에게 나타냈다.

充滿神祕的人物終於在人們面前露出了他的真面目。

(相關詞彙) 밝히다（展現，闡明）

► **나흘** 名 四天

衍生片語　～ 동안（四天之間），～이 지나다（過了四天）

常用例句　나는 여름휴가 중 나흘을 고향에서 보냈다.

我暑假中有四天是在家鄉過的。

그는 집을 나간 지 나흘 만에 돌아왔다.
他離開家只有四天就回來了。

相關詞彙 사일 (四天)

► 낙엽(落葉)[나겹] 名 落葉

衍生片語 ～이 지다 (落葉凋零) , ～이 쌓이다 (落葉堆積)

常用例句 낙엽 후의 풍경은 쓸쓸하다.
樹葉落之後的風景很淒涼。

相關詞彙 갈잎 (櫟樹葉) , 홍엽 (紅葉)

► 낚시 名 ①釣魚 ②釣

衍生片語 ～ 가방 (釣魚包) , ～를 하다 (釣魚) , ～를 즐기다 (喜歡釣魚) , ～에 걸리다 (掛在魚鉤上)

常用例句 낚시를 물에 드리웠다.
將魚鉤垂在水中。
낚시로 잡은 고기를 즉석에서 요리하였다.
把釣的魚當場做成了菜。

相關詞彙 소일하다 (消遣)

► 날개 名 翅膀,翼

衍生片語 ～를 접다 (收起翅膀) , ～를 펼치다 (展開翅膀)

常用例句 백조가 날개를 퍼덕이며 날아올랐다.
天鵝展開翅膀飛了起來。

相關詞彙 날아가다 (飛) , 새 (鳥)

► 날아가다 動 ①飛走 ②無影無蹤

衍生片語 날아가는 비행기 (要飛走的飛機) , 북쪽으로 ～ (向北飛走) , 재산이 ～ (財產無影無蹤)

常用例句 그는 비행기로 고향으로 날아가서 부모님께 모든 잘못을 빌기로 했다.
他坐飛機飛回了家鄉,祈求父母原諒自己所有的過錯。
애써 얻은 일자리마저 날아가 버렸다.
連辛苦得到的職位都飛了。

相關詞彙 비상하다 (飛翔)

날아오다 動 飛來

衍生片語 나비가 ～（燕子飛來），돌이 ～（石頭飛來）

常用例句 공이 갑자기 나에게 날아와서 피하지 못했다.
因爲球突然向我飛來，所以沒躲開。
바람이 불자 낙엽이 마당 안으로 날아왔다.
一颳風，落葉就飛到院子裡來了。

相關詞彙 날다（飛）

낡다 形 陳舊，老朽

衍生片語 낡은 책상（舊桌子），낡은 집（舊房子），낡은 사고방식（陳舊的思考方式）

常用例句 옷이 낡아서 더 이상 입을 수가 없다.
衣服舊了，所以再也不能穿了。

相關詞彙 헐다（舊的），새것（新東西）

남기다 動 留，保留，剩下

衍生片語 음식을 ～（剩食物），이익을 ～（保留利益）

常用例句 용돈을 남겨 저금하였다.
省下零用錢存了起來。
저희는 이익을 적게 남기고 많이 팔자는 주의로 장사를 합니다.
我們做買賣以薄利多銷爲宗旨。
집에 아이들을 남겨 두고 일터로 나갔다.
把孩子留在家裡去工作了。

相關詞彙 남다（留，剩下）

남다 動 剩下，剩餘

衍生片語 먹다 남은 밥（吃剩的飯），기억에 ～（留在記憶中），학교에 ～（留在學校），돈이 ～（錢有剩餘）

常用例句 시험 문제가 쉬워서 시험 시간이 남는다.
考試題目很簡單，所以時間會剩一些。
우리는 이곳에 남아서 뒷정리를 하고 가자.
我們留在這裡處理完收尾工作再走吧。

相關詞彙 여유 있다（閒暇，充裕，從容）

▶ **낯설다[낟썰-]** 形 陌生，面生

衍生片語 낯선 사람（陌生人），낯선 곳（陌生的地方）

常用例句 그는 처음 보는 사람인데도 전혀 낯설지 않았다.
即使是與人初次見面，他絲毫不覺得陌生。
전학 온 지 하루밖에 안 되어서 선생님과 반 친구들이 모두 낯설었다.
轉學過來只有一天，所以和老師、同學們都很陌生。

相關詞彙 생소하다（生疏），낯익다（熟悉）

▶ **낳다[나타]** 動 生，下（蛋），生產

衍生片語 아이를 ～（生孩子），닭이 알을 ～（雞生蛋），비극을 ～（釀成悲劇）

常用例句 우리 집 소가 오늘 아침 송아지를 낳았다.
我家的牛今天早上生了一頭小牛。
계속되는 거짓과 위선이 서로 간에 불신을 낳아 협력 관계가 무너지고 말았다.
接連的謊言與偽善使彼此產生了不信任，最終中斷了合作關係。

相關詞彙 출산하다（生產，分娩）

▶ **내놓다[-노타]** 動 ①拿出來 ②放，釋放

衍生片語 물건을 ～（把東西拿出來），죄수를 ～（釋放罪犯）

常用例句 축사 있는 소를 들판에 내놓았다.
將牛圈裡的牛放到田野裡。
날이 따뜻해졌으니 화분을 도로 마당에 내놓아야겠다.
天氣漸漸回暖，該把花盆都放回到院子裡了。

相關詞彙 내다（拿出）

▶ **내려놓다[-노타]** 動 放下，擱下

衍生片語 가방을 ～（放下書包），책을 ～（放下書）

常用例句 식사를 마치고 수저를 식탁에 내려놓았다.
吃完飯後，將筷子、勺子放在飯桌上了。
수화기를 책상 위에 내려놓았다.
把聽筒放在桌子上了。

相關詞彙 올려놓다（放上去）

▶ 내려다보다 動 向下看，俯視，俯瞰

衍生片語 바다를 ～（俯瞰大海），풍경을 ～（俯瞰風景）

常用例句 비행기에서 제주도를 내려다보았다.
在飛機上俯瞰濟州島的風景。

相關詞彙 올려다보다（仰視）

▶ 내밀다 動 出，冒出，突出

衍生片語 손을 ～（伸手），싹이 ～（發芽）

常用例句 그녀는 차창 밖으로 손을 내밀어 어머니의 손을 꼭 잡았다.
她將手伸出車窗外，緊緊地抓住了母親的手。
문 밖으로 얼굴을 내밀었다.
把臉探出門外了。

相關詞彙 내놓다（拿出）

▶ 내지(乃至) 副 ①乃至　②或，以及

衍生片語 열 명 ～ 스무 명（10到20人），백 평 ～ 이백 평（一百至二百
坪），중국 ～ 한국（中國以及韓國）

常用例句 비가 올 확률은 50% 내지 60%이다.
下雨的機率是50%至60%。
이런 풍속은 중국 내지 한국에서 볼 수 있다.
在中國及韓國都能看到這種風俗。

相關詞彙 심지어（甚至）

▶ 냄비 名 小鍋，平底鍋

衍生片語 ～ 뚜껑（小鍋蓋），～ 손잡이（小鍋把），～에 끓이다（在小鍋
裡煮）

常用例句 그는 쌀을 여러 번 씻은 뒤 냄비에 안쳤다.
他將米洗了很多遍後，放到小鍋裡了。
냄비에서 물이 끓고 있다.
小鍋裡的水開了。

相關詞彙 솥（鍋）

▶ 너머 名 那邊

衍生片語 산 ～（山那邊），고개 ～（山坡那邊），들 ～（田野那邊）

常用例句 그 마을은 고개 너머에 있다.
那個村莊在山坡那邊。

相關詞彙 건너편（對面）

► 너무나 副 太

衍生片語 ～ 힘들다（太累了），～ 밉다（太討厭）

常用例句 그도 한때 너무나 가난해서 밥을 굶던 시절이 있었다.
他也有過一段貧窮捱餓的日子。

相關詞彙 매우（很），몹시（非常）

► 넓어지다[널버-] 動 變寬

衍生片語 운동장이 ～（運動場變寬了），마음이 ～（心胸變寬闊），지식
이 ～（知識變豐富）

常用例句 끝으로 가면서 점점 넓어졌다.
向著終點走越來越寬。

相關詞彙 좁아지다（變窄）

► 넓히다[널피-] 動 ①加寬，放寬　②擴大

衍生片語 집을 ～（擴建房子），길을 ～（拓寬道路），견문을 ～（開闊眼
界），시야를 ～（擴展視野）

常用例句 손가락으로 문틈을 넓히고 방 안을 들여다보았다.
用手指把門縫弄寬一些，向房間裡面望去。
정치적 영향력을 넓힌다.
擴大政治影響力。

相關詞彙 확대하다（擴大）

► 넘다 動 ①超過　②上（當），中（計）

衍生片語 국경을 ～（跨越國境），기한이 ～（過期），강물이 ～（河水溢
出）

常用例句 할아버지의 연세가 일흔이 넘으셨다.
爺爺已年過七十了。
그 일은 일주일이 넘게 걸렸다.
這件事花了超過一星期的時間。

相關詞彙 초과하다（超過），지나다（過分）

► **넘어가다[너머-]** 動 ①倒，摔倒 ②過 ③轉給

衍生片語 나무가 ～（樹倒了），기한이 ～（要過期了），검찰로 ～（轉交至檢察官）

常用例句 천막이 옆으로 넘어갔다.
帳篷側向了一旁。
그러면 이제 다른 문제로 넘어가 살펴보자.
那麼現在我們開始看下一個問題。
지금쯤 고개를 넘어가고 있을 것이다.
現在應該在翻越山坡。
집이 채권자에게 넘어갔다.
把房子轉給了債權人。

相關詞彙 쓰러지다（倒下）

► **넘어서다[너머-]** 動 越過

衍生片語 산을 ～（翻山），위험을 ～（渡過危險）

常用例句 산을 넘어설 무렵에 날이 저물었다.
在要翻山的時候，太陽已下山了。

相關詞彙 넘어가다（過）

► **넘어지다[너머-]** 動 ①倒，倒塌 ②摔倒，跌倒

衍生片語 돌에 걸려 ～（被石頭絆倒），회사가 ～（公司倒閉）

常用例句 아이가 돌부리에 걸려 진흙탕에 넘어졌다.
孩子絆到石頭尖上摔在泥坑裡了。
중소기업체들이 속속 넘어졌다.
中小企業紛紛倒閉了。

相關詞彙 쓰러지다（倒下），파산하다（破產），망하다（倒閉），도산하다（倒閉）

► **넘치다** 動 溢出

衍生片語 강물이 ～（江水氾濫），자신감이 ～（洋溢著自信）

常用例句 개울이 홍수로 넘쳤다.
河溝裡洪水氾濫。
술을 넘치지 않게 따라라.
別把酒倒灑了。

相關詞彙 범람하다（氾濫）

▶ **네거리** 名 十字街，十字路

衍生片語 학교 앞 ～（學校前面的十字路）

常用例句 첫 번째 네거리에서 오른쪽으로 돌아 조금만 가면 약국이 있는 작은 네거리가 나올 겁니다.
第一個十字路口向右轉，走一會兒就能看見有家藥店的一個小十字路。

相關詞彙 사거리（十字路口），십자로（十字路）

▶ **녀석** 名 兔崽子，傢伙

衍生片語 나쁜 ～（壞傢伙），불쌍한 ～（可憐的傢伙），운 좋은 ～（走運的傢伙），귀여운 ～（可愛的傢伙）

常用例句 이 녀석아, 지금 도대체 뭐 하고 있는 거야?
你這傢伙，現在到底在做什麼？
그중에 한 녀석은 낯익은 얼굴이었다.
其中有個傢伙很面熟。

相關詞彙 자식（傢伙），놈（傢伙）

▶ **논의하다(論議-)[노니-]** 動 討論，議論

衍生片語 활발하게 ～（熱烈討論），논의한 결과（討論的結果）

常用例句 나는 진학 문제에 대하여 선생님과 논의하였다.
我和老師討論了升學問題。
어떤 정책을 선택해야 하는지를 다른 의원들과 논의하는 중이다.
正在和其他議員們討論該選擇什麼樣的政策。

相關詞彙 논（論），하다（討論），의논하다（議論），상의하다（討論，商議）

▶ **놀랍다[-따]** 形 驚人，驚訝

衍生片語 놀라운 발전상（驚人的發展面貌），놀라운 힘（驚人的力量），놀랍게 크다（大得驚人）

常用例句 그의 위력이 실로 놀랍다.
他的威力真嚇人。
그 방은 놀라울 정도로 깨끗했다.
那個房間乾淨得讓人驚訝。

相關詞彙 신기하다（新鮮），경의롭다（敬意：驚訝）

► **높아지다[노파-]** 動 升高，上升

衍生片語 말소리가 ～（説話聲漸漸增大），지위가 ～（地位逐步上升）

常用例句 그런 일로 속을 썩이면 혈압이 높아진다.
因爲那些事煩心，血壓就會升高。

相關詞彙 낮아지다（變低）

높이다[노피-] 動 提高，增強

衍生片語 온도를 ～（提高溫度），성적을 ～（提高成績），가격을 ～（提高價格），지위를 ～（提高地位）

常用例句 작업 능률을 높이기 위해 회사에서 컴퓨터를 많이 구입했다.
爲了提高工作效率，公司買進了很多電腦。
우리 회사는 제품의 관심도를 높이는 데 주력하고 있다.
我們公司致力於提高產品的知名度。

相關詞彙 늘다（增加）

► **놓이다[노-]** 動 被放下

衍生片語 마음이 ～（放心），책이 ～（把書放下）

常用例句 연필이 책상 위에 놓여 있다.
鉛筆被放到了桌上。
여기 놓였던 책이 어디 갔지?
放這裡的書哪兒去了？

놓치다[노-] 動 ①失，失去，失掉　②錯過

衍生片語 기차를 ～（錯過火車），때를 ～（錯過時機），토끼를 ～（放跑了兔子）

常用例句 나는 너를 놓치고 싶지 않아.
我不想錯過你。
그녀는 망설이다가 좋은 기회를 놓쳤다.
她猶豫了一下，錯過了好機會。

相關詞彙 잃다（失去），지나다（過去）

► **누르다** 動 ①按　②抑制　③壓制，壓迫　④壓

衍生片語 벨을 ～（按門鈴），분노를 ～（克制憤怒），욕망을 ～（抑制欲

望），권력으로 남을 ～（用權利壓制別人），국수를 ～（擀麵條）

常用例句 바람에 날아가지 않도록 서류를 책으로 눌러 놓았다.
用書把文件壓住，別讓風吹走了。
윗사람이라고 아랫사람을 힘으로 눌러서는 함께 일을 하기가 어렵다.
如果上司用權力壓制下級，那就很難在一起共事。
그는 화를 누르지 못하고 버럭 소리를 질렀다.
他怒不可遏，猛然大叫了起來。
우리나라 축구 팀이 일본 팀을 누르고 우승했다.
我國足球隊力克日本隊，贏得了冠軍。

相關詞彙 억제하다（抑制），억압하다（壓制）

눈빛[-삗] 名 目光

衍生片語 화가 난 ～（生氣的目光），～이 매섭다（目光嚴厲）

常用例句 그는 차가운 눈빛으로 우리 쪽을 바라보았다.
他用冰冷的目光向我們這邊看。
우리는 눈빛만 봐도 서로의 마음을 읽을 수 있을 정도로 가까운 사이이다.
我們之間的親密程度已經達到只看眼神就能讀懂對方的意思。

相關詞彙 안광（眼光），눈치（眼色），눈길（視線）

눕다[-따] 動 ①躺 ②臥病

衍生片語 침대에 ～（躺在床上），누워 자다（躺著睡覺），누워서 떡먹기（輕而易舉）

常用例句 그는 가끔씩 언덕 위에 누워 하늘을 올려다 보았다.
他有時躺在山頂上仰望天空。
그는 감기로 사흘 동안 누워 있었다.
他因爲感冒臥床四天了。

相關詞彙 일어나다（起來），앓다（生病）

느껴지다 動 感覺到

衍生片語 진실이 ～（感覺到眞實感），청량감이 ～（感覺到清爽）

常用例句 부모님의 사랑이 느껴졌다.
感受到了父母的愛。

▶ 느리다 形 ①緩慢，遲緩　②稀疏，鬆

衍生片語　행동이 ～（行動遲緩），진도가 ～（進度緩慢）

常用例句　더위에 지친 사람들은 모두 느리게 움직이고 있었다.
因為炎熱而疲憊的人們全都緩慢地移動著。
행사가 너무 느리게 진행되어서 지루하다.
活動進行得太慢了，所以很無聊。

相關詞彙　늦다（慢），더디다（緩慢），굼뜨다（慢條斯理）

늘다 動 ①增加，增長　②提高，進步

衍生片語　학생 수가 ～（學生數增加了），몸무게가 ～（體重增加），실력
이 ～（實力提高），솜씨가 ～（手藝進步）

常用例句　한 마리였던 돼지가 지금은 열 마리로 늘었다.
原來只有一頭豬，現在增加到十頭了。
올해 들어 그 정당의 세력이 많이 늘었다.
到了今年，那個政黨的勢力加強了很多。

相關詞彙　많아지다（變多），증가하다（增加），더하다（增加）

▶ 늘리다 動 加大，增加，擴大

衍生片語　시간을 ～（延長時間），인원을 ～（增加人員）

常用例句　실력을 늘려서 다음에 다시 도전해 보아라.
加強一下實力，下次再挑戰吧。
그 집은 알뜰한 며느리가 들어오더니 금세 재산을 늘려 부자가 되
었다.
那一家娶來了一個會過日子的媳婦，財產很快就多了起來，成了富
翁。

相關詞彙　불리다（增加），더하다（增加），추가하다（追加）

늘어나다[느러-] 動 加長，增長，提高

衍生片語　고무줄이 ～（橡皮筋變長），인구가 ～（人口增長），재산이 ～
（財產增多）

常用例句　시간이 한 시간으로 늘어났다.
時間延長到一個小時。

相關詞彙　많아지다（變多），증가하다（增加）

▶ **다가가다** 動 挨近，靠近，走近

衍生片語 은근히 ～（悄悄靠近），다가가서 보다（近看）

常用例句 우리는 차창에 바짝 다가가 앉았다.
我們靠著車窗坐下了。
그는 창가로 다가가 밖을 내다보았다.
他走近窗邊看著外面。

相關詞彙 접근하다（接近）

━ **다가오다** 動 靠近，走近

衍生片語 겨울이 ～（冬天臨近），점점 ～（逐漸靠近）

常用例句 그는 시험 날짜가 다가오면서 마음이 점점 조급해지기 시작했다.
隨著考試的日子越來越近，他漸漸開始著急了。
아내는 미소를 지으며 나에게 다가왔다.
妻子一邊笑一邊向我走來。

相關詞彙 가까이 오다（接近），접근하다（接近），근접하다（靠近）

▶ **다녀가다** 動 來過

衍生片語 여기에 ～（來過這裡），집에 ～（來過家裡）

常用例句 언제 틈나는 대로 우리 집에 다녀가게.
什麼時候有空來我家一趟。
당시 나는 보름 동안 휴가를 얻어 고향을 다녀가는 길이었다.
當時我有半個月的假期，正在回家鄉的路上。

━ **다이어트(diet)** 名 減肥

衍生片語 ～를 시작하다（開始減肥），～ 중이다（減肥中）

常用例句 언니는 다이어트를 하고 있어서 잘 안 먹는다.
姐姐在減肥中，不怎麼吃東西。
남편은 3개월 동안 다이어트를 해서 체중을 뺐다.
丈夫減肥3個月後，體重減輕了。

相關詞彙 살빼다（減肥）

▶ **다치다** 動 ①碰，觸動　②爭吵，爭執

衍生片語 무릎을 ～（碰傷膝蓋），발목을 ～（碰傷腳踝）

常用例句 무거운 짐을 들다가 허리를 다쳤다.

提重行李，傷到了腰。

相關詞彙 상하다（傷），상처가 나다（受傷）

► **다하다** 動 ①結束，完成　②盡力，竭力

衍生片語 숙제를 ～（完成作業），기름이 ～（油用完了），최선을 ～（竭盡全力）

常用例句 겨울이 다하고 봄이 왔다.
冬天過去了，春天來了。
아내는 정성을 다해 부모님을 모신다.
妻子盡心盡力地照顧父母。

相關詞彙 소모되다（消耗），마치다（完成）

► **다행히(多幸-)** 副 僥倖，幸虧，幸運地

衍生片語 ～도（幸虧）

常用例句 다행히 우리는 그의 집을 쉽게 찾을 수 있었다.
幸虧我們輕鬆地就找到了他家。
불이 났으나 다행히도 사람은 다치지 않았다.
發生了火災，幸運的是沒有人受傷。

相關詞彙 불행히（不幸地）

► **단(單)** 冠 僅僅

衍生片語 ～ 하나 뿐（僅僅只有一個），～ 한 번（僅僅一次），～ 한 사람（僅僅一個人）

常用例句 나는 지난 해 단 하루도 결석한 일이 없다.
我去年一天都沒缺席。

相關詞彙 오직（只是）

► **단맛[-맏]** 名 甜味

衍生片語 ～을 내다（有甜味），～이 없다（沒甜味）

常用例句 이 케이크는 단맛이 모자란다.
這個蛋糕甜味不夠。

相關詞彙 감미（甜味），쓴맛（苦味）

▷ **단순하다(單純-)** 形 單純

衍生片語 단순한 구조（結構簡單），단순하게 여기다（單純地認爲）

常用例句 어린아이처럼 단순하다.
像小孩子一樣單純。
세상일이란 그렇게 단순하지가 않다.
世間的事沒有那麼單純。

相關詞彙 단조롭다（單調），간단하다（簡單）

▶ **단순히(單純-)** 副 單純地

衍生片語 ～ 생각하다（單純地想），～ 묻다（單純地問）

常用例句 이 문제는 단순히 생각하면 안 된다.
這個問題不能想得太單純。

相關詞彙 간단히（簡單地）

▷ **단점(短點)** 名 短處，缺點

衍生片語 ～을 들추다（指出缺點），～을 보완하다（完善不足之處），
～을 극복하다（克服缺點）

常用例句 연료비가 많이 드는 단점 때문에 이 차는 많이 팔리지 않았다.
由於耗油的缺點，這個車賣得不多。

相關詞彙 결점（缺點），미비점（不足之處），장점（長處）

▶ **단지(但只)** 副 只，僅僅

衍生片語 ～ 혼자서（僅僅自己），～ 보기만 하다（只是看看）

常用例句 형의 지갑에는 단지 차비만 들어 있을 뿐이었다.
哥哥的錢包裡只裝著一些車費。
우리는 단지 집이 가깝다는 이유 하나만으로 친구가 되었다.
我們僅僅是因爲家離得近便成了朋友。

相關詞彙 다만（只是），오직（只是）

▷ **단지(團地)** 名 區域

衍生片語 아파트 ～（公寓社區），주택 ～（住宅區），공업 ～（工業園區）

常用例句 단지 내에 상가가 잘되어 있어서 멀리 시장까지 갈 필요가 없다.
社區裡面購物的地方很好，沒有必要大老遠去市場。

(相關詞彙) 동네（社區，村內）

► 닫히다[다치-] 動 被關上

(衍生片語) 문이 ～（門被關上），가게가 ～（商店關門）

(常用例句) 열어 놓은 문이 바람에 닫혔다.
開著的門被風關上了。
지금 시간이면 은행 문이 닫혔을 겁니다.
現在這個時間銀行可能已經關門了。

(相關詞彙) 열리다（開）

닫다 動 釘（扣子），掛，安裝

(衍生片語) 단추를 ～（釘扣子），국기를 ～（懸掛國旗）

(常用例句) 국경일인데도 대문에 국기를 단 집이 생각보다 적다.
雖然是國慶日，但是掛國旗的人家比想像的要少。
유치원생들이 가슴에 이름표를 달고 한 줄로 서 있었다.
幼兒園小朋友們在胸口掛著名牌站成了一排。

(相關詞彙) 매달나（撓），걸다（掛著）

► 닫다 動 ①燒，熱　②發燒

(衍生片語) 난로가 ～（暖氣熱），몸이 ～（身體發燒），다리미가 ～（熨斗發熱）

(常用例句) 애가 달아서 어쩔 줄을 모른다.
孩子發燒了，不知該怎麼辦。

(相關詞彙) 더워지다（變熱），뜨거워지다（變熱）

닫라지다 動 變，變化

(衍生片語) 달라지는 농촌（變化的農村），시대가 ～（時代變了），분위기가 ～（氣氛變了）

(常用例句) 사람이 몰라보게 달라졌다.
變得認不出來了。
가치관이 달라지게 되었다.
價值觀改變了。

(相關詞彙) 변하다（變化），바뀌다（換）

▶ **달려가다** 動 跑過去

衍生片語 학교에 ～（跑去學校），현장으로 ～（跑去現場），엄마에게 ～（向媽媽跑過去）

常用例句 응급 환자를 업고 병원으로 달려갔다.
背著急診患者，向醫院跑去。

相關詞彙 뛰어가다（跑去），달려오다（跑來）

▶ **달려오다** 動 跑過來

衍生片語 먼 길을 ～（大老遠跑過來），부모님께 ～（朝父母跑過來）

常用例句 일이 급하니 현장으로 직접 달려 오너라.
因為事情緊急，就直接跑到現場來。
버스가 우리를 향해 달려 왔다.
巴士向我們開了過來。

相關詞彙 뛰어오다（跑來）

▶ **달리다** 動 疾馳，奔馳，奔跑

衍生片語 자동차가 ～（汽車疾馳），말이 ～（馬兒奔跑），빨리 ～（快跑）

常用例句 그는 결승점을 향하여 힘껏 달렸다.
他向著終點全力奔跑。

相關詞彙 뛰다（跑），분주하다（奔走）

▶ **달리다** 動 掛，懸掛，垂掛

衍生片語 벽에 ～（掛在牆上），깃발이 ～（掛著旗子）

常用例句 나뭇가지에 뭔가 달려 있다.
樹枝上掛著什麼東西。

相關詞彙 매달리다（掛），걸리다（懸掛）

▶ **달아나다[다라-]** 動 ①奔跑，飛奔 ②逃跑，逃走

衍生片語 전속력으로 ～（全速奔跑），몰래 ～（偷偷逃走）

常用例句 경찰은 산으로 달아난 범인을 찾고 있다.
警察正在尋找往山裡逃跑的犯人。
차는 쏜살같이 달아났다.
汽車如離弦的箭一般地飛奔。

相關詞彙 달리다（跑），도망가다（逃跑），도주하다（逃走）

닮다[담따] 動 像，相似

衍生片語 닮은 점（相似處），성격이 ～（性格相似），어머니와 ～（和媽媽長得像）

常用例句 큰아버지는 할아버지와 많이 닮았다.
大伯和爺爺長得很像。

相關詞彙 비슷하다（像，相似）

담그다 動 ①浸，泡　②醃

衍生片語 물에 ～（泡在水裡），김치를 ～（醃泡菜），된장을 ～（醃製醬料）

常用例句 계곡 물에 손을 담그니 시원하다.
把手泡在溪水裡，感到很涼爽。
이 젓갈은 6월에 잡은 새우로 담그는데, 이를 육젓이라고 한다.
這個蝦醬是用6月打撈的蝦醃製成的，叫「六月蝦醬」。

相關詞彙 넣다（放進），만들다（做），제조하다（製作）

담기다 動 ①盛，裝　②含

衍生片語 그릇에 ～（盛在碗裡），추억이 ～（留下回憶），웃음이 ～（帶著笑容）

常用例句 바구니에 과일이 가득 담겨 있다.
袋子裡裝滿了水果。
그의 눈길에 애정이 담겨 있다.
他的眼神裡充滿了愛意。

相關詞彙 담다（裝）

담다[-따] 動 ①盛，裝　②含

衍生片語 쌀을 ～（裝米），과일을 ～（裝水果），마음을 ～（包含心意），사랑을 ～（蘊藏愛情）

常用例句 그는 흙을 화분에 담았다.
他把土裝到花盆裡。
선물에 정성을 담았다.
禮物包含了真誠。

相關詞彙 넣다（裝），싣다（裝）

▶ **담당하다(擔當-)** 動 擔當，負責

衍生片語 안내를 ～（負責介紹），재정을 ～（負責財政），청소를 ～（負責清掃）

常用例句 그 사람은 이 지역을 담당하는 경찰관이다.
那個人是負責這個地區的警察。
그는 노동자의 안전 교육을 담당하고 있다.
他負責勞工的安全教育。

相關詞彙 맡다（擔當），책임지다（負責）

▶ **담요[-뇨]** 名 毯子

衍生片語 ～를 덮다（蓋毯子），따뜻한 ～（溫暖的毯子）

常用例句 담요로 몸을 쌌다.
用毯子蓋住了身體。

相關詞彙 이불（被子）

▶ **담임(擔任)[다님]** 名 擔任，擔當

衍生片語 ～을 맡다（擔任班主任），～ 선생（班主任）

常用例句 올해는 1학년을 담임하게 되었다.
今年負責一年級。

相關詞彙 담당（擔當）

▶ **답답하다[-다파-]** 形 ①納悶，煩悶 ②（呼吸）急促 ③著急

衍生片語 집이 ～（家裡很悶），속이 ～（心裡悶得慌），마음이 ～（心情鬱悶）

常用例句 나는 차를 기다리기가 답답하여 담배를 하나 피워 물었다.
我等車等得很煩就開始抽菸。
소화가 되지 않아 속이 답답하게 느껴졌다.
消化不好，胃裡覺得有些不適。
그것도 모르니 참 답답하다.
怎麼連那個也不知道，真悶啊！

相關詞彙 한심하다（心寒）

▶ **답장(答狀)[-짱]** 名 回信

衍生片語 ～을 보내다（回覆），～을 쓰다（寫回信），～이 오다（回信來

了）

常用例句 즉시 답장해 주십시오.
請立即答覆。
그 편지에 답장이 없다.
那封信沒有回信。

相關詞彙 회신（回信）

► 답하다(答-)[다파-] 動 回答

衍生片語 은혜에 ～（報答恩惠），물음에 ～（回答問題）

常用例句 이 문제에 대해 저는 답할 처지가 아닙니다. 당사자에게 물어 보십
시오.
這個問題不該由我來回答，請問當事者。

相關詞彙 대답하다（問答），응답하다（應答）

◄ 닷새[닫쌔] 名 ①五天　②五日

衍生片語 ～ 동안（五天之間），～를 지니다（過了五天）

常用例句 그가 떠난 지 닷새가 되었다.
他離開已經五天了。
닷새 뒤에 다시 만납시다.
五天後再見。

相關詞彙 닷샛날（五天），5일（五日）

► 당기다 動 ①拉，拖　②扣（扳機）　③提前

衍生片語 입맛이 ～（促進食欲），방아쇠를 ～（扣扳機），날짜를 ～（將
日子提前）

常用例句 나는 그 얘기를 듣고 구미가 당겼다.
聽到那個故事，引起了我的好奇心。
공사 기간을 당겨 예정보다 일찍 공사를 끝냈다.
工期提前了，比原計劃提早結束了。
의자를 당겨 앉았다.
把椅子拉過來坐下了。

相關詞彙 끌다（拉，曳）

◄ 당연하다(當然-) 形 當然，應當

衍生片語 당연한 일（當然的事），당연한 결과（當然的結果）

常用例句 언니가 동생을 근심하는 건 당연하지 않아요?
姐姐擔心妹妹不是應該的嗎？

相關詞彙 마땅하다（妥當），타당하다（恰當）

▶ **당연히(當然-)** 副 當然，應當

衍生片語 ～ 해야 할 일（理所應當要做的事）

常用例句 그는 당연히 벌을 받아야 한다.
他當然要受到懲罰。
그가 곤경에 처했다면 당연히 도와야 한다.
他身陷困境我們當然要幫助。

相關詞彙 물론（當然）

▷ **당장(當場)** 名 當場，立刻，馬上

衍生片語 ～ 나가다（馬上出去），～ 필요하다（馬上需要）

常用例句 효과는 당장에 나타났다.
馬上就見效了。
당장 여기를 떠나라.
馬上離開這裡。

相關詞彙 곧（馬上），즉시（當場），바로（立刻）

▶ **당황하다(唐慌-)** 形 驚慌，慌張

衍生片語 당황한 기색（慌張的神情），당황한 표정（慌張的表情），질문
에 ～（因疑問而驚慌）

常用例句 그 사람은 엉뚱한 질문으로 사람을 당황하게 하였다.
那個人他提出了一個荒唐的問題，這讓大家很慌亂。

相關詞彙 당혹하다（慌張）

▷ **닿다[다타]** 動 ①接觸，觸及　②到達，抵達

衍生片語 천장에 ～（觸及天花板），항구에 ～（抵達港口），연락이 ～
（取得聯繫）

常用例句 워낙 잘 마른 나무라 불에 닿기 무섭게 활활 탄다.
非常乾的木頭一接觸到火，嚇人地呼呼燒起來了。
내 선물이 10분 내에 그에게 닿았으면 좋겠다.
要是我的禮物10分鐘內能到他那兒就好了。
힘이 닿는 데까지 도와 준다.

鼎力相助。

(相關詞彙) 접하다（接觸），도착하다（到達），이르다（抵達）

► **대단하다** 形 很大，很高，很厲害

(衍生片語) 추위가 ～（很冷），고집이 ～（很固執），병이 ～（病得很厲害），대단한 규모（很大的規模）

(常用例句) 선생님께서 대단한 문제를 해결하셨다.
老師解決了很重大的問題。
그의 솜씨는 정말 대단하다.
他的本領真了不起。

(相關詞彙) 심하다（厲害）

► **대단히** 副 非常，很

(衍生片語) ～ 아름답다（很漂亮），～ 춥다（很冷），～ 많다（很多），～ 크다（很大）

(常用例句) 이번 일에 대해서는 대단히 유감스럽게 생각한다.
對這次的事感到很遺憾。
고집이 대단히 세다.
很固執。

(相關詞彙) 상당히（相當），몹시（非常），매우（很）

► **대중교통(大衆交通)** 名 公共交通

(衍生片語) ～이 편리하다（公共交通很方便），～을 이용하다（利用公共交通）

(常用例句) 대중교통을 이용할 때 질서 유지에 힘써야 한다.
使用公共交通的時候要用心遵守秩序。
기름 값 인상으로 대중교통의 이용률이 부쩍 높아졌다.
由於油價上漲，公共交通的使用率大幅提高。

(相關詞彙) 공공교통（公共交通）

► **대중문화(大衆文化)** 名 大衆文化

(衍生片語) 서구 ～（西歐大衆文化）

(常用例句) 현대 사회는 대중문화가 급속도로 발전하고 있다.
現代社會大衆文化正在迅速發展。

相關詞彙 민중문화（大眾文化）

► 대통령(大統領) 名 總統

　　衍生片語 ～ 각하（總統閣下），전임 ～（前任總統），～에 취임하다（就任總統）

　　常用例句 그 전쟁은 카터 대통령 재임 중에 끝났다.
　　　　　　那場戰爭在卡特總統任期內結束了。

　　相關詞彙 부대동령（副總統），대선（大選），정상회담（首腦會談）

▶ 대표(代表) 名 代表

　　衍生片語 중국 ～（中國代表），～를 뽑다（選出代表）

　　常用例句 이것은 민족 문화의 대표로 꼽히는 작품이다.
　　　　　　這是被選為民族文化代表的作品。

　　相關詞彙 대표자（代表人士）

► 대표적(代表的) 名 具有代表性的，代表

　　衍生片語 ～ 사례（具有代表性的事例），～인 경우（具有代表性的情況）

　　常用例句 이 부분이 작가 생각을 가장 대표적으로 표현한 곳이다.
　　　　　　這部分是表達作家思想最典型的地方。

　　相關詞彙 권위（權威）

▶ 대하다(對-) 動 ①面對面　②接觸，交往　③對於，關於

　　衍生片語 얼굴을 ～（面對面），친구처럼 ～（像朋友一樣交往），
　　　　　　철학에 대하여（關於哲學），건강에 대하여（關於健康）

　　常用例句 그는 벽을 대하고 앉아서 명상에 잠겼다.
　　　　　　他面壁而坐，陷入了冥想中。
　　　　　　그런 사람을 대하는 것은 좋지 않다.
　　　　　　跟那種人交往不好。
　　　　　　그는 누구에게나 친절하게 대한다.
　　　　　　他對誰都很親切。
　　　　　　이 문제에 대하여 토론해 보자.
　　　　　　我們來討論一下這個問題吧。

　　相關詞彙 관하다（關於）

► **대학교수(大學教授)[-꾜-] 名** 大學教授

衍生片語 ～가 되다（成爲大學教授），박식한 ～（博學的大學教授）

常用例句 그는 대학교수로 일하고 있다.
他是大學教授。

相關詞彙 강사（講師），전임교수（正式教授），직급（職稱）

▷ **대화하다(對話-) 動** 對話

衍生片語 자유롭게 ～（自由對話），부자간 대화（父子間對話），한국어
로 ～（用韓語交談）

常用例句 그와 대화할 사람이 필요하다.
需要有一個人和他交談。
그는 친구와 영어로 대화한다.
他和朋友用英語交談。

相關詞彙 이야기하다（說話），말하다（說話）

► **대회(大會) 名** 大會

衍生片語 ～를 개최하다（舉辦比賽），～에 참가하다（參加大賽），글짓
기 ～（作文大賽），올림픽 ～（奧林匹克運動會）

常用例句 대회 마지막 날 금메달이 다섯 개나 쏟아졌다.
大賽最後一天，產生了五枚金牌。

相關詞彙 모임（聚會），미팅（meeting，會面），컨퍼런스（conference，
會議）

▷ **더구나 副** 尤其，再加上

衍生片語 ～ 병꺼지 나다（再加上又有病），몸 약한데 더구나 아프다（身
體虛弱，再加上不舒服）

常用例句 비가 오는데 더구나 정전까지 되어 추운 밤을 보냈다.
又下雨又停電，度過了寒冷的夜晚。

相關詞彙 더군다나（再加上），더하여（加上）

► **더럽다[-따] 形** ①髒 ②卑鄙

衍生片語 더러운 손（髒手），더러운 물（髒水），더러운 행실（骯髒的現
實），더러운 심보（卑鄙的心腸）

常用例句 때가 끼어 옷이 더럽다.

衣服有污垢，髒了。
더럽고 치사해서 이 일을 그만두겠네.
卑鄙無恥，這事我不做了。

(相關詞彙) 지저분하다（亂），비겁하다（卑鄙）

▶ 더위 名 暑氣，（天氣）熱

(衍生片語) ～를 타다（中暑），～를 이기다（克服炎熱）

(常用例句) 더위가 기승을 부린다.
酷暑至極。
더위가 한풀 꺾이었다.
酷暑緩解了一些。

(相關詞彙) 폭서（酷暑），무더위（悶熱）

▶ 더하다 動 更加，加上

(衍生片語) 더하기（加法）

(常用例句) 둘에 셋을 더하면 다섯이다.
2加3等於5。
어머님의 격려는 나의 자신감을 더해 주었다.
媽媽的鼓勵增加了我的自信心。

(相關詞彙) 합하다（合起來），가하다（加上）

▷ 덕분(德分)[-뿐] 名 托福，辛虧，多虧

(衍生片語) 어머니 ～에（多虧媽媽），선생님 ～에（多虧老師的幫助）

(常用例句) 선생님 덕분에 대학 생활을 무사히 마칠 수 있었습니다.
多虧老師的幫助，我才順利地度過了大學生活。
그동안 걱정해 준 덕분에 잘 지냈습니다.
多虧您這段時間的惦念（讓您擔憂了），我過得很好。

(相關詞彙) 은덕（恩惠），은혜（恩惠），덕댁（恩澤）

▶ 덕수궁(德壽宮)[-꾸-] 名 德壽宮

(衍生片語) ～을 구경하다（參觀德壽宮）

(常用例句) 날씨가 좋아서인지 덕수궁에 사람이 많습디다.
可能是因爲天氣好，德壽宮裡人很多。

(相關詞彙) 경복궁（景福宮），창덕궁（昌德宮）

ㄷ

던지다 動 ①投擲，扔　②扔下，放下

衍生片語　공을 ～（扔球），돌을 ～（扔石頭），가방을 ～（放下書包）

常用例句　형은 화가 났는지 창 밖으로 기타를 던져 버렸다.
　　　　　大哥可能是生氣了，把吉他扔到窗外去了。
　　　　　하던 일을 던지고 뛰어나왔다.
　　　　　放下手中的工作跑了過來。

相關詞彙　투척하다（投擲），내던지다（扔下）

덜 副 少，不夠，不太（否定用）

衍生片語　～ 익다（不夠熟），잠이 ～ 깨다（覺還沒醒）

常用例句　이 사탕이 저 사탕보다 덜 달다.
　　　　　這個糖沒有那個糖甜。

相關詞彙　더（多）（肯定用）

덮다[덥따] 動 ①蓋　②掩蓋

衍生片語　뚜껑을 ～（蓋蓋子），잘못을 ～（掩蓋錯誤）

常用例句　그는 이불을 머리에 덮고서는 마구 울었다.
　　　　　他把被子蓋在頭上，大哭了起來。
　　　　　지난 일을 덮어 두었다.
　　　　　掩蓋了過去的事。

相關詞彙　숨기다（藏起來），은폐하다（隱蔽）

데 名 表示地方或情況

衍生片語　가는 ～（去的地方），자는 ～（睡覺的地方），위험한 ～（危險的地方），앉을 ～（坐的地方）

常用例句　지금 가는 데가 어디인데?
　　　　　現在去的地方是哪裡啊？
　　　　　예전에 가 본 데가 어디쯤인지 모르겠다.
　　　　　不知道以前去過的地方在哪裡了。

相關詞彙　곳（地點），장소（場所）

도구(道具) 名 工具，用具

衍生片語　세면 ～（洗臉工具），청소 ～（清掃工具）

常用例句　언어는 사람의 생각과 감정을 표현하는 도구이다.

語言是表達人們思想和感情的工具。
학문을 출세의 도구로 삼고 싶지는 않다.
不想把學問作爲出人頭地的工具。

(相關詞彙) 기구（器具）

► 도둑 **名** 盜賊

(衍生片語) ～을 잡다（抓賊），～이 들다（賊跑進來了），～으로 의심받다
（被懷疑是小偷）

(常用例句) 김 부자가 도둑에게 골동품을 털렸다.
金富豪家被小偷偷了古董。
도둑이 담을 넘어 들어온 것 같다.
盜賊好像是翻牆進來的。

(相關詞彙) 도적（盜賊），도난（失竊），소매치기（小偷）

► 도로 **副** 返回，還給

(衍生片語) ～ 오다（返回），～ 찾다（回來找）

(常用例句) 책을 보고 도로 갔다 놓았다.
看完書後把它放回去了。
학교에 가다가 도로 집으로 왔다.
去學校途中，又返回家裡了。
빌린 돈을 도로 돌려주었다.
借的錢都還回去了。

(相關詞彙) 다시（再次）

► 도망가다(逃亡-) **動** 逃走，逃跑

(衍生片語) 범인이 ～（罪犯逃走了），밤에 ～（晚上逃走）

(常用例句) 포위망에서 도망가는 적을 추격하였다.
在包圍中追擊逃跑之敵。

(相關詞彙) 도피하다（逃避），탈출하다（逃出）

► 도중(途中) **名** ①半路，途中　②中間

(衍生片語) 학교 가는 ～（去學校途中），여행하는 ～（旅遊途中），강의 ～
（河的中間），근무 ～（工作中）

(常用例句) 나는 학교를 가는 도중에 친구를 만났다.
他在去學校途中，遇見了朋友。

ㄷ

(相關詞彙) 동안（一段時間），사이（之間），중간（中間）

▶ **독서(讀書)[-써] 名** 讀書

(衍生片語) ～를 좋아하다（喜歡讀書），널리 ～하다（廣泛閱讀）

(常用例句) 독서는 간접 경험의 가장 좋은 방법이다.
讀書是間接體驗的最好方法。
가을은 독서의 계절이다.
秋天是讀書的季節。

(相關詞彙) 읽기（讀書）

돌다 動 ①轉，循環　②流通　③（胃口）好起來

(衍生片語) 바퀴가 ～（輪子轉動），자금이 ～（資金周轉），입맛이 ～（胃口好起來）

(常用例句) 불경기로 돈이 안 돈다.
由於不景氣，資金周轉不順。
아버지는 새벽 일찍 일어나서 동네 한 바퀴를 돌고 오셨다.
父親早晨很早起床，在社區裡轉了一圈才回來。
그녀의 큰 눈에서는 눈물이 조금씩 돌기 시작했다.
眼淚開始在她的大眼睛裡打轉。

(相關詞彙) 회전하다（回轉）

▶ **돌려주다 動** 歸還

(衍生片語) 돈을 ～（還錢），주인에게 ～（還給主人）

(常用例句) 친구에게 빌린 책을 돌려주었다.
把借的書還給了朋友。
경찰에 잡힌 도둑은 주인에게 훔친 물건을 돌려줬다.
被警察抓住的小偷把偷的東西都還給了主人。

(相關詞彙) 반환하다（返還），되돌려주다（歸還）

돌리다 動 ①恢復　②鬆（口氣）　③轉

(衍生片語) 정신을 ～（恢復精神），숨을 ～（鬆口氣），바퀴를 ～（轉動輪子）

(常用例句) 그는 지구본을 돌리면서 여러 나라의 수도를 살펴보았다.
他轉動地球儀，仔細看了一下各國首都。
의사가 가까스로 환자의 병세를 돌렸다.

醫生好不容易讓患者的病情得到了好轉。

제발 말을 돌리지 말고 요건만 간단하게 말해라.

請你不要轉移話題,簡單地說重點。

(相關詞彙) 돌게 하다(恢復),회전하다(回轉)

► **돌보다** 動 照顧,幫助

(衍生片語) 살림을 ～(養家),아기를 ～(照顧孩子)

(常用例句) 아버지도 이제 나이도 나이니 만큼 건강을 돌보셔야 해요.
父親現在年齡也不輕了,應該顧及一下自己的身體了。

(相關詞彙) 보살피다(照顧)

► **돌아보다[도라-]** 動 ①回頭看 ②參觀,環顧

(衍生片語) 뒤를 ～(回頭看),주위를 ～(環顧周圍),학교를 ～(參觀學校)

(常用例句) 송년회는 지난 일 년을 돌아보면서 내년을 준비하는 자리이다.
尾牙是回顧過去、展望未來的時候。
사장은 새로 지은 공장 구석구석을 돌아보곤 하였다.
社長過去經常到新蓋的工廠到處參觀。

(相關詞彙) 회고하다(回顧),되돌아보다(回首)

► **돌아서다[도라-]** 動 ①轉,轉向 ②恢復,好轉

(衍生片語) 뒤로 ～(向後轉),병이 ～(病情好轉),정신이 ～(精神恢復)

(常用例句) 누가 부르는 소리가 나자 그는 가던 길을 멈추고 뒤로 돌아섰다.
一聽到有喊叫的聲音,他就停下了腳步向後轉身。
고비를 넘기자 병세가 차차 돌아섰다.
過了危險關頭(度過危險期),病情就慢慢好轉了。

(相關詞彙) 뒤돌아서다(恢復),호전하다(好轉)

► **동기(動機)** 名 動機

(衍生片語) 범행의 ～(犯罪的動機),탈출 ～(逃跑的動機),～를 유발하다(誘發動機)

(常用例句) 그 사건은 처음에는 아주 단순한 동기에서 시작되었다.
那件事最初是始於很單純的動機。

(相關詞彙) 원인(原因),계기(契機)

► 동네(洞-) 名 村，鄉村，社區

衍生片語 ～ 사람들（村裡人），우리 ～（我們社區）

常用例句 동네에서 잔치를 벌였다.
村子裡擺設宴席。
동네에 소문이 퍼졌다.
傳聞傳遍了村莊。

相關詞彙 마을（村莊）

► 되게 副 非常，很

衍生片語 ～ 좋다（很好），～ 무섭다（很害怕），～ 춥다（很冷），～ 걱정되다（很擔心）

常用例句 저 집은 되게 잘 산다.
那一家日子過得非常好。

相關詞彙 몹시（很），매우（很），아주（非常）

► 두껍다[-따] 形 厚

衍生片語 두꺼운 이불（厚被子），두꺼운 책（厚書），두꺼운 입술（厚嘴唇）

常用例句 추워서 옷을 두껍게 입었다.
因爲冷，所以衣服穿得很厚。

相關詞彙 두툼하다（厚）

► 두다 動 ①置，放　②隔

衍生片語 연필을 ～（放下鉛筆），그대로 ～（就那樣放著），일정한 거리를 ～（相隔一定的距離），일정한 시간을 ～（隔了一段時間）

常用例句 소화기는 눈에 잘 띄는 곳에 두어야 한다.
滅火器應該放到顯眼的地方。

相關詞彙 놓다（放下），설치하다（設置）

► 두다 補 表示動作結果的保持

衍生片語 도둑을 잡아～（抓住小偷），놓아 ～（放好）

常用例句 나는 결코 그를 외롭게 두지 않을 것이다.
我絕不會把他孤單地扔在那裡。
만일 이 추운 날씨에 그를 잠든 채 둔다면 얼어 죽을지도 모른다.

如果這麼冷的天裡讓他在這個地方睡覺，說不定會被凍死的。

相關詞彙 방치하다（放置）

▶ 두드리다 動 敲，敲打

衍生片語 문을 ～（敲門），어깨를 ～（敲打肩膀）

常用例句 그는 유리창을 똑똑 두드렸다.
他咚咚地敲窗戶。
방문을 똑똑 두드리는 소리가 난다.
傳來咚咚敲房門的聲音。

相關詞彙 때리다（打），치다（打），노크하다（knock，敲）

▶ 둘러보다 動 環顧，環視

衍生片語 사방을 ～（環顧四周），방 안을 ～（環顧房間）

常用例句 공장을 한 바퀴 둘러보았다.
環視了工廠一圈。

相關詞彙 돌라보다（環顧）

▶ 둥글다 形 圓

衍生片語 둥근 탁자（圓桌子），둥근 해（圓圓的太陽），얼굴이 ～（臉蛋圓圓的）

常用例句 성격이 둥근 사람은 친구도 많다.
性格圓滑的人，朋友也多。

相關詞彙 모나다（長角）

▶ 뒤집다[-따] 動 ①翻，反 ②顛倒 ③推翻

衍生片語 버선목을 ～（翻襪子），몸을 ～（翻身），순서를 ～（顛倒順序），정권을 ～（推翻政權）

常用例句 주머니를 뒤집어 먼지를 털었다.
把口袋翻過來撢了撢灰塵。
이제는 승부를 뒤집기는 어렵다.
現在要反敗為勝很難。
지금이라도 그 계획을 뒤집으면 없던 일이 된다.
就算現在推翻那個計劃的話，會變成不曾有過這件事。

相關詞彙 바꾸다（換）

뒷산(-山)[뒫싼] 名 後山

衍生片語 ～에 올라가다（爬後山），～의 꽃（後山的花）

常用例句 우리는 매일 아침 동네 뒷산에 올라가 운동을 한다.
我們每天早上都爬上村裡的後山做運動。

들 名 平原，田野

衍生片語 ～에 핀 꽃（田野上開的花），넓은 ～（遼闊的田野），기름진 ～
（肥沃的土地）

常用例句 들에 나가 일하다.
到田裡幹活。

相關詞彙 들판（原野），들녘（田野）

들다 動 ①吃　②（刀子）鋒利

衍生片語 점심을 ～（吃午飯），칼이 잘 ～（刀很鋒利）

常用例句 시장할 텐데 어서 드십시오.
您應該餓了吧，請多吃點。
낫이 잘 들지 않는다.
鐮刀不鋒利。

相關詞彙 먹다（吃）

들려주다 動 講述，告訴

衍生片語 소식을 ～（告知消息），동화를 ～（講童話故事）

常用例句 손자에게 옛날 이야기를 들려주었다.
給孫子講了從前的故事。
친구에게 오늘 있었던 일을 들려주었다.
給朋友講了今天發生的事。

相關詞彙 알려주다（告訴）

들르다 動 順便去

衍生片語 친구 집에 ～（順便去朋友家），상점에 ～（順便去商店）

常用例句 그는 집에 가는 길에 술집을 들러 한잔했다.
他回家的路上順便去酒館喝了杯酒。

相關詞彙 거치다（經過），지나다（經過）

► 들리다 動 聽見，聽到

衍生片語　소리가 ～（聽見聲音），기쁜 소식이 ～（聽到高興的消息）

常用例句　밤새 천둥소리가 들렸는데 아침에는 날이 맑게 개었다.
　　　　　整晚都聽見打雷的聲音，但早上天氣放晴了。
　　　　　전화가 고장이 났는지 잘 들리지 않는다.
　　　　　電話可能壞了，聽不清楚。

► 들어서다[드러-] 動 ①進入，進到　②站立

衍生片語　큰길로 ～（進入大路），장마철에 ～（進入梅雨季節）

常用例句　내가 퇴근해서 집 안에 들어설 때면 보통 6시쯤 된다.
　　　　　我下班到家時通常是6點左右。

相關詞彙　들어오다（進入），진입하다（進入）

► 들여다보다[드려-] 動 窺視，仔細看

衍生片語　방 안을 ～（窺視房間裡面），문틈으로 ～（從門縫偷看）

常用例句　손목시계를 들여다보니 12시가 넘었다.
　　　　　偷偷看了一下手錶，已經過了12點了。
　　　　　창 안을 들여다보는 게 누구야!
　　　　　從窗戶往裡面偷看的人是誰呀？

相關詞彙　엿보다（窺視）

► 듯이[드시] 名 好像

衍生片語　뛸 ～（像要飛起來一樣），아는 ～（像知道一樣）

常用例句　뛸 듯이 기뻐했다.
　　　　　高興得像要飛起來了一樣。
　　　　　아는 듯이 말했다.
　　　　　說得好像知道一樣。

相關詞彙　것같이（好像），것처럼（像）

► 등 名 背

衍生片語　～을 긁다（撓後背），칼～（刀背）

常用例句　나이가 들어 등이 굽었다.
　　　　　年歲大了，腰彎了。
　　　　　아이를 등에 업었다.

把孩子背在背上。

相關詞彙 배（肚子），팔（胳臂）

▶ 등(等) 名 等等

衍生片語 음식,생활용품 등（食物和生活用品等），정치, 군사, 경제, 사회 등 여러 면에 걸친 개혁（政治、軍事、經濟、社會等許多方面的改革）

常用例句 학생,회사원,선생님 등 많은 사람이 참여했다.
學生、公司職員、教師等許多人參與進來。

相關詞彙 등등（等等），따위（之類的）

▶ 등(等) 名 等級

衍生片語 일～（第一名），이～（第二名）

常用例句 100미터 경주에서 일곱 명 중에 오등을 했다.
在七個人參加的百米比賽中獲得第五名。

相關詞彙 등급（等級），등위（位置）

▶ 등록(登錄)[-녹] 名 登記，註冊，報名

衍生片語 ～을 마치다（註冊結束），～을 받다（接受註冊），신입생 ～（新生註冊）

常用例句 후보자 등록이 마감되었다.
候選人的報名已經結束了。

相關詞彙 가입（加入）

▶ 등록금(登錄金)[-녹끔] 名 註冊費，學費

衍生片語 ～ 납부（繳納學費），～ 인상（學費漲價），～ 고지서（學費通知書）

常用例句 등록금 면제의 특권을 누리고 있다.
享受免交學費的特權。

相關詞彙 학비（學費）

▶ 등산로(登山路)[-노] 名 登山步道

衍生片語 ～ 입구（登山步道入口）

常用例句 공원에 등산로를 해 놨습니다.

公園裡修築了登山步道。

(相關詞彙) 등산길（登山步道）

► **디자이너(designer)** 名 設計師

(衍生片語) 패션 ～（時裝設計師），컴퓨터 ～（電腦設計師）

(常用例句) 나의 어렸을 때의 꿈은 디자이너가 되는 것이었다.
我小時候的夢想是成為一名設計師。

(相關詞彙) 설계사（設計師）

► **디자인(design)** 名 設計，圖案

(衍生片語) 표지 ～（封面設計），여성 의류 ～（女性服裝設計），무대 ～
（舞台設計）

(常用例句) 이 옷은 김 씨의 디자인에 따라 만든 것이다.
這件衣服是按照金設計師的設計做的。

(相關詞彙) 설계（設計）

► **따다** 動 ①摘，採 ②剖開，割開

(衍生片語) 사과를 ～（摘蘋果），수박을 ～（摘西瓜）

(常用例句) 원한다면 하늘에서 별이라도 따 주겠다는 태도이었다.
一種只要是你想要的，連天上的星星都會摘下來給你的態度。
병원에서 종기를 딴다.
在醫院割膿包。

(相關詞彙) 잡아떼다（抓住），없애다（刪除）

► **따라가다** 動 跟隨，追趕

(衍生片語) 뒤를 ～（跟在後面），아버지를 ～（跟著爸爸）

(常用例句) 병아리가 어미 닭을 따라간다.
小雞跟著母雞走。
네가 가는 곳이면 어디든지 따라가겠다.
天涯海角，你去哪兒，我就去哪兒。

(相關詞彙) 쫓아가다（追趕），뒤따라가다（跟隨）

► **따라오다** 動 追趕，趕上

(衍生片語) 나를 ～（追趕我），뒤를 ～（跟蹤）

常用例句 혹시 뒤를 따라오는 사람은 없었나요?
後面沒人跟著你吧？
영어로서 네가 날 따라오려면 아직 멀었다.
想要趕上我的英語，你還差得遠呢。

相關詞彙 쫓아오다（追來）

► **따로** 副 另外；不一會兒

衍生片語 ～ 살다（分居），～ 두다（另外放）

常用例句 남녀를 따로 갈라 앉힌다.
讓男女分開坐。
나도 따로 계획이 있다.
我另外還有計劃。

相關詞彙 홀로（獨自），별개도（另外）

► **따르다** 動 倒，斟

衍生片語 물을 ～（倒水），술을 ～（斟酒）

常用例句 다들 이야기에 정신이 팔려서 나 혼자 술을 따라 마셔야 했다.
大家都在忙著說話，我只好自己倒酒喝了。

相關詞彙 붓다（灑，倒）

► **딱** 副 嗒的一聲，砰的一聲

衍生片語 ～ 때리다（砰砰地打），～ 부딪치다（砰地撞了一下）

常用例句 주먹으로 책상을 딱 친다.
用拳頭砰地砸了一下桌子。

相關詞彙 톡（啪的一聲）

► **딴** 副 別的，另外的

衍生片語 ～ 일（別的事），～ 곳（別的地方），～ 사람（別人）

常用例句 그는 계속 딴 곳만 쳐다본다.
他一直在看別的地方。
딴 회사의 제품과 비교하였다.
與其他公司的產品進行了比較。

相關詞彙 다른（其他的）

▶ **때때로** 副 間或，有時

衍生片語 ～ 방문하다（偶爾拜訪），～ 늦다（偶爾遲到）

常用例句 때때로 바람이 분다.
有時颳風。
그는 때때로 나를 실망시키곤 했다.
他時常讓我很失望。

相關詞彙 가끔（偶爾），이따금（過一會兒）

▶ **떠들다** 動 ①吵鬧，喧嘩 ②紛紛

衍生片語 교실에서 ～（在教室裡吵鬧），크게 ～（大聲喧嘩）

常用例句 떠들지 말고 모두 조용히 하십시오.
不要喧嘩，請大家安靜。

相關詞彙 큰소리치다（吵鬧），잡담하다（閒談），시끄럽다（喧嘩）

▶ **떠오르다** 動 ①升起，浮上 ②浮現

衍生片語 떠오르는 태양（升起的太陽），미소가 ～（浮現出笑容）

常用例句 오전 내내 생각해 봐도 그 사람의 이름이 떠오르지 않는다.
想了一上午也沒想起來那個人的名字。
서산에 해가 지면 동산에 달이 떠오른다.
太陽從西邊落下，月亮從東邊升起。

相關詞彙 솟아오르다（升起），기억하다（記起），생각나다（想起）

▶ **떠올리다** 動 浮現

衍生片語 기을에 ～（記憶浮現），미소를 ～（浮現出笑容）

常用例句 좋은 의견이나 생각을 떠올려 봐라.
想些好的建議或想法。
죽은 형의 얼굴을 떠올리려 했지만 흐릿한 모습일 뿐이었다.
想起了過世的哥哥的臉龐，但也只是模糊的樣子。

相關詞彙 기억하다（想起），생각나다（記起）

▶ **떡볶이[뽀끼]** 名 炒年糕

衍生片語 즉석 ～（現做的炒年糕），～가 맛있다（炒年糕很好吃）

常用例句 수업이 끝난 후에 집에 오는 길에 친구와 떡볶이를 사 먹었다.
放學後，在回家途中和朋友買炒年糕吃了。

► **떨다** 動 顫抖，發抖

衍生片語 손을 ～（顫抖著手），몸을 ～（顫抖著身體）

常用例句 바람에 마른 잎이 떨고 있다.
乾葉子在風中抖動。
그녀는 분에 못 이겨 몸을 부르르 떨었다.
她無法抑制憤怒，身體不斷地顫抖。

相關詞彙 흔들리다（抖動）

► **떨리다** 動 顫抖，發抖

衍生片語 몸이 ～（身體發抖），무서워서 ～（害怕得發抖），떨리는 손（發抖的手）

常用例句 떨리는 목소리로 노래했다.
用顫抖的嗓音唱了歌。
나는 추위에 온몸이 떨렸다.
我凍得全身發抖。

相關詞彙 흔들리다（搖晃）

► **떨어뜨리다[떠러-]** 動 ①使掉落，使降低　②低（頭）

衍生片語 바닥에 ～（掉到地上），가격을 ～（降低價格），고개를 ～（低頭）

常用例句 그는 소중히 간직해 온 물건을 절벽 아래로 떨어뜨리고 말았다.
他一直珍藏的東西掉到了懸崖下面。
그는 늘 자신감 없는 표정으로 고개를 떨어뜨린 채 길을 걸었다.
他經常帶著一種毫無自信的表情低頭走路。

相關詞彙 떨어지게 하다（掉），낙하하다（落下）

► **떨어지다[떠러-]** 動 ①落，掉落　②好，痊癒

衍生片語 비행기가 ～（飛機墜落），단추가 ～（扣子掉了），병이 ～（病好了）

常用例句 굵은 빗방울이 머리에 한두 방울씩 떨어지기 시작했다.
大雨開始一滴一滴掉到頭上。
감기가 떨어지지 않아 큰 고생을 하였다.
感冒一直不好，受了很多罪。

相關詞彙 추락하다（墮落），나아지다（變好）

▶ **떼다** 動 ①取下，扯下　②拿開　③拆開

衍生片語 상표를 ～（扯下商標），벽보를 ～（取下海報），손을 ～（把手拿開），편지를 ～（拆開信）

常用例句 문에서 문짝을 떼었다.
把門板從門上卸下來。
편지 봉투를 떼어 보았다.
把信拆開了看。
월급에서 식대를 떼었다.
從工資中拿出了伙食費。

相關詞彙 떨어뜨리다（落下），갈라놓다（分開），분리하다（分離），그만두다（停止）

▶ **또는** 副 又，再，還

衍生片語 월요일 ～ 수요일（星期一或者星期三），택시 ～ 지하철（計程車或者地鐵）

常用例句 집에 있든지 또는 시장에 가든지 네 마음대로 해라.
是待在家裡，還是去市場，隨便你。

相關詞彙 내지（乃至），혹은（或許）

▶ **또다시** 副 再一次，又一次

衍生片語 ～ 읽다（再讀一次），～ 만나다（再見一面），～ 확인하다（再一次確認）

常用例句 전에도 여러 번 말했지만 또다시 당부하겠습니다.
之前也說過很多遍了，但是還要再叮囑一次。
저번 열차 사고에 이어 어제 오후 또다시 열차가 전복되는 사고가 발생하였다.
緊接著上次的火車事故，昨天下午又發生了一起火車翻車事故。

相關詞彙 다시（再次），재차（再次）

▶ **또한** 副 ①也　②並且

衍生片語 돈도 있고 ～ 권세도 있다（既有錢又有勢），집도 있고 ～ 차도 있다（有房還有車）

常用例句 나 또한 네말을 찬성한다.
我也贊成你的話。

주위 환경이 좋으면 마을의 살림살이 또한 풍족할 것이다.
周圍環境好了，村子的生活也會富裕起來的。
그녀는 마음도 착하고 또한 건강하다.
她心地善良，人也健康。

(相關詞彙) 마찬가지로（相同的），역시（還是）

► **똑같다**[-까따] 形 完全一樣，一模一樣

衍生片語 똑같은 생활（完全一樣的生活），똑같은 생각（一樣的想法），
똑같이 생기다（長得一樣）

常用例句 정사각형은 네 변의 길이가 똑같다.
正方形的四個邊長度完全一樣。
배에서의 생활은 늘 똑같고 단조롭다.
船上的生活每天都一樣地單調。

(相關詞彙) 같다（相同），동일하다（同樣），마찬가지다（相似）

► **똑같이**[-깓따] 副 一模一樣地

衍生片語 ～ 생긴 옷（一模一樣的衣服），～ 생기다（長得一模一樣），
～ 예쁘다（都是那麼漂亮）

常用例句 두 사람이 똑같이 생겼다.
兩個人長得一模一樣。
그들은 약속 장소에 똑같이 도착했다.
他們同時到達了約定的地點。

(相關詞彙) 똑같게（同樣地）

► **똑똑하다**[-또카-] 形 ①清楚 ②聰明

衍生片語 발음이 ～（發音清楚），똑똑한 사람（聰明人）

常用例句 네가 똑똑했다면 그런 어리석은 짓은 안 했을 것이다.
你如果聰明的話，就不會做出那麼愚蠢的事了。
안경을 쓰니 똑똑히 보인다.
戴上了眼鏡後，看得很清楚。

(相關詞彙) 영리하다（聰明伶俐）

► **뚜껑** 名 蓋子

衍生片語 ～을 덮다（蓋蓋子），～을 열다（打開蓋子）

常用例句 잉크가 마르지 않게 펜 뚜껑을 잘 닫아 두어라.

別讓墨水乾了，把筆蓋蓋好。

그릇 뚜껑에 음식을 덜어서 먹는다.

把食物挑到碗蓋上吃。

(相關詞彙) 덮개（蓋子）

▶ 뚱뚱하다 形 肥胖

(衍生片語) 몸이 ～（身體肥胖），뚱뚱한 몸매（肥胖的身材），뚱뚱한 여인（胖女人）

(常用例句) 그 사람은 옛날에는 뚱뚱했는데 지금은 아주 날씬해졌다.

那個人從前很胖，但現在變得十分苗條。

(相關詞彙) 비만하다（肥胖），살찌다（變胖）

▶ 뛰어나가다 動 跑過去

(衍生片語) 앞으로 ～（跑到前面），방에서 ～（從房間跑出去）

(常用例句) 무슨 소리가 나서 마당에 뛰어나가 봤는데 아무것도 없었다.

好像有點動靜，然後便跑到院子裡看了看，不過什麼也沒有。

그녀는 화가 난 듯 방에서 뛰어나갔다.

她好像生氣了，從房間跑了出去。

(相關詞彙) 뛰쳐나가다（跑過去），달려나가다（跑去）

▶ 뛰어다니다 動 跑來跑去

(衍生片語) 아이가 ～（孩子跑來跑去），강아지가 ～（小狗跑來跑去），이리저리 ～（到處跑來跑去）

(常用例句) 아이들은 운동장에서 신나게 뛰어다녔다.

孩子們在運動場高興地跑來跑去。

강아지가 마당을 뛰어다니며 놀고 있다.

小狗在院子裡跑來跑去地玩耍。

(相關詞彙) 나다니다（到處溜達）

▶ 뛰어들다 動 闖進，衝進

(衍生片語) 강물에 ～（衝進河水裡），철길에 ～（衝進鐵路），방에 ～（衝進房裡）

(常用例句) 준비 운동도 하지 않고 갑자기 수영장에 뛰어들면 위험하다.

如果不做暖身運動就突然跳進游泳池裡的話，是很危險的。

자동차가 인도에 뛰어들어 사람을 다치게 했다.

車闖進人行道，傷了人。

相關詞彙 들이다（使進入）

▶ **뛰어오다** 動 跑過來

衍生片語 빨리 ～（快跑過來），이리로 ～（跑到這裡來）

常用例句 지각할까 봐 학교에 뛰어왔더니 숨이 찬다.
擔心遲到，跑到了學校後，上氣不接下氣。

▶ **뜨다** 動 睜

衍生片語 눈을 ～（睜眼睛）

常用例句 졸려서 눈을 뜰 수 없었다.
睏得連眼睛都睜不開了。

相關詞彙 감다（閉）

▶ **뜨다** 動 ①飛　②升　③漂，浮

衍生片語 물에 ～（漂在水裡），비행기가 ～（飛機起飛），해가 ～（太陽升起）

常用例句 나무가 물 위로 떴다.
木頭漂在水上。
줄이 끊어진 연이 떠 올랐다.
斷線的風箏飛了。
하늘에 무지개가 떠 있다.
天邊浮現出了彩虹。

相關詞彙 날다（飛），솟다（升起）

라이터(lighter) 名 打火機

衍生片語 ～를 켜다（點打火機），～를 끄다（熄滅打火機）

常用例句 그 남자는 옆 사람에게 라이터를 빌려 담뱃불을 붙였다.
那個男人向旁邊人借打火機，點燃了菸。

相關詞彙 불（火），성냥（火柴）

런던(London) 名 倫敦

衍生片語 ～ 사람（倫敦人），～ 사투리（倫敦方言）

常用例句 그분이 런던 주재 특파원이시다.
他是駐倫敦特派員。

相關詞彙 워싱턴（華盛頓）

레몬(lemon) 名 檸檬

衍生片語 ～ 스쿼시（檸檬汽水），～을 먹다（吃檸檬）

常用例句 레몬과 귤은 비타민 씨（C）가 많다.
檸檬和橘子含有很多維生素C。

相關詞彙 키위（奇異果）

레스토랑(restaurant) 名 西餐廳

衍生片語 ～ 경영자（西餐廳經理），～ 요리사（西餐廳廚師）

常用例句 교외에는 손님을 위하여 전문적으로 서비스하는 레스토랑이 있다.
郊外有專為客人提供服務的西餐廳。

相關詞彙 양식당（西餐廳）

렌즈(lens) 名 ①透鏡，鏡片　②鏡頭　③隱形眼鏡

衍生片語 （카메라의）～를 조절하다（調節〈照相機〉鏡頭），～를 닦다（擦鏡頭）

常用例句 그 여자는 눈에 렌즈를 끼고 있다.
那個女孩眼睛上戴著隱形眼鏡。

相關詞彙 안경（眼鏡）

리듬(rhythm) 名 節奏，韻律

衍生片語 ～ 이 깨지다（打亂節奏），～을 타다（跟著節奏），～ 체조（韻律體操）

ㄹ

常用例句 생활의 리듬을 찾는 시간이 좀 걸린다.
尋找生活的節奏需要一點時間。

相關詞彙 율동（律動）

 筆記

▶ **마구** 副 ①亂，使勁　②馬馬虎虎

衍生片語　～ 때리다（使勁地打），～ 달리다（亂跑），～ 한 숙제（馬馬虎虎做的作業）

常用例句　눈물이 마구 쏟아진다.
眼淚「肆意」地湧了出來。
권력을 마구 휘두른다.
濫用權利。

相關詞彙　막（隨便），함부로（隨心所欲）

▶ **마련되다** 動 備有，儲備，籌備

衍生片語　돈이 ～（籌錢），집이 ～（籌備房子）

常用例句　너는 여비가 마련되는대로 떠나라.
給你準備好旅費就離開吧。
아파트 단지 곳곳에 놀이터 시설이 마련되어 있다.
公寓社區到處都建了遊樂設施。

相關詞彙　준비되다（準備），갖춰지다（具備）

▶ **마련하다** 動 準備，儲備，籌備

衍生片語　돈을 ～（準備錢），집을 ～（置備房子）

常用例句　나는 그에게 일자리를 마련해 주었다.
我為他找好了工作。
감사의 표시로 작은 선물을 마련하였으니 받아 주십시오.
略備薄禮以示感謝，請收下吧。

相關詞彙　갖추다（具備），준비하다（準備）

▶ **마루** 名 地板

衍生片語　～를 깔다（鋪地板），～에 앉다（坐到地板上），～를 닦다（擦地板）

常用例句　신발을 벗고 마루로 올라섰다.
把鞋脫了，站到地板上。

▶ **마르다** 動 ①乾，枯萎　②渴

衍生片語　강이 ～（江乾涸了），꽃이 ～（花枯萎了），목이 ～（口渴）

常用例句　날씨가 맑아 빨래가 잘 마른다.

天氣晴朗，衣服乾得很快。
뜨거운 태양 아래서 달리기를 했더니 목이 몹시 마른다.
在炎熱的太陽下跑步，口特別渴。

(相關詞彙) 건조되다（乾燥）

▶ 마사지(massage) 名 按摩，推拿

(衍生片語) 전신 ～（全身按摩），～를 받다（接受按摩）

(常用例句) 뭉친 근육을 푸는 데는 마사지가 최고이다.
按摩最能緩解緊張的肌肉。

(相關詞彙) 안마（按摩）

▶ 마음대로 副 隨便地，隨心所欲地

(衍生片語) ～ 행동하다（隨心所欲地行動），～ 생각하다（隨便想），～ 처
리하다（隨便處理）

(常用例句) 뭘 하시든지 마음대로 하세요.
您想做什麼請隨意。

(相關詞彙) 맘대로（隨便），좋을대로（隨心所欲地），하고 싶은대로（隨心
所欲地）

▶ 마음속[-쏙] 名 心裡

(衍生片語) ～을 털어 놓다（吐露心聲），～ 깊이（內心深處），～에 품다
（放在心裡）

(常用例句) 선생님의 도움에 대해 마음속에서 우러나오는 감사를 표했다.
對老師的幫助，表達了一種發自肺腑的感激之情。

(相關詞彙) 가슴속（內心）

▶ 마주 副 相對，正對，面對

(衍生片語) ～ 서다（相對而立），～ 보다（相視），～ 앉다（相對而坐）

(常用例句) 그들은 시선이 마주 쳤다.
他們的視線相對。

(相關詞彙) 마주치다（面對面）

▶ 마중 名 迎接，出迎

(衍生片語) ～을 나가다 出迎，손님을 ～하다（迎接客人）

常用例句 많은 친구들이 정거장에 마중나왔다.
許多朋友都到車站來迎接。

相關詞彙 환영（歡迎）

▶ **마찬가지** 名 一樣，同樣

衍生片語 ～로（和……一樣）

常用例句 아버지의 일에 대한 열정은 십년 전이나 지금이나 마찬가지였다.
父親對工作的熱情十年如一日。

相關詞彙 같음（相同），똑같음（一樣）

▶ **마치** 副 好像，似乎

衍生片語 ～ 여우 같다（像狐狸一樣），～ 선녀처럼（像仙女一樣）

常用例句 그녀의 목소리는 마치 천상에서 울리는 음악 소리 같다.
她的嗓音就好像天籟之音。

相關詞彙 흡사하다（恰似）

▶ **마치다** 動 完成，結束

衍生片語 일을 ～（做完事），숙제를 ～（完成作業），연설을 ～（結束演講）

常用例句 우리는 근무를 마치면 가까운 식당에서 국수를 먹곤 하였다.
我們做完事後經常到附近的飯店吃麵條。

相關詞彙 끝내다（結束），종결하다（結束）

▶ **마침** 副 恰恰，恰好，正好

衍生片語 ～ 잘 오다（來得正好），～ 만나다（恰好遇到）

常用例句 오늘 내가 찾아가려던 참이었는데 마침 잘 왔다.
我正想今天去找你，來得正好。
강을 건너야 하는데 마침 배가 있었다.
必須要渡江，恰巧有船。

相關詞彙 우연히（偶然地），때마침（碰巧），적시에（及時）

▶ **마침내** 副 終於，最後

衍生片語 ～ 성공하다（終於成功了），～ 완성하다（終於完成了）

常用例句 오랜 항해 끝에 마침내 육지에 도달하였다.

在海上行駛了很長時間後，終於到達了陸地。

마침내 그 두 사람은 헤어지게 되었다.

他們兩個人終究還是分手了。

(相關詞彙) 드디어（最後），결국（結果），끝내（最後）

막 副 剛，剛剛

(衍生片語) ～ 출발하다（剛剛出發），～ 끝내다（剛剛結束）

(常用例句) 내가 역에 도착했을 때, 기차가 막 떠나고 있었다.

我到車站的時候，火車剛剛要離開。

(相關詞彙) 곧（馬上），즉시（當場）

막 副 亂

(衍生片語) 글을 ～ 쓰다（亂寫字），～ 짓밟다（亂踩）

(常用例句) 눈물이 막 쏟아졌다.

眼淚「肆意」地湧了出來。

(相關詞彙) 사정없이（亂七八糟）

막다[-따] 動 ①擋，阻擋　②阻止

(衍生片語) 구멍을 ～（堵住洞），손으로 귀를 ～（用手擋住臉），화재를 ～
（阻止火災）

(常用例句) 그는 통로를 막고 서 있었다.

他站在那裡擋住了通道。

사람들은 우리가 집 안으로 들어가려는 것을 막았다.

人們阻止我們進入家中。

(相關詞彙) 저지하다（阻止），폐쇄하다（閉塞，封閉）

막히다[마키-] 動 ①接著下去　②堵塞

(衍生片語) 길이 ～（路被堵住了，塞車），하수도가 ～（下水道堵塞），말
이 ～（無語）

(常用例句) 하수구가 막혀 물이 빠지지 않는다.

下水道堵住了，水下不去。

(相關詞彙) 폐쇄되다（閉鎖）

▶ **만(滿)** 冠 滿，整

衍生片語 ～ 하루 동안（一整天），～ 3일간（整整三天）

常用例句 그녀는 올해 만으로 20세가 되었다.
她今年就滿20歲了。

相關詞彙 온（整個）

▶ **만족하다(滿足-)[-조카-]** 形 滿足，滿意

衍生片語 만족한 얼굴（滿意的臉），만족한 웃음（滿意的笑容），만족한 표정（滿意的表情）

常用例句 만족한 생활을 즐긴다.
享受滿意的生活。

相關詞彙 만족스럽다（滿足），불만족하다（不滿）

▶ **만지다** 動 ①摸，撫摸　②操作

衍生片語 몸을 ～（撫摸身體），수염을 ～（摸鬍子），기계를 ～（操作機器），컴퓨터를 ～（操作電腦）

常用例句 그는 만질 줄 아는 악기가 몇 개 있다.
他有幾樣會玩的樂器。
만지지 마세요!
別亂摸！

相關詞彙 주무르다（撫摸），다루다（操作〈機器〉，玩〈樂器〉）

▶ **만큼** 名 ①表示那樣子、程度　②表示原因、理由

衍生片語 그～（那般），이～（這般）

常用例句 방 안은 숨소리가 들릴 만큼 조용했다.
房間裡安靜得連喘氣聲都能聽見。
요즘 추우니 만큼 벼가 잘 자라지지 않는다.
由於最近很冷，水稻不太長。

相關詞彙 정도（程度）

▶ **많아지다[마나-]** 動 變多

衍生片語 사람이 ～（人增多），경험이 ～（經驗增多），시간이 ～（時間變多），날날이 ～（日益增加）

常用例句 수입이 2배 이상 많아졌다.
收入增加兩倍以上。

相關詞彙 적어지다（變少）

▶ 말씀드리다 動 告訴（對長輩）

衍生片語 선생님께 ～（告訴老師），아버지께 ～（告訴父親）

常用例句 당신에게 한 말씀드리겠습니다.
有句話想和您說。

相關詞彙 아뢰다（稟告）

▶ 맞다[맏따] 動 正確

衍生片語 대답이 ～（答案正確），조건에 ～（符合條件），말이 ～（説得對）

常用例句 과연 그 답이 맞는지는 더 생각해 보기로 하자.
我們再思考一下這個答案究竟對不對。
내가 너에게 준 돈이 액수가 맞는지 확인해 보아라.
再確認一下我給你的錢數目是否正確。

相關詞彙 옳다（正確的）

▶ 맞다[맏따] 動 挨打

衍生片語 매를 ～（挨打），비를 ～（淋雨）

常用例句 어머니께 매를 맞았다.
挨母親打。

相關詞彙 때리다（打）

▶ 맞다[맏따] 動 迎接

衍生片語 손님을 ～（迎接客人），새해를 ～（迎接新年），승리를 ～（迎接勝利）

常用例句 그들은 우리를 반갑게 맞아 주었다.
他們熱情地迎接了我們。

相關詞彙 맞이하다（迎接），영접하다（迎接）

▶ 맞서다[맏써-] 動 ①面對面站著 ②對抗，頂撞

衍生片語 맞서서 이야기하다（面對面站著說話），아버지하고 ～（頂撞父

親）

常用例句 둘이 서로 노려보고 맞서 있는 모습이 금방이라도 주먹질을 할 것 같다.

他們兩個互相瞪著眼面對面站著，這架勢好像馬上要動手了。

그 애가 자꾸 형님하고 맞선다.

那個孩子經常頂撞哥哥。

相關詞彙 마주 서다（對立），대항하다（對抗），대립하다（對立）

맞은편(-便)[마즌-] 名 對面，對方

衍生片語 강 ～（河的對面），～에 살다（住在對門）

常用例句 우리 집은 병원 바로 맞은편에 있다.

我們家在醫院正對面。

맞은편이 먼저 공격해 왔다.

對方先進攻過來了。

相關詞彙 건너편（對面），상대편（對方）

맞추다[맏-] 動 ①裝配 ②合著，配合

衍生片語 기계를 ～（裝配機器），음악을 ～（合著音樂），안경을 ～（配眼鏡）

常用例句 다른 부서와 보조를 맞추었다.

和其他部門步調一致。

시간에 맞추어 전화를 하였다.

看時間差不多了就打了電話。

相關詞彙 맞게 하다（合適）

맡기다[맏끼-] 動 托管

衍生片語 짐을 ～（托管行李），귀중품을 ～（托管貴重物品）

常用例句 은행에 돈을 맡겼다.

把錢存到銀行。

相關詞彙 보관시키다（使保管）

맡다[맏따] 動 擔任

衍生片語 살림을 ～（掌管家務），혼자서 ～（獨自承擔）

常用例句 아무리 작은 일이라도 맡은 일에 최선을 다해야 한다.

就算事情再小，也應該全力做好自己承擔的事。

이번 임무는 내가 직접 맡는다.
這次的任務由我親自承擔。

(相關詞彙) 담당하다（擔當），책임지다（負責）

매다 動 繫，綁

(衍生片語) 신발 끈을 ～（綁鞋帶），띠를 ～（繫繩子），넥타이를 ～（繫領帶）

(常用例句) 전대를 허리에 매었다.
把錢袋繫在了腰上。

(相關詞彙) 묶다（繫）

매력(魅力) 名 魅力，吸引力

(衍生片語) ～ 있는 사람（有魅力的人），～에 끌리다（被魅力所吸引），～을 느끼다（感受魅力），～을 잃다（失去魅力）

(常用例句) 그에게는 사람을 끌어들이는 매력이 있다.
他擁有吸引人的魅力。

(相關詞彙) 매혹（魅惑），끄는 힘（吸引力）

맨 冠 最，第一

(衍生片語) ～ 먼저（最先），～ 꼭대기（最頂峰），～ 나중（最後面），～ 아래（最下面）

(常用例句) 그녀는 맨 구석 자리에 조심스럽게 앉아 있었다.
她小心翼翼地坐在了最不起眼的位置上。

(相關詞彙) 제일（第一）

머무르다 動 停止，逗留

(衍生片語) 기차가 ～（火車停車），여관에 ～（在旅館逗留），친구 집에 （在朋友家逗留）

(常用例句) 나는 고향 집에 한 사나흘 머무르면서 쉴 생각이다.
我打算在老家停留三四天，休息一下。
여행 중에 작은 호텔에 며칠 머물렀다.
旅行中，在一個小旅館逗留了幾天.

(相關詞彙) 머물다（逗留），체류하다（滯留），유숙하다（留宿）

▶ **먹이다[머기-]** 動 餵

衍生片語 밥을 ~（餵飯），약을 ~（餵藥）

常用例句 친구에게 술을 먹였다.
灌朋友喝酒。

▶ **먹히다[머키-]** 動 被吃掉，被吞

衍生片語 물이 ~（水被喝掉），밥이 ~（飯被吃掉）

常用例句 쥐가 고양이한테 먹혔다.
老鼠被貓吃掉了。
그 일을 하기에는 너무 많은 시간과 비용이 먹히기에 쉽게 결정할 수 없다.
做那件事要花費很多的時間和金錢，不能輕易做決定。

相關詞彙 삼키다（吞）

▶ **멀리** 副 遠遠地

衍生片語 ~ 던지다（扔得遠遠的），~ 떠나다（離開得遠遠的）

常用例句 우리 가족은 서울과 멀리 떨어진 시골로 이사를 했다.
我們家搬到了離首爾很遠的鄉下。

相關詞彙 가까이（近）

▶ **멀어지다[머러-]** 動 遠，疏遠

衍生片語 소리가 ~（聲音遠去），사이가 ~（關係疏遠）

常用例句 결혼 후 그들의 사이는 점점 멀어졌다.
結婚以後他們的關係漸漸疏遠了。
비행기는 시야에서 멀어졌다.
飛機在視野中遠去了。

相關詞彙 가까워지다（靠近）

▶ **멈추다** 動 停止，停住

衍生片語 시계가 ~（錶停了），차가 ~（車停住了），기계를 ~（關機器）

常用例句 멈추었던 비가 다시 내리기 시작했다.
停了一陣子的雨又開始下了。

相關詞彙 그치다（停止），정지하다（停止）

► 멋[먿] 名 姿態，風采

衍生片語 ～을 내다（展現風采），～이 있다（有風度）

常用例句 한복이 가지고 있는 우아한 곡선의 멋은 우리의 민족성을 잘 드러내는 듯하다.
韓服中蘊含的優雅曲線之美，很好地展示了我們的民族性。

相關詞彙 맵시（風姿），모양（模樣）

► 메다 動 背，扛

衍生片語 배낭을 ～（背包），총을 ～（扛槍）

常用例句 젊은이는 나라의 장래를 메고 나갈 사람이다.
年輕人是國家未來的棟梁。

相關詞彙 맡다（擔負）

► 메모(memo) 名 便條紙，備忘錄

衍生片語 ～를 남기다（留便條紙），～지（便條紙）

常用例句 회의가 끝나고 나오니 전화가 왔었다는 메모가 적혀 있었다.
會議結束出來後，看到有一張寫著來過電話的便條紙。

相關詞彙 비망록（備忘錄）

► 메시지(message) 名 消息，口信，情報

衍生片語 ～를 남기다（留口信），～를 전달하다（傳遞消息），구원의 ～（救援情報）

常用例句 아직 메시지에 대한 회답이 오지 않았다.
消息的回覆還沒到。
그는 음성 메시지를 확인했다.
他確認了語音留言。

相關詞彙 전언（傳言）

► 모니터(monitor) 名 監督程序，顯示器

衍生片語 컴퓨터 ～（電腦顯示器），～ 스크린（顯示器，螢幕）

常用例句 모니터가 고장이 났다.
顯示器出故障了。

相關詞彙 본체（主機）

▶ 모델(model) 名 模特兒，模型

衍生片語 패션〜（時裝模特兒），〜이 되다（成爲模特兒）

常用例句 이 차는 우리 회사에서 독자적으로 개발한 모델입니다.
這輛車是我們公司自主開發的模型。
저 여성은 현재 의류업계에서 모델로 일을 한다.
那位女士現在是時裝界模特兒。

相關詞彙 본보기（模範），샘플（sample，例子）

▶ 모이다 動 集合，聚集

衍生片語 자료가 〜（收集材料），돈이 〜（籌錢）

常用例句 잡다한 일들이 너무 많이 모여서 이제는 처리하기 힘든 실정이다.
實際情況是，很多複雜問題糾結在一起，處理起來很困難。
그는 우표가 하나 둘씩 모일 때마다 그렇게 기뻐할 수 없었다.
他每次收集到一兩枚郵票的時候，都高興得不得了。

相關詞彙 모아들이다（聚集）

▶ 모임 名 集會，聚會

衍生片語 〜을 가지다（有聚會），〜에 참가하다（參加聚會）

常用例句 다음 모임에는 참석하는 것이 좋을 것이다.
最好能出席下一次的聚會。

相關詞彙 미팅（聚會），집합（集會），집회（聚會）

▶ 모자라다 動 不夠，不足

衍生片語 돈이 〜（錢不夠），실력이 〜（實力不足）

常用例句 잠이 모자라서 늘 피곤하다.
睡眠不足總是很累。
그 환자는 피가 모자라 수시로 수혈을 해야 한다.
那個患者血不夠，需要隨時輸血。

相關詞彙 부족하다（不足），넉넉하다（充裕）

▶ 목사(牧師)[-싸] 名 牧師

衍生片語 개신교 〜（新教牧師）

常用例句 목사는 낯선 땅에서 신자들과 함께 선교에 나섰다.
牧師和信徒一起到了陌生的地方去傳教。

► **목적(目的) 名** 目的

衍生片語 ～을 이루다（實現目的），～을 달성하다（實現目的）

常用例句 이 시험의 목적은 학생들의 학습 능력을 평가하는 데 있다.
這次考試的目的在於評價學生的學習能力。

相關詞彙 목표（目標）

► **목표(目標) 名** 目標

衍生片語 ～를 정하다（確定目標），～를 달성하다（達到目標），～를 세우다（確立目標）

常用例句 6월 말 완공을 목표로 아파트를 짓고 있다.
與建中的公寓目標是6月底竣工。

相關詞彙 목적（目的）

► **몰다 動** ①趕 ②開，駕駛

衍生片語 소를 ～（趕牛），마차를 ～（趕馬車），토러을 ~（駕駛卡車）

常用例句 그는 상대편을 궁지로 몰았다.
他將對方逼至困境。
차를 몰려면 운전면허증을 따야 한다.
想開車必須考駕照。

相關詞彙 쫓다（趕），운전하다（開車）

► **몰래 副** 悄悄地，偷偷地

衍生片語 ～ 감추다（偷偷地藏起來），～ 도망가다（偷偷地逃跑），～ 엿듣다（悄悄地偷聽），～ 훔치다（不聲不響地偷）

常用例句 동생은 몰래 친구들과 놀러 갔다.
弟弟偷偷地和朋友們出去玩了。

相關詞彙 남모르게（悄悄地）

► **몸무게 名** 體重

衍生片語 ～를 재다（量體重），～가 늘다（體重增加），～가 줄다（體重減輕）

常用例句 몸무게를 자주 재는 것이 좋다.
最好經常測量體重。

相關詞彙 체중（體重）

▶ 몸살 名（由於感冒或過累引起的）渾身酸痛，熱傷風

衍生片語 ～에 걸리다（得了感冒），～이 나다（出現熱傷風）

常用例句 몸살로 온몸이 쑤신다.
　　　　由於熱傷風而渾身酸痛。

相關詞彙 감기몸살（感冒而渾身酸痛）

▶ 몹시[-씨] 副 十分，非常

衍生片語 ～ 춥다（非常冷），～ 힘들다（非常累），～ 가난하다（非常窮）

常用例句 기분이 몹시 상하다.
　　　　很傷心。
　　　　친구가 몹시 화가 났다.
　　　　朋友很生氣。

相關詞彙 매우（很）

▶ 무늬[-니] 名 紋理，花紋

衍生片語 ～를 새기다（雕刻花紋），～가 예쁘다（花紋漂亮）

常用例句 이 책상은 나무의 무늬를 그대로 살려서 만들었다.
　　　　這張桌子是用木頭原有的花紋做成的。
　　　　유리창에 빗방울이 무늬를 이루고 있다.
　　　　玻璃上的雨滴形成了花紋。

相關詞彙 줄무늬（紋路）

▶ 무렵 名 時候

衍生片語 겨울의 끝 ～（冬末的時候），황혼 ～（黃昏時分），헤어질 ～（分手之際）

常用例句 오후 다섯 시 무렵부터 사람들이 집에 몰려왔다.
　　　　自下午5點起人們開始往家裡跑。
　　　　아버지가 돌아가신 그 무렵 나는 초등학교 4학년이었다.
　　　　父親去世的時候，我在上小學四年級。

相關詞彙 때（時候），적（時候），시간（時間）

➤ **무섭다[-따]** 形 ①可怕，害怕 ②驚人的 ③屬害

衍生片語 뱀이 ～（害怕蛇），무서운 협박（可怕的威脅），바람이 ～（風颳得屬害）

常用例句 아버지 대하기가 무서워서 그는 친구네 집으로 발길을 돌렸다.
害怕面對父親，他腳步一轉去了朋友家。
비가 무섭게 내리쳤다.
雨下得很大。

相關詞彙 겁나다（膽小怕事），심하다（嚴重，屬害）

➤ **무시하다[無視-]** 動 無禮，輕視

衍生片語 사람을 ～（輕視別人），현실을 ～（無視現實）

常用例句 내가 자네보다 못 배웠다고 무시 말게.
不要覺得我沒有你學的多就小看我。

相關詞彙 깔보다（輕視）

➤ **무역(貿易)** 名 貿易

衍生片語 외국과 ～하다（跟外國進行貿易），～이 활발하다（活絡貿易）

常用例句 두 나라는 오랜 시간 동안 꾸준히 교역량을 늘려 가면서 무역했다.
兩國在貿易交往中，長期保持著交易量的持續增長。

相關詞彙 교역（交易）

➤ **무용** 名 舞蹈

衍生片語 민속 ～（民俗舞蹈），～ 대회（舞蹈大賽），～을 좋아하다（喜歡舞蹈）

常用例句 그녀는 매일 새벽 여기에서 무용한다.
她每天早晨都在這裡跳舞。

相關詞彙 춤（舞），댄스（dance，舞）

➤ **무조건(無條件)[-껀]** 副 無條件

衍生片語 ～ 항복（無條件投降），～ 복종（無條件服從）

常用例句 그는 이유를 듣지도 않고 무조건 화부터 냈다.
他連理由都不聽，無來由地先發火。
그는 형님의 말이라면 무조건 따랐다.
只要是大哥的話，他都無條件服從。

相關詞彙 무작정（無條件），조건없이（無條件）

► 무척 副 非常，極爲

衍生片語 ～ 기쁘다（非常高興），～ 슬프다（非常傷心），～ 화나다（非常生氣）

常用例句 이 소식을 듣고 어머니는 무척 기뻐하셨다.
聽到這個消息，母親非常高興。
그들은 무척 가난하였다.
他們曾經非常窮。

相關詞彙 매우（很），몹시（很）

► 묶다[묵따] 動 ①捆綁　②團結

衍生片語 신발 끈을 ～（綁鞋帶），끈으로 ～（用繩子捆）

常用例句 쓰다 남은 줄은 잘 묶어서 보관하도록 해라.
把用完剩下的繩子捆好收起來。
우리는 열무 열 개씩을 한 단으로 묶어서 팔았다.
我們把小蘿蔔10個一捆，綁起來賣了。

相關詞彙 잡아 매다（捆綁）

► 묻다[-따] 動 附著，沾染

衍生片語 손에 기름이 ～（手上沾著油），옷에 잉크가 ～（衣服染上墨水），옷에 흙이 ～（衣服沾到土）

常用例句 사건에 사용된 칼에는 아직도 피해자의 피가 묻어 있다.
作案用的刀上還沾著被害人的血。

相關詞彙 붙어있다（沾染）

► 물다 動 叮，銜

衍生片語 담배를 ～（叮著菸），입술을 ～（咬嘴唇）

常用例句 사자가 먹이를 물어다 새끼에게 먹였다.
獅子叮著食物去餵小獅子。

相關詞彙 깨물다（咬）

► 미디어(media) 名 媒體

衍生片語 대중～ 시대（大眾媒體時代），매스 ～（大眾傳媒）

常用例句 매스 미디어는 부정적인 면도 있다.
大眾媒體也有負面影響。

相關詞彙 멀티미디어（多媒體）

미워하다 動 恨，憎恨

衍生片語 죄를 ～（憎恨犯罪），위선을 ～（憎惡偽善）

常用例句 그 녀석은 무슨 일을 하든 미워할 수 없다.
無論他做了什麼，我都恨不起來。

相關詞彙 싫어하다（討厭），증오하다（憎惡）

미치다 動 及，到

衍生片語 큰 영향을 ～（產生巨大影響）

常用例句 이번 광고는 판매량을 높이는 데에 큰 영향을 미쳤다.
這次廣告對增加銷售量產生了很大的影響。

相關詞彙 이르다（到達），도착하다（到達）

미치다 形 ①瘋狂，發瘋 ②著迷

衍生片語 미친 짓을 하다（發瘋），미친 듯이 성내다（瘋了似地發火），
노래에 ～（沉迷於歌曲）

常用例句 그녀는 전쟁 통에 어린 자식을 잃고는 끝내 미치고 말았다.
那個女人在戰爭中失去了年幼的孩子，最後瘋了。
군대에 간 애인이 미치도록 보고 싶다.
瘋狂思念從軍的情人。
동생은 어제 보았던 가수에게 미쳐 하루 종일 그의 노래만 듣는다.
弟弟瘋狂的迷戀昨天見到的歌手，整天只聽他的歌。

相關詞彙 돌다（瘋了），빠지다（陷入）

미팅(meeting) 名 ①（男女之間）相見 ②小型會議，會面

衍生片語 ～ 중（正在開會）

常用例句 그는 첫 미팅에서 아내를 만났다.
他第一次參加聯誼就遇到了自己的妻子。

相關詞彙 모임（聚會），만남（見面），상담（洽談）

▶ 믿다[-따] 動 ①相信，信任　②信仰，信奉

衍生片語 사실로 ～（信以爲真），선생님을 ～（信任老師），불교를 ～（信仰佛教），미신을 ～（信奉迷信）

常用例句 나는 네가 그 일을 성실히 수행할 것으로 믿는다.
我相信你會誠實地實踐那件事。
그 회사 제품이라면 믿을 수 있다.
只要是那個公司的產品就可信賴。
나는 귀신 따위를 믿지 않는다.
我不相信鬼神什麼的。

相關詞彙 확신하다（確信）

▶ 믿음[미듬] 名 ①相信，信任　②信仰，信奉

衍生片語 ～을 가지다（得到信任），～이 두텁다（深信），～이 깊다（非常信任），～을 잃다（失去信任）

常用例句 믿음으로 친구를 만난다.
以誠信結交朋友。
자신의 목표에 대한 확실한 믿음을 가져야 한다.
對自己的目標要具有堅定的信念。

相關詞彙 신뢰（信賴），신앙（信仰）

▶ 밀다 動 推

衍生片語 차를 ～（推車），사람을 ～（推人）

常用例句 누가 뒤에서 나를 밀었다.
有人在後面推了我一下。

相關詞彙 내밀다（推），떠다밀다（推）

▶ 밀리미터(millimeter) 名 公分

衍生片語 1～ 차이（1公分的差距）

常用例句 이 기계는 1밀리미터라도 차이가 나면 고장난다.
這台機器出現1公分的誤差就會出故障。
너는 나보다 겨우 5밀디미터가 더 크다.
你比我也就高5公分。

相關詞彙 밀리（公分）

▶ 밉다[-따] 動 ①討厭　②難看

衍生片語　미운 사람（討厭的人），미운 짓（討厭的行為），밉게 생긴 얼굴（長了一張令人生厭的臉）

常用例句　나는 세상에서 거짓말하는 사람이 가장 밉다.
在這個世界上，我最討厭說謊的人。
나는 그가 잘난 체 하는 게 미워 고개를 돌려 버렸다.
我討厭他自以為是的樣子，把頭轉過去了。

相關詞彙　싫다（討厭），못생기다（難看）

▶ 및[믿] 副 與，以及

衍生片語　원서 교부 ～ 접수（文件交接），중국어 ～ 일본어（中文和日語）

常用例句　사회 경제 및 문화의 발달 과정.
社會經濟以及文化的發展過程。

相關詞彙　그리고（和，而且）

바깥[-깓] 名 外邊

衍生片語 ～ 공기가 차다（外邊的空氣冷），～에는 비가 내리다（外面下雨）

常用例句 이십 리 바깥에 큰 절이 하나 있다.
二十里外有一座大寺廟。

相關詞彙 밖（外面），외면（外面）

바뀌다 動 換

衍生片語 수업 시간이 ～（上課時間改了），처지가 ～（處境改變）

常用例句 헌 옷이 새 옷으로 바뀌었다.
舊衣服換成了新的。
번화하던 도시가 폐허로 바뀌었다.
曾經繁華的都市變成了廢墟。

相關詞彙 바꾸어지다（換），변화하다（變化）

바닥 名 ①（地）面　②（鞋）底

衍生片語 책상 ～（書桌底），구두 ～（皮鞋底）

常用例句 그릇을 씻을 때 바닥까지 깨끗이 닦아라.
洗碗的時候，把碗底也擦乾淨。
부엌 바닥에 신문지를 깔고 나물을 다듬었다.
在廚房地面上鋪上報紙後挑菜。

相關詞彙 밑（底面），저변（底邊），밑바닥（下面）

바라보다 動 ①望著　②眺望　③觀望

衍生片語 정면을 ～（望著正面），하늘을 ～（仰望天空），현실을 ～（觀望現實）

常用例句 불러도 돌아보지 말고 앞만 바라보고 뛰어라.
叫你也不要回頭，只管望著前面跑吧。
망원경으로 지평선을 바라보았다.
用望遠鏡眺望地平線。
경험은 세상을 바라보는 눈을 넓혀 준다.
經驗使觀察世間的眼界變開闊。

相關詞彙 내다보다（望著），관망하다（觀望），쳐다보다（觀望）

ㅂ

바르다 動 ①塗抹　②貼

衍生片語　벽지를 ～（貼壁紙），한지를 바른 유리창（貼著韓紙的窗戶）

常用例句　아이들 방을 예쁜 벽지로 발랐다.
　　　　　孩子們給房間貼上了漂亮的壁紙。

相關詞彙　붙이다（貼），도배하다（貼〈壁紙〉）

바르다 形 ①端正　②正直，耿直

衍生片語　바르게 서다（站得端正），길이 ～（道路筆直），사람됨이 ～
　　　　　（爲人正直），행실이 ～（行事耿直）

常用例句　의자에 바르게 앉아라.
　　　　　在椅子上坐端正點。
　　　　　그는 회사에서 가장 인사성이 바른 사람이다.
　　　　　他是公司裡最有禮貌的人。

相關詞彙　그르다（錯誤）

바이올린 (violin) 名 小提琴

衍生片語　～ 독주회（小提琴獨奏會），～을 켜다（拉小提琴）

常用例句　그는 유명한 바이올린 연주자이다.
　　　　　他是一位著名的小提琴演奏家。
　　　　　바이올런의 슬픈 선율.
　　　　　小提琴哀婉的旋律。

相關詞彙　연주단（樂團）

박스(box) 名 箱，匣

衍生片語　라면 한 ～（一箱泡麵），음료수 세 ～（三箱飲料），쓰레기 ～
　　　　　（垃圾箱）

常用例句　왕동은 공중 전화 박스 속에서 전화를 걸고 있다.
　　　　　王東正在公共電話亭裡打電話。

相關詞彙　상자（箱子），곽（盒）

반대(反對) 名 反對，相反

衍生片語　～ 방향（反方向），～ 의견（反對意見）

常用例句　그는 심한 반대에도 불구하고 자기의 뜻을 굽히지 않았다.
　　　　　他不顧強烈的反對，決不改變自己的意思。

ㅂ

相關詞彙 상반（相反）

▶ 반대하다(反對-) 動 反對

衍生片語 악습에 ～（反對惡習），전쟁을 ～（反對戰爭）

常用例句 국민들은 대통령이 하려는 개헌에 반대하고 있다.
公民反對總統意圖改憲。
우리는 당신의 의견에 반대합니다.
我們反對你的意見。

相關詞彙 찬성하다（贊成），동의하다（同意）

▶ 반드시 副 一定，必須

衍生片語 ～ 오다（必須來），～ 가다（必須去）

常用例句 언행은 반드시 일치해야 한다.
言行必須一致。
지진이 일어난 뒤에는 반드시 해일이 일어난다.
地震後，一定會發生海嘯。

相關詞彙 틀림없이（一定），꼭（一定）

▶ 반복하다(反復-)[-보카-] 形 反覆

衍生片語 반복한 연설（重複的演說），질문을 ～（重複提問）

常用例句 너는 왜 같은 말만 자꾸 반복하니?
你怎麼總是一味地重複同樣的話？

相關詞彙 번복하다（反覆），되풀이하다（反覆，重複）

▶ 반하다(反-) 動 相反

衍生片語 이해에 ～（與理解相反），기대에 ～（與期待相反）

常用例句 많이 팔리는 데 반하여 이익은 적다.
賣得多，相反利潤很少。
그가 냉정한 데 반해 그의 아내는 매우 정이 많다.
他很冷靜，相反地他的妻子很熱情。

相關詞彙 어긋나다（違反）

▶ 받침 名 ①底座，襯墊　②收尾音

衍生片語 화분 ～（花盆托盤）

ㅂ

常用例句 수석은 받침을 어떻게 대느냐에 따라서 모습이 매우 달라진다.
水石根據底座不同，樣子也有所不同。

相關詞彙 받침대（托台），밑받침（底座）

► 발가락[-까-] 名 腳趾

衍生片語 ～이 시리다（腳趾涼），새끼 ～（小腳趾），엄지 ～（大腳趾）

常用例句 개구리의 뒷발에는 발가락이 다섯 개 있다.
青蛙的後肢有五趾。

相關詞彙 손가락（手指）

► 발견(發見) 名 發現

衍生片語 새 항로의 ～（新航路的發現），신대륙의 ～（新大陸的發現）

常用例句 그것은 나에게 큰 발견이었다.
那件事對我來說是個大發現。

相關詞彙 발굴（發掘）

► 발견되다(發見-) 名 被發現

衍生片語 사실이 ～（事實被發現），시체로 ～（屍體被發現）

常用例句 행방불명이 되었던 등산객들은 무사히 발견되었다.
下落不明的登山者被發現時平安無事。

相關詞彙 발굴되다（被發掘）

► 발견하다(發見-) 動 發現

衍生片語 잘못을 ～（發現錯誤），자아를 ～（發現自我）

常用例句 그는 우연히 아버지의 유품을 발견하였다.
他偶然發現了父親的遺物。
골동품상에서 우연히 진귀한 항아리를 발견했다.
在古董店中，偶然發現了珍貴的罐子。

相關詞彙 찾아내다（找到）

► 발달(發達)[-딸] 名 發達

衍生片語 의학의 ～（醫學發達），기술의 ～（技術發達）

常用例句 음악은 아이의 정서적 발달에 좋다.
音樂有助於孩子的心靈成長。

ㅂ

> 相關詞彙 진보（進步），발전（發展）

▶ 발등[-뜽] 名 腳背

衍生片語 ～을 밟다（踩腳背），～이 아프다（腳背疼），～을 찍히다（遭遇背叛），～에 불이 떨어지다（十萬火急），～의 불을 먼저 끄다（先解燃眉之急）

常用例句 그는 굳게 믿었던 친구에게 결국 발등을 찍히고 말았다.
他最後還是被他深信的朋友背叛了。
그는 무슨 일이든 언제나 발등에 불이 떨어져야 시작한다.
他不管什麼事情，都是等到十萬火急了才開始做。

相關詞彙 발잔등（腳背）

▶ 발목 名 腳踝

衍生片語 ～이 부러지다（腳踝扭了），～을 접질리다（腳踝扭了），～이 잡히다（被抓住了腳踝）

常用例句 홍수가 나서 발목까지 물이 찼다.
洪水來了，水一直漲到了腳踝。

相關詞彙 발모가지（腳踝）

▶ 발생(發生)[-쌩] 名 發生

衍生片語 문자의 ～（文字的起源），인류의 ～（人類的起源）

常用例句 소음 발생을 줄인다.
減少噪音的發生。
사건 발생 십 일 만에 범인이 검거되었다.
僅僅在案件發生10天內就將犯人逮捕了。

相關詞彙 결과（結果）

▶ 발생하다(發生-)[-쌩-] 動 發生

衍生片語 화재가 ～（發生火災），사고가 ～（發生事故）

常用例句 이곳에서 사건이 발생한 것은 오늘 새벽 두 시였다.
這個地方是在今天凌晨兩點出事的。

相關詞彙 일어나다（發出），나타나다（表現出）

▶ 발음하다(發音-)[바름-] 動 發音

衍生片語 올바르게 ～（發音準確），잘못 ～（發音錯誤）

ㅂ

| 常用例句 | 그것은 두 번째 음절에 악센트를 주어 발음한다.
把重音放到第二個音節處發音。 |

| 相關詞彙 | 발성하다（發音），소리내다（發音） |

발전(發展)[쩐] 名 發展

| 衍生片語 | ～을 이룩하다（實現發展），공업의 ～（工業的發展） |

| 常用例句 | 경제 발전이 국민 의식의 성장에 미치는 영향이 크다.
經濟發展給公民意識的成長帶來很大影響。
자기 발전을 위해 노력한다.
爲實現自我發展而努力。 |

| 相關詞彙 | 발달（發達），진보（進步） |

발전하다(發展-)[-쩐-] 動 發展

| 衍生片語 | 경제가 ～（經濟發展），크게 ～（大發展） |

| 常用例句 | 형의 사업은 최근 눈에 띄게 발전하고 있다.
最近大哥的生意發展得很引人注意。
결국 아이들 싸움에서 어른들 싸움으로 발전하였다.
最終孩子的打鬧發展成爲大人間的紛爭了。 |

| 相關詞彙 | 발달하다（發達），진보하다（進步） |

발표하다(發表-) 動 發表

| 衍生片語 | 의견을 ～（發表意見），내막을 ～（發表內幕） |

| 常用例句 | 검찰은 오는 18일경 종합 수사 결과를 발표할 예정이다.
檢察人員將在18日發表綜合調查結果。 |

| 相關詞彙 | 알리다（告訴），성명발표（發表聲明），논문발표（發表論文），공식발표（正式發表） |

밝다[박따] 動 亮，明亮

| 衍生片語 | 밝은 조명（明亮的燈光），밝은 색깔（亮色），밝은 목소리（清亮的嗓子） |

| 常用例句 | 우리는 날이 밝는대로 떠나기로 했다.
我們打算天一亮就出發。 |

| 相關詞彙 | 환하다（明亮） |

▶ **밝히다[발키-]** 動 ①熬夜　②點亮　③闡明　④敏銳

衍生片語 밤을 ～（熬夜），등불을 ～（點亮燈火），진상을 ～（闡明眞相），두 눈을 ～（擦亮雙眼）

常用例句 뜬눈으로 밤을 밝혔다.
睜著眼熬夜了。
촛불을 밝혀 놓았다.
把燭火撥亮了。
무슨 수를 써서라도 이번 일은 꼭 진실을 밝히고야 말겠다.
無論使用什麼手段，都要讓這次的事情眞相大白。
그렇게 노름을 밝혀 집까지 날리던 사람이 새사람이 되었다.
曾一度沉迷於賭博，連房子都輸光了的人已經重新做人了。

相關詞彙 밝게 하다（點亮），증명하다（證明），새우다（熬夜）

▶ **밟다[밥따]** 動 ①踏　②追蹤　③辦理

衍生片語 발을 ～（踩腳），지뢰를 ～（踩地雷），뒤를 ～（跟在後面），수속을 ～（辦手續）

常用例句 그는 피우던 담배를 밟아 껐다.
他把抽的菸踩滅了。
용의자의 뒤를 밟았다.
跟蹤了嫌疑犯。
정해진 순서를 밟는다.
遵守規定的順序。

相關詞彙 디디다（踩），뒤쫓다（追趕），추적하다（追擊）

▶ **밤늦다[-는따]** 形 夜深

衍生片語 밤늦은 시각（夜深時刻），밤늦도록 돌아다니다（晃到深夜）

常用例句 그 집은 밤늦게까지 영업을 한다.
那一家一直營業到深夜。

相關詞彙 밤 깊다（深夜）

▶ **밤새다** 動 通宵

衍生片語 밤새도록 일하다（通宵工作），밤새도록 마시다（喝到通宵）

常用例句 그는 밤새도록 술에 취해 있었다.
他醉了一整夜。

ㅂ

아내는 잠이 오지 않는지 밤새도록 뒤척였다.
妻子可能是沒睡著，一整夜都在翻身。

相關詞彙 밤새우다（通宵），밤을 밝히다（通宵）

▶ 밤중(-中)[-쭝] 名 半夜，深夜

衍生片語 깜깜한 ～（漆黑的深夜），～까지（直到深夜）

常用例句 나는 밤중까지 공상에 잠겼다가 어느 틈에 잠이 들었다.
我陷入了冥想，直到深夜，但不知什麼時候睡著了。

相關詞彙 깊은 밤（深夜），심야（深夜），한밤중（半夜）

▶ 밥그릇[-끄릇] 名 飯碗

衍生片語 밥을 ～에 담다（飯盛到碗裡），～을 씻다（洗碗）

常用例句 아이는 화가 났는지 개 밥그릇을 뻥뻥 찼다.
孩子可能是生氣了，把狗碗踢得砰砰響。
모두들 밥그릇이 떨어질까 봐 조마조마한 상태다.
大家都怕丟了飯碗，全都小心翼翼的。

相關詞彙 식기（餐具）

▶ 밥맛[밤맏] 名 ①飯味 ②食欲

衍生片語 ～이 좋다（飯味好），～이 없다（沒有食欲），～이 나다（有食欲）

常用例句 현미밥은 영양가가 높은 것은 물론 꼭꼭 씹으면 밥맛도 괜찮다.
糙米不僅營養價值高，細細咀嚼味道也不錯。
너무 피곤해서 그런지 밥맛이 싹 가셨다.
可能是太累了，完全沒有食欲。

相關詞彙 식욕（食欲）

▶ 밥솥[-쏟] 名 飯鍋

衍生片語 압력 ～（壓力鍋），전기 ～（電鍋）

常用例句 밥솥에 밥을 안친다.
把飯放到鍋裡。
밥솥에서 밥을 펐다.
從電鍋裡盛了飯。

相關詞彙 솥（鍋）

ㅂ

▶ **방금(方今)** 副 剛才，剛剛

衍生片語 ～ 떠나다（剛離開），～ 마치다（剛剛結束）

常用例句 그는 방금 잠에서 깨어났다.
他剛從睡夢中醒來。
그는 방금 읽고 있던 잡지를 우리에게 보여 주었다.
他把剛才讀過的雜誌拿給我們看。

相關詞彙 곧（馬上），즉시（立刻）

▶ **방문(房門)** 名 房間的門

衍生片語 ～ 손잡이（房門的門把手），～을 닫다（關上房門），～을 두드
리다（敲房門）

常用例句 방문을 안으로 걸어 잠갔는지 열리지 않는다.
房間的門可能從裡面鎖住了，打不開。

▶ **방문(訪問)** 名 訪問

衍生片語 해외 동포의 ～（海外同胞的訪問），～을 환영하다（歡迎來訪）

常用例句 갑작스럽게 친구의 방문을 받았다.
朋友突然來串門子。

相關詞彙 심방（探訪）

▶ **방문하다(訪問-)** 動 訪問

衍生片語 친구를 ～（訪友），우리나라를 ～（訪問我國）

常用例句 오후에 고객의 사무실을 방문하기로 약속했다.
約好下午造訪顧客的辦公室。
우리 집을 방문한 사람은 뜻밖의 인물이었다.
來我們家拜訪的是個意外的人。

相關詞彙 찾다（拜訪），찾아가다（拜訪），들르다（順便去）

▶ **밭[받]** 名 旱地

衍生片語 ～을 갈다（耕地），～ 한 뙈기（一畦地），인삼 ～（人參
地），～을 일구다（開墾土地）

常用例句 밭에 씨를 뿌린다.
在地裡播種。

相關詞彙 전지（田地）

ㅂ

▶ **배경(背景)** 名 ①背景　②布景　③靠山

衍生片語　아름다운 ～（美麗的背景），영화의 ～（電影背景），역사적 ～
（歷史背景），～ 이 든든하다（靠山硬）

常用例句　그 회사는 배경이 좋은 사람을 선택했다.
這個公司選擇了背景好的人。
배경이 좋은 곳에서 사진을 찍자.
在背景好的地方照相吧。
무대 배경이 매우 좋다.
舞台布景很好。

相關詞彙　뒷배경（背景）

▷ **배꼽** 名 ①肚臍　②蒂

衍生片語　～을 빼다（讓人笑破肚皮），～이 크다（膽大）

常用例句　그 행동이 어찌나 우스운지 배꼽을 뺐다.
他的行動太可笑了，讓人笑破了肚皮。

相關詞彙　배족지（肚臍）

▶ **배달(配達)** 名 送，投遞

衍生片語　우유 ～（送牛奶），신문 ～（送報紙），신속 ～（快遞），～ 을
나가다（送外賣）

常用例句　요즈음은 소비자가 주문한 상품을 집으로 직접 배달해 주는 통신
판매가 유행이다.
最近流行將消費者訂購的商品送貨上門的通訊銷售。

相關詞彙　운반（搬運），배송（配送）

▷ **배드민턴(badminton)** 名 羽毛球

衍生片語　～ 을 치다（打羽毛球），～ 선수（羽毛球選手）

常用例句　그녀는 한국 여자 배드민턴의 간판선수이다.
她是韓國女子羽毛球的種子選手。
그들은 아침마다 공원에서 배드민턴을 친다.
他們每天早上都在公園裡打羽毛球。

相關詞彙　농구（籃球）

► 버릇[-를] 名 習慣，習性

衍生片語 ～을 고치다（改掉習慣），～을 들이다（養成習慣），～ 이 없다（沒有教養）

常用例句 저 사람은 술을 마시고 나서 남에게 시비를 거는 못된 버릇이 있다.
那個人有個壞習慣，一喝酒就向別人挑釁。

相關詞彙 습관（習慣），관습（習性）

► 버터(butter) 名 奶油，牛油

衍生片語 ～밀크（奶油牛奶），～ 바른 빵（塗奶油的麵包片）

常用例句 빵에 버터를 발라 구워 먹었다.
麵包上抹點奶油烤著吃。

相關詞彙 쿠키（餅乾），치즈（起士）

► 버튼(button) 名 按鍵，按鈕

衍生片語 ～을 누르다（按按鈕），재생 ～（播放鍵）

常用例句 불을 켜려면 이 버튼을 누르면 된다.
想要開燈的話，按這個鈕就行。

相關詞彙 단추（鈕扣）

► 번역(飜譯)[버녁] 名 翻譯

衍生片語 명쾌한 ～（明快的翻譯），서투른 ～（生疏的譯文），～을 잘하다（翻譯得好）

常用例句 톨스토이의 소설들을 번역판으로 읽었다.
閱讀托爾斯泰小說的譯本。

相關詞彙 통역（口譯）

► 번역하다(飜譯-)[버녀카-] 動 翻譯

衍生片語 프랑스어로 ～（翻譯成法語），중국어로 ～（翻譯成中文）

常用例句 우리는 이데아를 흔히'이상' 또는'이념이라고'번역한다.
我們經常把「Idea（德語）」翻譯成「理想」或者「理念」。
시를 외국어로 번역하는 일은 쉽지 않다.
將詩翻譯成外語很不容易。

相關詞彙 통역하다（口譯）

ㅂ

벌리다 動 張開

衍生片語 자루를 ~（打開袋子），입을 ~（張開嘴）

常用例句 아이는 두 손을 벌려 과자를 조심스럽게 받았다.
孩子張開雙手小心地接過餅乾。
그는 당황한 나머지 두 팔을 벌려 제지하는 몸짓을 지었다.
他驚慌之餘，張開雙臂做出了阻止的動作。

相關詞彙 넓히다（放寬），개방하다（開放），열다（開，打開）

벌어지다 [버러-] 動 展開

衍生片語 논란이 ~（展開爭論），싸움이 ~（展開鬥爭）

常用例句 수해 복구 사업이 벌어지다.
展開災後恢復工作。

相關詞彙 열리다（打開），개방하다（開放）

법(法) 名 法

衍生片語 ~에 어긋나다（違法），~을 제정하다（制定法律），~을 준수
하다（遵守法律）

常用例句 법에 따라 처리한다.
依法處理。
법을 어기면 안된다.
不能違法。

相關詞彙 법률（法律），규칙（規則），헌칙（憲法）

벗기다[벋끼-] 動 ①扒，剝 ②拆開，揭開

衍生片語 옷을 ~（扒衣服），안경을 ~（摘眼鏡），굴껍질을 ~（剝橘子
皮），뚜껑을 ~（揭開蓋子）

常用例句 어머니가 아이의 옷을 벗기었다.
母親把孩子的衣服扒下來了。
지붕에서 기와를 벗기었다.
揭開了屋頂上的瓦片。

相關詞彙 벗게 하다（剝開）

벨트(belt) 名 ①腰帶，皮帶 ②輸送帶

衍生片語 가죽 ~（皮帶），~를 매다（繫皮帶）

| 常用例句 | 바지가 흘러내리지 않도록 허리에 벨트를 맸다.
爲了不讓褲子掉下去，在腰上繫了腰帶。 |

| 相關詞彙 | 허리띠（腰帶） |

► **변하다(變-)** 動 變，變化

| 衍生片語 | 마음이 ～（變心），검은 색으로 ～（變成黑色） |

| 常用例句 | 그의 얼굴빛이 하얗게 변하기에 무슨 일이 있는 줄 알았다.
從他臉色變白可以看出一定出什麼事了。
젊은 왕자가 야수로 변했다.
年輕的王子變成了野獸。 |

| 相關詞彙 | 바꾸다（換），변화하다（變化） |

► **변호사(辯護士)** 名 律師

| 衍生片語 | ～ 수임료（律師代理費），～가 되다（成爲律師） |

| 常用例句 | 그는 변호사가 되려고 열심히 공부했다.
他爲了當律師努力學習。 |

| 相關詞彙 | 법률사（律師） |

► **변화(變化)** 名 變化

| 衍生片語 | ～가 생기다（發生變化），정국의 ～（政局的變化），～를 주다
（帶來變化） |

| 常用例句 | 사회적인 변화가 가속되면서 사람들의 가치관도 많이 달라졌다.
隨著社會變化的加速，人們的價値觀也在不斷改變。
산속의 갑작스러운 온도 변화에 적응하기 위하여 여벌의 옷을 준
비하였다.
爲了適應山中溫度的突然變化，準備了備用的衣服。 |

| 相關詞彙 | 발전（發展），발달（發達） |

► **별(別)** 冠 奇怪的，奇異的

| 衍生片語 | ～ 일（奇怪的事），～ 사람（奇怪的人），～ 문제（奇怪的問
題） |

| 常用例句 | 그와 나는 별 사이가 아니다.
他跟我沒什麼特別的關係。
이 사람 별 이상한 소리를 다 하고 있네.
這個人淨說些奇怪的話呢。 |

ㅂ

(相關詞彙) 별개（別的）

► **별로(別-)** 副 特別

(衍生片語) ～ 좋지 않다（不太好），～ 춥지 않다（不太冷）

(常用例句) 그의 병세는 예전에 비해 별로 나아진 것이 없었다.
他的病情和以前相比沒有好轉。
그 사람은 외모는 몰라도 성격은 별로 변한 것 같지 않다.
不知道那個人外貌如何，但性格似乎沒什麼特別的變化。

(相關詞彙) 그다지（那麼），특별히（特別），특히（特別是）

⤷ **병들다(病-)** 動 得病

(衍生片語) 병든 몸（生病的身體），병든 나뭇잎（有問題的樹葉）

(常用例句) 전쟁이 끝난 길거리는 병들고 굶주린 사람으로 가득하였다.
戰爭過後，街邊滿是生病、饑餓的人。

(相關詞彙) 병이 생기다（生病），발병하다（發病），병이 나다（生病）

► **보고(報告)** 名 報告

(衍生片語) ～를 받다（接到報告），～를 드리다（交報告），상황 ～（情況報告）

(常用例句) 보고할 일이 너무나 많아서 한 번에 다 말할 수가 없다.
要反映的事太多，一時之間說不過來。

(相關詞彙) 통지（通知）

⤷ **보고서(報告書)** 名 報告

(衍生片語) ～를 올리다（交報告），～를 작성하다（寫報告）

(常用例句) 상품의 판매 현황을 조사하여 보고서로 제출하였다.
調查商品的銷售狀況，寫份報告交上去。

(相關詞彙) 레포트（報告），텀페이퍼（term paper，報告）

► **보관하다(保管-)** 動 保管

(衍生片語) 짐을 ～（保管行李）

(常用例句) 귀금속을 금고에 보관하고 있다.
貴金屬放在金庫中保管。

(相關詞彙) 간직하다（珍藏）

▶ 보람 **名** ①痕跡 ②標誌 ③意義，價值，成效

衍生片語 〜을 남기다（留下痕跡），눈에 띄는 〜（顯眼的標誌），삶의 〜（生活的意義），〜을 느끼다（感到有價值）

常用例句 열심히 했으나 별다른 보람이 없다.
雖然盡了力，但沒什麼成效。
아무 보람도 없이 허송세월만 했다.
毫無意義，虛度青春。
열심히 공부한 보람이 있어 그는 대학에 합격하였다.
努力用功有了成效，他考上了大學。

相關詞彙 흔적（痕跡），의미（意義），결과（結果），성과（成果）

▶ 보통(普通) **副** 普通，通常

衍生片語 〜 바쁜 것이 아니다（不是普通的忙），〜 예쁜 것이 아니다（不是普通的漂亮）

常用例句 그는 보통 일곱 시에는 일어난다.
他通常7點起床。
보통 몇 시에 퇴근하십니까?
通常幾點下班？

相關詞彙 통상（一般，通常）

▶ 보험(保險) **名** 保險

衍生片語 〜을 들다（投保），생명 〜（人壽保險）

常用例句 화재 보험에 가입한다.
加入火險。

相關詞彙 보험회사（保險公司）

▶ 보호(保護) **名** 保護

衍生片語 〜를 받다（受保護），민족 유산의 〜（民族遺產的保護）

常用例句 중소기업의 보호가 시급하다.
對中小企業的保護十分緊急。
그는 경찰의 보호를 받고 있다.
他受到警察的保護。

相關詞彙 보전（保全）

ㅂ

▷ **복도(複道)[-또]** 名 走廊

衍生片語 ～ 중간（走廊中間），～에 걷다（走在走廊裡）

常用例句 방 불빛이 복도로 흘러나온다.
房裡的燈光照到了走廊裡。
수업 시간에 친구와 장난하다가 복도에 나가 벌을 섰다.
上課時間跟朋友嬉戲，被叫到走廊裡罰站了。

相關詞彙 로비（大廳）

▶ **복사(複寫)[-싸]** 名 複印，影印

衍生片語 ～ 용지（複寫紙），～기（影印機）

常用例句 이 귀중한 책을 복사로 곱게 싸서 보관해라.
將這本珍貴的書複印，好好包起來保管。

相關詞彙 복제（複製）

▷ **복사하다(複寫-)[-싸-]** 動 複印，影印

衍生片語 책을 ～（複印書），원고를 ～（複印原稿），키를 ～（配鑰匙）

常用例句 서류를 세 부 복사한다
將文件影印三份。

相關詞彙 베끼다（謄寫）

▶ **복습(復習)[-씁]** 名 複習

衍生片語 ～ 계획（複習計劃），～ 시간（複習時間）

常用例句 나는 오늘 배운 수학 공식을 복습을 통해 완전히 익혔다.
我透過復習把今天學的數學公式都記熟了。
선생님은 내일 시험을 볼 테니 복습을 꼭 해오라고 하셨다.
老師說明天要考試，一定要復習。

相關詞彙 온습（溫習）

▷ **복습하다(復習-)[-쓰파-]** 動 複習

衍生片語 시험 내용을 ～（復習考試的內容），복습하는 습관（復習的習慣）

常用例句 복습하는 습관을 들인다.
養成復習的習慣。
나는 방과 후 집에 와서 오늘 배운 내용을 복습하였다.

我放學回到家後復習了今天學的內容。

相關詞彙　예습하다（預習）

► 볶다[복따] 動 ①炒　②折磨

衍生片語　깨를 ～（炒芝麻），사람을 ～（折磨人）

常用例句　부엌에선 올케가 솥뚜껑을 뒤집어 놓고 쌀을 볶고 있었다.
　　　　　廚房裡，嫂子正在把鍋蓋翻過來炒米。
　　　　　사람을 이렇게 들들 볶아야 마음이 시원해지겠느냐?
　　　　　非得這樣折磨人，心裡才痛快嗎？

相關詞彙　익히다（熟），괴롭히다（折磨）

► 본래(本來)[볼-] 名 本來

衍生片語　～의 모습（本來的樣子）

常用例句　그는 본래부터 말이 없고 점잖다.
　　　　　他本來就話不多，很文靜。
　　　　　본래 이곳은 아무도 살지 않았다.
　　　　　本來這個地方沒有人住。

相關詞彙　애초（當初），원래（原來），처음부터（一開始）

► 볼일[-릴] 名 要做的事

衍生片語　～이 있다（有事），～이 생기다（有了要做的事）

常用例句　내게 무슨 볼일이라도 남아 있나요?
　　　　　還有什麼事要我做嗎？
　　　　　급한 볼일이 생겨서 먼저 일어서겠습니다.
　　　　　有點急事，我先走了。

相關詞彙　할 일（要做的事）

► 뵈다 動 看望

衍生片語　선배를 ～（看望前輩），부모를 ～（看望父母）

常用例句　선생님을 뵈러 잔다.
　　　　　去看老師。

相關詞彙　만다다（見面），만나보다（會面）

ㅂ

► **뵈다** 動 「보이다」的略語

衍生片語 바다가 뵈는 집（能看到大海的房子），끝이 뵈지 않다（望不到頭）

常用例句 몸이 아파 눈에 뵈는 것이 없다.
身體不舒服，眼睛看不見東西。

相關詞彙 보이다（顯現）

► **뵙다[-따]** 動 拜見

衍生片語 국왕을 ～（拜見國王），주석을 ～（謁見主席）

常用例句 말씀으로만 듣던 분을 뵙게 되어 영광입니다.
久仰大名，幸會幸會。

相關詞彙 알현하다（謁見）

► **부(部)** 名 部，份

衍生片語 외교～（外交部），편집～（編輯部），두 ～（兩份）

常用例句 국무 회의 때 각 부의 장관들이 모인다.
國務會議時聚集了各部的長官們。
서류를 세 부 복사하였다.
將文件影印了三份。
부의 책임자는 부장이다.
一個部的負責人是部長。

相關詞彙 부서（文書）

► **부끄러움** 名 害羞，慚愧

衍生片語 ～을 타다（害羞），～을 느끼다（感到慚愧）

常用例句 아이는 수업 시간에 부끄러움을 무릅쓰고 손을 들었다.
孩子在上課時間顧不上害羞，舉起了手。
조금도 부끄러움 없이 살아왔다.
一直問心無愧地活著。

相關詞彙 부끄럼（羞愧），수줍음（害羞）

► **부끄럽다[-따]** 形 害羞，慚愧

衍生片語 양심에 ～（有愧於良心），부끄러운 얼굴（害羞的臉）

常用例句 나는 거짓말을 한 내 자신이 부끄럽다.

ㅂ

我因爲自己說謊，而感到慚愧。

자식 놈이 못된 일만 저질러서 동네 사람들 보기가 부끄럽다.

孩子竟做了些壞事，自己都無顏面見村裡人。

신부가 부끄러워서 얼굴을 들지 못한다.

新娘害羞得抬不起頭。

相關詞彙 수줍다（害羞），볼낯 없다（無臉見……）

▶ 부동산(不動産) 名 房地產

衍生片語 ～매매（房地產買賣），～투기（不動產投機）

常用例句 그는 부동산을 담보로 대출을 받았다.

他以房地產作爲擔保得到了貸款。

相關詞彙 동산（動產）

▶ 부드럽다[-따] 形 ①柔和，細膩，細嫩　②溫和，溫柔

衍生片語 부드러운 살결（柔嫩的皮膚），머릿결이 ～（髮絲輕柔），성격이 ～（性格溫和）

常用例句 비가 내려서인지 발길에 와 닿는 흙의 감촉이 아주 부드러웠다.

可能是因爲下雨的緣故，感覺踩上去泥土都是軟軟的。

그녀의 성격은 매우 부드럽다.

她的性格十分溫柔。

▶ 부딪치다[-딛-] 動 碰，撞，遇到

衍生片語 바위에 ～（撞到岩石），머리를 ～（撞到頭）

常用例句 모퉁이를 돌다가 팔이 다른 사람에게 부딪쳤다.

轉彎的時候胳臂碰到了別人。

계란을 그릇 모서리에 부딪쳐 깼다.

用碗邊把雞蛋打碎了。

相關詞彙 부딪히다（碰到），충돌하다（衝突）

▶ 부러워하다 動 羨慕

衍生片語 남의 성공을 ～（羨慕別人的成功），부러워하는 눈길（羨慕的眼神）

常用例句 옆집 아이가 반장이 되자 어머니는 은근히 부러워하셨다.

鄰居家孩子當上了班長，母親有些羨慕。

그는 세상 사람들이 모두 부러워하는 부와 귀를 누렸다.

他擁有令世界上所有人都羨慕的財富。

相關詞彙 선모하다（羨慕）

► 부럽다[-따] 形 羨慕

衍生片語 부러운 시선（羨慕的目光），남이 ～（羨慕別人）

常用例句 나는 공부 잘하는 철수가 부럽다.
我羨慕功課好的哲洙。
이제는 세상에 부러울 것이 없다.
現在這世界上沒有什麼可羨慕的了。

相關詞彙 욕심나다（產生欲望）

► 부작용(副作用)[-자꽁] 名 副作用

衍生片語 ～을 낳다（產生副作用），～이 생기다（產生副作用），～이 없다（沒有副作用）

常用例句 개발에 따른 부작용을 최소화하였다.
將開發帶來的副作用最小化了。

相關詞彙 뒷랄（副作用）

► 부잣집(富者-)[-잗찝] 名 富户，有錢人家

衍生片語 ～ 딸（有錢人家的女兒），～ 아들（有錢人家的兒子）

常用例句 그는 부잣집 딸과 결혼했다.
他和有錢人家的女兒結婚了。
부잣집 아들과 사귀었다.
和有錢人家的兒子交往。

相關詞彙 부가（富家）

► 부족(不足) 名 不足

衍生片語 자금～（資金不足），시간～（時間不足），일손 ～（人手不足），～감（不足感）

常用例句 수질 오염으로 인한 산소 부족으로 물고기가 떼죽음을 당했다.
水質污染引起的氧氣不足導致魚成群死亡。

相關詞彙 불만족（不滿足），모자람（不夠，不足）

▶ **부지런하다** 形 勤快，勤勉

衍生片語 부지런한 사람（勤快的人），부지런하게 일하다（做事勤快）

常用例句 언니는 천성이 부지런해서 식구 중에 제일 먼저 일어나 마당 청소를 한다.
姐姐天生勤快，家人中她最早起來打掃院子。

相關詞彙 게으르다（懶惰），근면하다（勤勞）

▶ **부처** 名 佛，佛像

衍生片語 석가모니 ～（釋迦牟尼像），～를 모시다（供奉佛像）

常用例句 향을 피고 부처 앞에 절을 올렸다.
燒好香，在佛像面前行了禮。

相關詞彙 불차（佛陀）

▶ **부탁(付託)** 名 付託，委託

衍生片語 ～말씀（請求的話語），～을 들어주다（答應請求），～을 받다（接受委託）

常用例句 나한테 어려운 부탁이 들어왔는데 어떻게 해야 할지 모르겠다.
有人求我辦一件很爲難的事，不知道該怎麼辦才好。

相關詞彙 청탁（委託）

▶ **부탁하다(付託-)[-타카-]** 動 付託，委託

衍生片語 협조를 ～（委託協助），선생님에게 ～（委託給老師）

常用例句 동생에게 뒷일을 부탁하였다.
把善後工作交給了弟弟處理。
선배에게 취직을 부탁하였다.
拜託前輩幫忙找工作。

相關詞彙 사정사정하다（請求），청탁하다（請求）

▶ **분명히(分明-)** 副 分明地，清楚地

衍生片語 ～ 발음하다（發音要清晰），～ 대답하다（清楚地回答）

常用例句 날이 맑아서인지 멀리 있는 산이 분명히 보인다.
可能是因爲天空晴朗，遠山都看得很清楚。
저기 있는 사람은 분명히 언니이다.
那邊的那個人明明就是姐姐。

ㅂ

相關詞彙 확실히（確實），명확히（明確地）

► 분석하다(分析-)[-서카-] 動 分析

衍生片語 성분을 ～（分析成分），능력을 ～（分析能力）

常用例句 당국에서는 유통 비용 증가의 주된 원인을 교통 체증으로 분석하고 있다.
據當局的分析，交通費用增加的主要原因是因爲交通堵塞。

相關詞彙 해석하다（解釋）

불가능하다(不可能-) 形 不可能

衍生片語 불가능한 결과（不可能的結果），불가능한 임무（不可能的任務）

常用例句 그런 일은 불가능하였다.
那種事是不可能的。

相關詞彙 할 수 없다（不能），가능하다（可能）

► 불교(佛教) 名 佛教

衍生片語 ～를 믿다（信仰佛教），～신자（佛教信徒），～경전（佛教經書）

常用例句 그 사람은 불교를 믿는다.
那個人信仰佛教。

相關詞彙 불법（佛法）

불리다 動 被稱爲

衍生片語 영웅으로 ～（被稱爲英雄），천재로 ～（被稱爲天才）

常用例句 그는 직원들에게 호랑이라고 불렸다.
他被職員們稱爲老虎。

相關詞彙 부르다（稱作）

► 불만(不滿) 名 不滿

衍生片語 ～을 토로하다（吐露不滿），～이 쌓이다（累積些許不滿）

常用例句 그는 어머니가 남동생만 편애한다고 불만을 털어놓았다.
他不滿母親偏愛弟弟。

相關詞彙 불만족（不滿足），부족함（不知足），모자람（不足，缺乏）

▶ **불안(不安)[부란-]** 名 不安

衍生片語 ～에 싸이다（籠罩著不安），～에 떨다（惴惴不安）

常用例句 이 일은 나를 언제나 불안하게 한다.
這件事總是讓我感到不安。

相關詞彙 위험（危險），불편（不便），걱정（擔心）

▶ **불편하다(不便-)** 形 ①不便，不方便　②不舒服

衍生片語 의자가 ～（椅子不舒服），몸이 ～（身體不舒服）

常用例句 저는 다리가 불편해서 좀 앉겠습니다.
我的腿不舒服，稍坐一下。
검문이 있겠으니 여행 중에 불편하시더라도 잠시 양해해 주시기 바랍니다.
我們要進行盤查，如果給您旅途帶來不便，敬請諒解。

相關詞彙 편찮다（生病，不舒服）

▶ **불행하다(不幸-)** 形 不幸

衍生片語 불행한 사람（不幸的人），운수가 ～（運氣不好）

常用例句 불행했던 과거는 될수록 잊고 살려 한다.
想盡量忘掉不幸的過去好好生活。
남편의 도박은 가족들에게 고통을 주고 가정생활을 불행하게 만들었다.
丈夫賭博給家人帶來了痛苦，讓家庭生活變得很不幸。

相關詞彙 다행（幸虧）

▶ **붉다[북따]** 形 紅

衍生片語 붉은 치마（紅色裙子），입술이 ～（嘴唇紅紅的）

常用例句 붉은 피를 뚝뚝 흘리었다.
滴答地流著紅色的血。
고개 위에 낙조가 붉다.
山崗上的夕陽紅彤彤的。

相關詞彙 빨갛다（紅的）

▶ **붓다[붇따]** 動 倒，傾倒

衍生片語 물을 ～（倒水），술을 ～（倒酒）

ㅂ

常用例句 술을 한 잔 가득히 부었다.

斟滿了一杯酒。

相關詞彙 쏟다（倒），따르다（倒）

▶ 붙다[붇따] 動 ①貼，黏 ②連接 ③交手 ④靠 ⑤合格 ⑥著手，動手 ⑦寄生 ⑧配合 ⑨生 ⑩有 ⑪養成 ⑫看護 ⑬著（火）

衍生片語 쪽지가 ～（貼便條紙），대학에 ～（考上大學），불이 ～（著火），살이～（長肉），경쟁이 ～（展開競爭），싸움이 ～（打起架來），실력이 ～（實力增加），남에게 붙어 살다（寄人籬下），차고가 붙어 있는 집（帶車庫的房子）

常用例句 모든 공산품에는 상표가 붙어 있다.

所有的工業產品上都貼著商標。

입사 시험에 붙는 것은 하늘의 별 따기다.

通過公司的就職考試比登天還難。

대형 화재로 옆 아파트에까지 불이 붙었다.

由於大火災，火一直燒到了隔壁的公寓。

보고 있지만 말고 너도 그 일에 붙어서 일 좀 해라.

別光看，你也動手做些事吧。

옮겨 심은 나무는 뿌리가 땅에 붙을 때까지 물을 잘 주어야 한다.

好好澆水，讓移植的樹在地裡生根。

막내는 아직도 어머니에게 붙어서 용돈을 타 쓴다.

老么到現在還跟著母親生活，向母親要零用錢。

위급 환자에게는 항상 간호원이 붙어 있다.

急診病人身邊經常有看護照顧。

학원을 열심히 다니더니 영어 실력이 꽤 많이 붙었다.

認真上補習班，結果英語水準提高了不少。

갈수록 나에게도 요령이 붙어서 일이 쉬워지고 있다.

我漸漸掌握了要領，工作越來越容易了。

아이는 요즘 책을 읽는 것에 재미가 붙었는지 날마다 도서관에 간다.

孩子可能最近對讀書產生了興趣，每天都去圖書館。

相關詞彙 떨어지다（落選），갈라지다（分開），낙방하다（落榜）

▶ 붙이다[부치-] 動 ①打 ②動手 ③逮住 ④扶助

衍生片語 뺨을 올려 ～（打嘴巴），싸움을 ～（動手打架）

常用例句 상대편의 따귀를 한 대 올려 붙였다.
　　　　　舉手打了對方一個耳光。

相關詞彙 부착하다（附著），때리다（打），붙잡다（抓住）

▶ 블라우스(blouse) 名 女襯衫，罩衫

衍生片語 실크～（絲綢襯衫），노란～（黃色罩衫）

常用例句 날이 따뜻해지자 블라우스 차림의 여자들이 많아졌다.
　　　　　天氣暖和了，穿襯衫的女孩子越來越多了。

相關詞彙 티셔츠（T恤）

▷ 비교(比較) 名 比較

衍生片語 ～ 분석（比較分析），～ 연구（比較研究）

常用例句 비교도 되지 않는다.
　　　　　不可同日而語。

相關詞彙 대조（對照）

▶ 비교적(比較的) 副 比較的

衍生片語 ～ 쉬운 문제（比較簡單的問題），～ 쉽다（比較容易）

常用例句 우리 사무실은 도심에 위치하고 있어 비교적 교통이 편리하다.
　　　　　我們辦公室在市中心，交通比較便利。

相關詞彙 대조적（對照的）

▷ 비교하다(比教-) 動 比較

衍生片語 성격을 ～（比較性格），기능을 ～（比較功能）

常用例句 국산품의 성능을 외제와 비교하였다.
　　　　　比較了國內產品和進口產品的性能。
　　　　　여러 물건의 가격을 꼼꼼히 비교해 보고 물품을 구입했다.
　　　　　仔細比較各種東西的價格後再採購。

相關詞彙 비하다（相比），대조하다（對照）

▶ 비닐 (vinyl) 名 塑膠，乙烯

衍生片語 ～봉지（塑膠袋），물건을 ～로 싸다（將東西用塑膠布包起來）

常用例句 갑자기 비가 쏟아져 마당에 세워 둔 자전거를 비닐로 씌웠다.
　　　　　突然下起雨來，用塑膠布蓋住了停在院子裡的自行車。

ㅂ

相關詞彙 종이（紙質）

► 비닐봉지(vinyl 封紙) 名 塑膠袋

衍生片語 ～가 많다（塑膠袋多），～가 없다（沒有塑膠袋）

常用例句 아주머니는 비닐봉지에 여러 과일을 담아 주셨다.
大媽在塑膠袋裡給我裝了很多水果。

相關詞彙 비닐봉투（塑膠袋），비닐주미니（塑膠袋）

► 비키다 動 ①躲開，讓開 ②移動，挪動 ③避開

衍生片語 옆으로 ～（閃至一旁），위험을 비켜가기 바라다（希望能脫險）

常用例句 통로에 놓였던 쌀독을 옆으로 비켜 놓았다.
在通道上放著的米缸被移到旁邊了。
길에서 놀던 아이가 자동차 소리에 깜짝 놀라 옆으로 비켰다.
在街上玩耍的孩子被汽車聲嚇了一跳，閃到了旁邊。
위험한 지방을 비켜서 안전한 지방으로 간다.
躲開危險去安全的地方。

相關詞彙 물러나다（退避），피하다（躲避）

► 비타민 (vitamin) 名 維生素

衍生片語 혼합 ～（綜合維生素），지용성 ～（脂溶性維生素）

常用例句 레몬과 귤은 비타민C가 많다.
檸檬和橘子富含維生素C。

相關詞彙 바이타민（維生素）

► 비판하다(批判-) 動 批判

衍生片語 엄격하게 ～（嚴厲地批判），학생을 ～（批評學生）

常用例句 사회의 모순을 비판하는 소설이 많이 나왔다.
出現了很多批判社會矛盾的小說。
그는 내 생각이 너무 편협하다고 비판하였다.
他批評我的性格過於偏激。

相關詞彙 비평하다（批評）

► 빌다 動 ①乞求，祈求 ②祝

衍生片語 소원을 ～（許願），건강하기를 ～（祈求健康）

常用例句 대보름날 달님에게 소원을 빌면 그 소원이 이루어진다고 한다.
傳說如果在正月十五向月亮許願，願望便會實現。
빨리 완쾌하시기를 빌어요.
祝早日康復。

相關詞彙 기도하다（祈禱），축원하다（祝願）

► **빗물[빈-] 名** 雨水

衍生片語 ～이 떨어지다（掉落雨點），～을 받다（接雨水）

常用例句 길에 빗물이 흐르고 있다.
路上正流著雨水。

相關詞彙 우수（雨水）

► **빠지다 動** 掉，落

衍生片語 못에 ～（釘子掉了），살이 ～（瘦了），머리카락이 ～（掉頭髮）

常用例句 앞니가 빠진 아이의 모습이 귀여워 보였다.
孩子掉了門牙的樣子看起來很可愛。
어린이가 물에 빠지었다.
小孩子掉進了水裡。

相關詞彙 가라앉다（下沉，平息），추락하다（墮落），떨어지다（落下）

► **빨다 動** 洗，洗滌

衍生片語 옷을 ～（洗衣服），바지를 ～（洗褲子）

常用例句 운동화를 깨끗이 빨아라.
把鞋子洗乾淨。

相關詞彙 빨래하다（洗滌），세탁하다（洗）

► **빨래 動** ①要洗的衣物　②洗了的衣物

衍生片語 ～가 힘들다（洗衣服很累），～가 밀리다（堆了些髒衣服）

常用例句 요즘은 세탁기 덕분에 빨래가 간편해졌다.
最近多虧了洗衣機，洗衣服變得很方便。

相關詞彙 서답（要洗的衣物），빨래감（要洗的衣服）

ㅂ

► **빼다** 動 拔

衍生片語 이를 ～（拔牙），못을 ～（拔釘子）

常用例句 목구멍에서 가시를 빼었다.
把刺從喉嚨裡拔出來了。
주머니에서 손을 빼었다.
從口袋把手拿了出來。

相關詞彙 뽑다（拔出），발치하다（拔牙）

► **뺨** 名 ①面頰　②東西的邊或面

衍生片語 ～을 때리다（打耳光），～을 붉히다（使臉紅），～을 맞다（挨耳光）

常用例句 그녀는 억울해서 눈이 붓고 뺨이 붉어지도록 울었다.
她受了委屈,哭得臉紅眼腫。

相關詞彙 뺨따귀（臉頰），얼굴（臉），낯（臉）

► **뻗다** [-따] 動 ①伸展，蔓延，延伸　②「죽다」的俗稱

衍生片語 천리만리로 뻗은 산맥（綿延萬里的山脈）

常用例句 태풍의 세력이 우리나라에까지 뻗어 있다.
颱風的威力波及了我國。
의사가 왔을 때는 그는 이미 뻗어 있었다.
醫生來的時候,他已經死了。

相關詞彙 뻗치다（延伸），죽다（死）

► **뼈** 名 ①骨，骨頭　②骨架子

衍生片語 ～가 부러지다（骨頭折斷了），～가 굵다（骨架粗），～가 가늘다（骨架細）

常用例句 타다 만 집은 뼈만 앙상하게 남았다.
被火燒了的房子只剩下了光禿禿的屋架。

相關詞彙 골（骨），뼈다귀（骨頭）

► **뽑다** [-따] 動 ①拔　②伸　③抽　④根除　⑤選擇，選拔

衍生片語 풀을 ～（拔草），대표를 ～（選拔代表），목을 길게 ～（伸長脖子）

ㅂ

常用例句 치과에 가서 사랑니를 뽑았다.
到牙科去拔智齒。
공이 너무 딴딴해서 바람을 조금 뽑았다.
球太硬了，所以放了點氣。
소리를 길게 뽑으며 말하였다.
把聲音拖長了說話。
사회의 부패를 뿌리째 뽑았다.
根除了社會的腐敗。
예선을 거친 네 명 중에서 대표를 뽑기로 했다.
透過預選，決定在四個人中選出代表。

相關詞彙 빼내다（拔出），선발하다（選拔），길게 늘이다（抽出），선택
하다（選擇）

▶ 뿌리 名 ①根 ②根本，根源

衍生片語 ～를 캐다（挖根），민족의 ～를 찾다（尋找民族的根源）

常用例句 나무의 뿌리가 땅 밖으로 다 드러났다.
樹的根部露出了地面。
암거래의 뿌리를 근절하였다.
根除了走私的根源。

相關詞彙 근본（根本），밑바탕（根基）

▶ 뿌리다 動 ①下（雪） ②灑，撒 ③散步，播 ④甩

衍生片語 눈이 ～（下雪），물을 ～（灑水），전단을 ～（發傳單），씨앗
을 ～（播種）

常用例句 빗방울이 뿌리기 시작했다.
開始落下雨點了。
마당에 물을 뿌렸다.
在院子裡灑了水。
밭에 씨를 뿌렸다.
往地裡播了種。
힘차게 만년필을 흔들어 뿌렸더니 잉크가 쏟아져 나왔다.
用力地甩原子筆，結果連墨水都甩出來了。

相關詞彙 날리다（撒），던지다（扔），실포하다（播種）

▶ 뿐 名 只，光

衍生片語 너 ～ 이다（只有你）

常用例句 그는 웃고만 있을 뿐이지 싫다 좋다 말이 없다.

他只是在笑，沒說喜不喜歡。

相關詞彙 단지 (只) ，오직 (只是)

筆記

▶ **사라지다** 動 ①消，消失，消去　②熄，滅　③化，融化

衍生片語　걱정이 ～（顧慮全消）

常用例句　꼴도 보기 싫으니 당장 내 눈앞에서 사라져라.
看到你就煩，趕快從我眼前消失。
달이 구름 속으로 사라졌다.
月亮消失在雲彩裡。

相關詞彙　없어지다（消失）

▶ **사랑스럽다[-따]** 形 可愛

衍生片語　사랑스러운 소녀（可愛的少女），사랑스러운 아이（可愛的孩子）

常用例句　나에게는 사랑스러운 아내와 아이가 있다.
我有可愛的妻子和孩子。
곱게 차려입은 그녀가 무척 사랑스러워 보였다.
穿著亮麗的她看起來非常可愛。

相關詞彙　귀엽다（可愛），예쁘다（漂亮）

▶ **사무(社務)** 名 事務

衍生片語　～ 처리（事務處理），～를 보다（處理事務），～를 인계하다
（交接事務）

常用例句　그는 공식적인 일 외에 사무를 아랫사람에게 시키는 법이 없다.
除了公事以外，他從不使喚下屬。

相關詞彙　업무（業務），일（事情）

▶ **사실(事實)** 名 事實

衍生片語　～을 밝히다（揭露事實），～로 나타나다（實現）

常用例句　이 작품은 특정 사실과 관련이 없다.
這件作品與特定事實無關。

相關詞彙　진실（實情）

▶ **사실(史實)** 名 史實，事實

衍生片語　～을 왜곡하다（歪曲史實），～을 인정하다（承認史實）

常用例句　사실을 왜곡한 일본 역사 교과서가 서점에서 판매되었다.
歪曲史實的日本歷史教科書在書店有販售。

相關詞彙 역사（歷史）

▶ **사용(使用) 名** 使用

衍生片語 ~ 가치（使用價值），~ 계획（使用計劃），~ 금지（禁止使用）

常用例句 부모님께 컴퓨터 사용법을 가르쳐 드렸다.
教父母電腦的使用方法。

相關詞彙 이용（利用）

▶ **사용되다(使用-) 動** 被使用

衍生片語 기계가 ~（機器被使用），도구가 ~（工具被使用）

常用例句 수익금 전액이 문화 사업에 사용되었다.
收益金被全額使用到了文化事業上。

相關詞彙 쓰이다（被使用）

▶ **사용자(使用者) 名** 使用者，用戶

衍生片語 신용 카드 ~（信用卡用戶），노동자와 ~（勞工和使用者）

常用例句 그 기계는 편리하기 때문에 사용자가 계속 늘고 있다.
因爲那個機器很方便，使用者在持續增加。
어느 사업체나 사용자와 근로자 사이에는 갈등이 있기 마련이다.
哪個企業都必然存在雇主和勞工之間的矛盾。

相關詞彙 사용인（使用者），고용자（雇用者）

▶ **사원(社員) 名** 員工

衍生片語 ~을 모집하다（招募員工），~이 많다（員工很多）

常用例句 명색이 구내식당이었지만 그곳을 이용하는 사원들은 거의 한정되어 있었다.
雖然名義上是區内餐廳，但可以使用的員工基本上是限定的。

相關詞彙 회사원（公司員工），회사직원（公司職員）

▶ **사이좋다[-조타] 形** 關係好，親密

衍生片語 부부가 사이가 좋다（夫妻關係好），동생과 사이가 좋다（和弟弟關係好）

常用例句 친구들과 사이좋게 지내려고 노력한다.
努力和朋友們弄好關係。

相關詞彙 친하다（親密）

► 사촌(四寸) 名 堂（表）兄弟，堂（表）姐妹

衍生片語 ～ 누나（堂、表姐），～ 동생（堂、表弟），～ 오빠（堂、表哥）

常用例句 그 아이와 나는 사촌간이다.
那個孩子和我是堂（表）兄妹關係。

相關詞彙 삼촌（叔叔），외삼촌（舅舅）

► 사회(社會) 名 社會

衍生片語 상류 ～（上流社會），인류 ～（人類社會）

常用例句 사회를 놀라게 하였다.
震驚了全社會。

相關詞彙 세상（世上）

► 사회적(社會的) 副 社會的

衍生片語 ～ 분위기（社會性氛圍），～인 여건（社會性條件）

常用例句 사람은 사회적 동물이다.
人是社會性動物。

相關詞彙 역사적（歷史的）

► 산소(酸素) 名 氧氣

衍生片語 ～ 땜（氧氣焊製），～ 마스크（氧氣面具），～ 통（氧氣瓶）

常用例句 수질 오염으로 인한 산소 부족으로 물고기가 떼죽음을 당했다.
水質污染引起的氧氣不足致使魚成群死亡。

► 산속(山-) 名 山中

衍生片語 깊은 ～（深山），～에 들어가다（進入山中）

常用例句 나무꾼은 지게를 지고 나무를 하러 산속으로 들어갔다.
樵夫背上背架，到山裡去砍柴了。

相關詞彙 산중（山中）

► 살리다 動 ①復活 ②擺脫 ③活下來了

衍生片語 경제를 ～（復甦經濟），사람을 ～（救人）

常用例句 아무리 미물이라도 살릴 만한 가치가 있다.

再微小的生物也有活下來的價值。

지나가던 행인이 사고 직전 아이를 살리려고 차 앞으로 뛰어들었다.

意外發生前，過路的行人爲了救孩子跑到了車前。

相關詞彙 살려 내다（復活），살게하다（使活下來），사람을 구하다（救人）

▶ 살짝 副 ①悄悄地　②稍稍，輕輕

衍生片語 ～ 데치다（稍稍炒一下），～ 붉히다（微微泛紅）

常用例句 그녀는 고개를 살짝 들고 상대편을 쳐다보았다.

她稍微抬起頭，打量對方。

그는 모임에서 살짝 빠져나갔다.

他悄悄地離開了聚會。

相關詞彙 슬쩍（稍稍），몰래（悄悄），슬그머니（悄悄），남모르게（悄悄），약간（稍微）

▶ 살펴보다 動 察看，觀察

衍生片語 이리저리 ～（到處觀察），주위를 ～（察看周圍）

常用例句 신문 국제 면을 살펴보았다.

察看了報紙的國際版面。

역에 나가서 차 시간을 살펴 보았다.

到車站察看了公車的時間。

相關詞彙 돌아보다（環顧），관찰하다（觀察），조사하다（調查）

▶ 삶다[삼따] 動 ①煮　②收買，買通

衍生片語 국수를 ～（煮麵條），달걀을 ～（煮雞蛋）

常用例句 주인만 잘 삶으면 그 일은 쉽게 처리할 수 있을 듯한다.

只要收買好主人，那件事好像很容易處理。

相關詞彙 끓이다（煮），달래다（撫慰），설득하다（說服）

▶ 삼촌(三寸) 名 叔父，叔叔

常用例句 당시 나를 가르치던 스승은 나의 삼촌이셨다.

當時教我的老師是我的叔叔。

삼촌이 결혼하면 작은아버지가 된다.

叔叔結婚就成叔父了。

> (相關詞彙) 숙부（叔父），작은아버지（叔叔）

▶ **상(賞)** 名 獎賞，獎品

(衍生片語) ～을 받다（獲獎），～을 주다（頒獎），～을 타다（獲獎）

(常用例句) 상으로 사전을 받았다.
得到了一本字典作為獎品。

> (相關詞彙) 벌（罰），상금（獎金），상장（獎狀）

▶ **상대(相對)** 名 ①當面，面對面　②對手　③對立　④相對

(衍生片語) ～하지 않다（置之不理），～적（相對的），～ 아니다（不是對手），결혼 ～（結婚對象）

(常用例句) 저런 애들하고는 상대도 하지 마라.
不要跟那種人交往。
그는 만만찮은 상대다.
他不是一般的對手。
두 단어가 서로 상대되는 의미를 가지고 있는 관계를 반의 관계라
한다.
兩個單字間所出現的彼此詞義對立的關係叫做反義關係。

> (相關詞彙) 적수（對手），상대방（對方）

▶ **상대방(相對方)** 名 對方

(衍生片語) ～을 존경하다（尊重對方），～의 입장（對方的立場）

(常用例句) 상대방의 입장에서 생각한다.
從對方的立場考慮。
씨름에서는 다 넘어가도 몸을 한 번 뒤집어 상대방을 이길 수도 있
다.
摔角比賽中，即使一直處於劣勢，也可翻身贏過對方。

> (相關詞彙) 상대편（對方），적수（對手）

▶ **상상(想像)** 名 想像

(衍生片語) ～ 밖의 일（意外的事），～을 뛰어넘다（超出想像）

(常用例句) 그런 일이 일어나리라고는 상상도 못했다.
萬萬沒想到會發生那種事。

> (相關詞彙) 추측（推測），생각（想法）

▶ **상상하다(想像-)** 動 想像

衍生片語　미래를 ～（想像未來），결과를 ～（想像結果）

常用例句　나는 10년 후의 나의 모습을 상상해 보았다.
　　　　　我想像過我10年後的樣子。

相關詞彙　추측하다（推測），생각하다（想，思考）

▶ **상처(傷處)** 名 傷，傷口

衍生片語　～를 입다（受傷），～가 낫다（傷口痊癒）

常用例句　상처에 약을 바르고 붕대를 감았다.
　　　　　在傷口上塗好藥，用繃帶包了起來。
　　　　　상처에서 피가 흐른다.
　　　　　傷口流血。

相關詞彙　상흔（傷痕）

▶ **상하다** 動 ①傷　②壞，腐爛　③瘦

衍生片語　고기가 ～（肉壞了），몸이 ～（身體瘦了）

常用例句　상한 음식을 먹어서 식중독에 걸리었다.
　　　　　吃了變質食物，食物中毒了。
　　　　　저렇게 무리하다가 몸이 상할까 걱정된다.
　　　　　那麼拼命，擔心搞垮了身體。
　　　　　친구의 말에 자존심을 상하였다.
　　　　　因爲朋友的話而傷了自尊心。

相關詞彙　썩다（腐敗），상처입다（受傷），피해받다（受害）

▶ **새끼** 名 孩子，小孩

衍生片語　토끼 ～（小兔子），나쁜 ～（壞小子）

常用例句　어느 부모나 제 새끼가 가장 귀하다.
　　　　　所有的父母都認爲自己的孩子是最好的。

相關詞彙　자식（孩子），자녀（子女），아이（孩子）

▶ **새로** 副 ①新　②重新

衍生片語　～ 개발한 기술（新開發的技術），～ 고치는 집（新翻修的房子）

常用例句　오늘 점심에는 새로 개업한 식당에 가 보자.
　　　　　今天中午去那家新開業的餐廳吧。

깨진 유리창을 새로 갈아 끼웠다.
把打碎的玻璃窗換成新的裝上了。

(相關詞彙) 다시（再次）

► **생각나다[-강-]** 動 想起來，想出來

(衍生片語) 어머니가 ～（想起了媽媽），지난 일이 ～（想起了往事）

(常用例句) 좋은 의견이 생각나시면 저에게 알려 주십시오.
如果想到什麼好的建議，請您告訴我。

(相關詞彙) 떠오르다（想起），기억나다（記起）

► **생각되다** 動 想

(衍生片語) 옳다고 ～（認爲正確），틀리다고 ～（認爲是錯誤的）

(常用例句) 그가 범인으로 생각되어 경찰에 신고했다.
覺得他是罪犯，於是向警察報了案。
아이들의 처지가 너무 불쌍하게 생각되어 도움이 될 만한 일을 찾
아보기로 했다.
覺得孩子們太可憐了，所以想做些事幫幫他們。

(相關詞彙) 기억나다（想起），생각해내다（想起）

► **생겨나다** 動 出現，産生

(衍生片語) 이상한 일이 ～（出了怪事），새 학교가 ～（出現了一所新學校）

(常用例句) 각 분야에 새로운 직종이 생겨난다.
各領域裡都出現了新職別。
젊은이들 사이에서 새로운 풍속이 생겨났다.
在年輕人中間出現了一些新的風俗習慣。

(相關詞彙) 생기다（發生），태어나다（産生），출생하다（出生）

► **생신(生辰)** 名 生辰，生日（用於長輩）

(衍生片語) ～ 선물（生日禮物），어머니 ～（媽媽的生日）

(常用例句) 아버님, 생신을 축하드립니다.
爸爸，祝您生日快樂。
오늘은 어머니 생신이시다.
今天是媽媽的生日。

(相關詞彙) 생일（生日），귀빠진 날（生日〈用於孩子〉）

➤ **생활하다(生活-)** 動 生活

衍生片語　도시에서 ～（在城市生活）

常用例句　그 사람들은 도시에서 생활한다.
那些人生活在城裡。

그는 교사로 생활하면서 보람을 느낄 때가 많다.
他從事教師工作，常常覺得這很有意義。

相關詞彙　살아가다（生活），살다（活著），거주하다（居住）

➤ **생활환경(生活環境)** 名 生活環境

衍生片語　급격한 ～ 의 변화（突變的生活環境），～이 좋다（生活環境優越）

常用例句　최근 들어 농촌의 생활환경이 크게 향상되었다.
最近，農村的生活環境有了明顯的提升。

相關詞彙　배경（背景）

➤ **서두르다** 動 趕忙做，急急忙忙地做

衍生片語　출발을 ～（急匆匆地出發），결정을 ～（趕忙下決定）

常用例句　서두르지 않으면 기차 시간에 늦겠다.
不抓緊時間的話，要趕不上火車了。

떠날 준비를 서둘러라.
趕快做出發的準備。

相關詞彙　서둘다（趕忙），빨리하다（快），조급히하다（急）

➤ **서로** 副 互相

衍生片語　～ 친하게 지내다（相處得好），～ 가깝게 지내다（互相走得很近）

常用例句　그 둘은 서로 사랑한다.
他們互相愛著對方。

사고를 낸 두 사람은 서로 상대편 때문에 사고가 났다고 주장했다.
闖了禍的兩個人把責任互相往對方身上推。

相關詞彙　쌍방（雙方）

➤ **서류(書類)** 名 文件

衍生片語　기밀 ～（機密文件），～를 정리하다（整理文件），～를 작성하

다（寫文件）

常用例句 나이 어린 노동자들이 경제적으로 착취를 당하지 않도록 보호 대책
이 새로이 마련되어야 한다.

　為了保護童工不受經濟上的剝削，必須重新制定保護對策。

相關詞彙 문서（文書）

► 서비스(service) 名 服務，招待，侍候

衍生片語 ～가 좋은 백화점（客服好的商場），～정신（服務意識）

常用例句 컴퓨터를 사니 서비스로 책상을 하나 주었다.

　買了電腦，附贈了一張書桌。

어머니가 밥을 짓는 동안에 나는 정성으로 손님에게 국과 반찬을
서비스하였다.

　媽媽做飯的時候，我為客人精心準備了湯和菜。

相關詞彙 봉사（服務）

► 서투르다 形 ①不熟練　②陌生　③輕率

衍生片語 외국어에（不熟悉外語），눈에 서투른 남자（陌生的男子），
서투르게 행동하다（草率地行動）

常用例句 그는 애정 표현에 서투르다.

　他不善於表達愛意。

첫 대면은 아니지만 너무 오랜만에 만나서 서투른 생각이 들었다.

　雖不是第一次見面，但時隔已久，仍覺陌生。

서투르게 행동하다가는 실패하기 쉽다.

　如果草率地行動很容易失敗。

相關詞彙 미숙하다（沒長熟，不成熟），낯설다（陌生）

► 석유(石油)[서규] 名 石油

衍生片語 ～를 수입하다（進口石油），～난로（燃油火爐）

常用例句 석유난로에 불을 붙인다.

　給燃油火爐點火。

相關詞彙 기름（油）

► 섞다[석따] 動 混合，混雜，摻雜

衍生片語 재료를 ～（混合材料），거짓말을 ～（摻雜著謊話）

常用例句 쌀에 콩을 섞어 밥을 짓는다.
把米和豆子混在一起煮飯。
남학생들을 여학생들과 섞어 조를 편성한다.
男女生混合著分組。

相關詞彙 합치다（合著）

▶ 섞이다[서끼-] 動 被混合，被摻雜

衍生片語 쌀에 돌이 ~（米裡摻雜著石頭），거짓말이 섞인 이야기（夾雜著謊言的話）

常用例句 그의 말이 라디오 소리와 섞어 잘 들리지 않았다.
他的話和收音機的聲音混在一起，聽不清楚。
내 책이 친구 책과 섞여서 찾느라 애를 썼다.
我和朋友的書混在了一起，找起來很費事。

相關詞彙 혼합하다（混合），뒤섞이다（混合）

▶ 설날[-랄] 名 元旦，春節

衍生片語 ~을 맞이하다（迎接春節），내일은 ~이다（明天是春節）

常用例句 설날 아침에 아이들은 어른들께 세배를 했다.
春節的早上孩子們給長輩們拜了年。
설날에는 온 가족들이 옹기종기 모여서 윷놀이를 하였다.
春節全家大大小小聚在了一起玩翻板子遊戲。

相關詞彙 설（春節），원단（元旦），음력설（農曆春節）

▶ 설렁탕(-湯) 名 牛雜湯

衍生片語 ~을 좋아하다（喜歡牛雜湯），맛있는 ~（好喝的牛雜湯）

常用例句 우리 점심에 설렁탕이나 한 그릇 먹자.
我們午飯的時候吃一碗牛雜湯吧。
그녀는 며칠 전부터 설렁탕 국물이 먹고 싶다고 남편에게 말했다.
她從幾天前開始就跟丈夫說想吃牛雜湯。

▶ 섭씨(攝氏) 名 攝氏

衍生片語 ~온도（攝氏溫度）

常用例句 섭씨 35도를 넘는 무더위.
超過攝氏35度的酷暑。

相關詞彙 화씨（華氏）

▶ **성별(性別)** 名 性別

衍生片語 ～을 구분하다（區分性別），～ 차이（性別差異）

常用例句 이력서에는 연령, 성별, 연락처를 기재해야 한다.
簡歷上應該寫下年齡、性別和聯繫方式。
고용 기회는 성별에 관계없이 평등하게 주어져야 한다.
就業機會應該不分性別平等地給予每個人。

相關詞彙 동성（同性）

▶ **성인(成人)** 名 成人

衍生片語 ～이 되다（成人了），～ 답게 행동하다（做事有個大人樣）

常用例句 이제 성인이 되었으니 네 일은 스스로 결정해야 한다.
現在已經成人了，就應該自己的事情自己拿主意。

相關詞彙 어른（大人）

▶ **세금(稅金)** 名 稅金

衍生片語 ～을 내다（交稅），～ 계산서（稅金清單），～ 징수（稅收徵
收）

常用例句 나라에서 세금을 징수한다.
國家徵收稅款。

相關詞彙 조세（納稅）

▶ **세로** 副 豎，直，縱

衍生片語 ～로 쓴 글씨（直著寫的字），～의 길이를 재다（測量縱向長度）

常用例句 사진을 세로로 찍는다.
豎著照相。

相關詞彙 종（縱）

▶ **세우다** 動 ①立 ②停 ③蓋，建立

衍生片語 전봇대를 ～（立電線桿子），택시를 ～（讓計程車停下），빌딩
을 ～（蓋樓）

常用例句 선생님은 졸고 있던 학생을 자리에서 일으켜 세웠다.
老師把打盹的學生從座位上叫了起來。
기계를 한번 세우면 재가동하는 데 여러모로 손실이 크다.
機器一旦停下來，想再次啟動，各方損失會很大。

교외에 양로원을 세운다.
在郊外蓋養老院。

相關詞彙 멈추다（停下），정지하다（停止），짓다（建立），수립하다
（建立）

▶ 세워지다 動 被建立，被確定

衍生片語 전봇대가 ～（電線桿豎起來了），건물이 ～（建築物蓋起來了）

常用例句 위대한 이상이 세워진다.
確立了偉大的理想。

相關詞彙 설립되다（設立），만들어지다（被建立）

▶ 세탁(洗濯) 名 洗衣

衍生片語 ～ 과정（洗衣過程），～ 비누（洗衣皂）

常用例句 이런 옷은 매일 세탁을 해야 한다.
這種衣服必須每天都要洗。
흰옷은 단독으로 세탁하는 것이 좋다.
白顏色的衣服最好單獨洗。

相關詞彙 빨래（要洗的衣物）

▶ 세탁소(洗濯所)[-쏘] 名 洗衣店，洗衣房，洗染店

衍生片語 ～에 맡기다（送去洗衣店），서비즈 좋은 ～（服務較好的洗衣
店）

常用例句 그 세탁소에서는 세탁 뒤 다림질까지 반듯하게 해 준다.
那家洗衣店在洗完衣服後還會熨的平平整整的。

相關詞彙 세탁기（洗衣機）

▶ 센터(center) 名 ①中心 ②（足球等的）中鋒

衍生片語 영양～（營養中心），축구 ～（足球中鋒）

常用例句 그는 다니던 직장을 나와 학교 앞에 분식 센터를 차렸다.
他離開了原單位，在學校前面開起了麵食中心。

相關詞彙 중심（中心）

▶ 소나기 名 驟雨，陣雨

衍生片語 ～가 쏟아지다（驟雨傾盆），～를 맞다（淋了陣雨）

常用例句 대체로 흐리고 가끔 소나기가 오겠다.
大多數是陰天，有的時候會下陣雨。

相關詞彙 폭우（暴雨），가랑비（細雨）

► 소리치다 動 叫喊

衍生片語 큰 소리로 ～（大聲叫喊）

常用例句 산 정상에 올라 목청껏 소리쳤다.
爬到山頂上放聲大喊。

相關詞彙 소리지르다（大聲喊）

► 소문(所聞) 名 傳聞，消息

衍生片語 ～이 돌다（傳聞傳播），～이 자자하다（傳聞四起）

常用例句 곧 전쟁이 난다는 소문이 온 마을에 퍼졌다.
即將開戰的消息傳遍了整個村子。

相關詞彙 풍문（傳聞），소식（消息），뉴스（新聞）

► 소문나다(所聞-) 動 出名

衍生片語 소문난 사람（出名的人），정치가로 ～（作爲政治家而出名）

常用例句 이 집은 음식 솜씨가 좋다고 소문났다.
這家店因爲做菜的手藝好而出名。

相關詞彙 유명하다（出名）

► 소비자(消費者) 名 消費者

衍生片語 ～의 기호（消費者的喜好），～항의（消費者投訴）

常用例句 배추의 소비자 가격이 100원 상승했다.
白菜的消費價格上升了100韓圜。

相關詞彙 생산자（生産者）

► 소스(sauce) 名 調味醬

衍生片語 ～를 치다（放調味醬），～를 뿌리다（撒調味醬）

常用例句 이것은 샐러드에 사용하는 소스이다.
這是做沙拉用的調味醬。

► **소시지(sausage)** 名 香腸

衍生片語 ～를 먹다（吃香腸），～를 좋아하다（喜歡吃香腸）

常用例句 그 사람은 소시지를 무척 좋아한다.
那個人特別喜歡吃香腸。

相關詞彙 순대（米血腸）

► **소용없다(所用-)[-업-]** 動 沒用

衍生片語 소용없는 일（沒用的事），소용없이（沒用《副詞》）

常用例句 이런 병에는 어떤 약도 소용없다.
這種病什麼藥都沒有用。
이제와서 후회해도 소용없다.
現在後悔也沒有用。

相關詞彙 쓸데 없다（沒用）

► **소포(小包)** 名 包裹

衍生片語 ～를 싸다（打包），～를 받다（收到包裹）

常用例句 나는 우체국에 소포 부치러 간다.
我到郵局去寄包裹。
그의 우편물은 편지 세 통에 베개 크기의 소포가 하나다.
他的郵件是三封信和一個枕頭般大小的包裹。

相關詞彙 편지（信）

► **속도[-또]** 名 速度

衍生片語 생산 ～（生產速度），～를 조절하다（調節速度），～가 빠르다
（速度快）

常用例句 이 배의 속도는 어떠냐?
這艘船的速度怎麼樣？

相關詞彙 스피드（speed，速度），속력（速度）

► **속옷[소곧]** 名 內衣

衍生片語 ～을 입다（穿內衣），하얀 ～（白色內衣）

常用例句 속옷을 자주 갈아입어야 한다.
應該經常換內衣。

相關詞彙 내의（內衣），내복（內衣）

▶ **속하다(屬-)[소카-]** 動 所屬，屬於

衍生片語 상류층에 ～（屬於上流社會），미인형에 속하는 편이다（算是個美人）

常用例句 주요 조건에 속하지 않는다.
不屬於主要條件。

相關詞彙 부속되다（附屬）

▶ **손목** 名 手腕

衍生片語 ～시계（手錶）

常用例句 어머니가 딸의 손목을 잡으셨다.
媽媽拉著女兒的手腕。
여자가 남자에게 손목을 잡히고는 얼굴을 붉혔다.
女孩子被男子牽著手，臉紅紅的。

相關詞彙 발목（腳踝）

▶ **손바닥[-빠-]** 名 手掌，巴掌

衍生片語 ～을 맞추다（拍掌），～을 비비다（搓手）

常用例句 손바닥에 못이 박히도록 일을 하였다.
幹活幹到手上長繭了。

相關詞彙 발바닥（腳掌）

▶ **손발** 名 ①手和腳 ②步調，步伐

衍生片語 ～이 맞다（合得來），～ 벗고 나서다（衝到最前面），～을 맞추다（互相配合）

常用例句 날씨가 추워 손발이 시렸다.
天氣冷，手腳都冰凍了。
군인들이 손발을 착착 맞춰 행진한다.
軍人們步伐整齊地向前行進。
회사의 모든 부서들이 서로 손발을 맞출 때 회사가 발전할 수 있다.
公司的各個部門互相配合，公司才會有發展。

相關詞彙 수족（手足），보조（步調）

► 손뼉 名 鼓掌，拍手

衍生片語 ～(을) 치다（鼓掌），～을 두드리다（拍手）

常用例句 손뼉도 부딪쳐야 소리가 난다.
一個巴掌拍不響。

相關詞彙 박수（拍手），박장（鼓掌）

손잡이[-자비] 名 把手，柄

衍生片語 외～（左撇子），～가 달린 컵（有把的杯子）

常用例句 버스가 흔들리자 손잡이를 꼭 붙잡았다.
公車晃動時牢牢抓住了把手。
손잡이를 돌려 문을 열었다.
轉動把手開了門。

相關詞彙 잡다（抓）

► 손톱 名 手指甲

衍生片語 ～을 깎다（剪手指甲）

常用例句 등이 가려워 손톱으로 북북 긁었다.
後背癢，用手指甲搔癢。
손톱 밑에 때가 낀다.
手指甲裡面滿是污垢。

相關詞彙 발톱（腳趾甲）

솔직하다(率直-)[-찌카-] 形 率眞，坦率

衍生片語 솔직한 성격（率直的性格），솔직하게 대답하다（坦率地回答）

常用例句 묻는 말에 솔직하게 대답해 주세요.
請坦率地回答問話。
솔직한 심정으로 이곳을 떠나거나 도망치고 싶은 마음이 없다.
坦率地說，沒有想離開這裡或是逃跑的想法。

相關詞彙 진솔하다（率眞）

► 솔직히(率直-)[-찌키] 副 率眞地，坦率地

衍生片語 ～ 고백하다（率直地坦白），～ 말하다（坦率地講）

常用例句 묻는 말에 솔직히 대답해라.
要坦率地回答問話。

솔직히 말해서 나는 그녀가 정말 부러웠다.
坦白說，我眞的很羨慕她。

▶ 송이 名 朶

衍生片語 장미 열 ～（十朶玫瑰花）

常用例句 어버이날 부모님께 카네이션 한 송이를 달아 드렸다.
父母節給父母親戴了朶康乃馨。

相關詞彙 다발（束）

▶ 쇼(show) 名 表演，演出，秀

衍生片語 ～하다（表演），패션～（服裝秀）

常用例句 디자이너가 패션쇼를 가졌다.
設計師舉辦了時裝秀。

相關詞彙 연극（話劇）

▶ 수년(數年) 名 數年

衍生片語 ～의 세월（數年的歲月），～에 걸친 시련（經歷數年的磨煉）

常用例句 그는 수년 동안 고생하더니 머리가 하얗게 세었다.
他日積月累地鞠躬盡瘁，頭髮都白了。

相關詞彙 여러해（數年）

▶ 수돗물(水道-)[-돈-] 名 自來水

衍生片語 ～ 공급을 중단하다（中斷自來水供給），～이 깨끗하다（自來水很乾淨）

常用例句 여름철에는 수돗물을 반드시 끓여 먹어야 한다.
夏季自來水必須煮開了喝。

相關詞彙 샘물（泉水）

▶ 수많다(數-)[-만타] 形 很多，眾多，無數

衍生片語 수많은 사람（很多人），수많은 상품（很多商品）

常用例句 그 가수는 수많은 관객을 열광시켰다.
那個歌手讓無數觀眾為之瘋狂。

相關詞彙 매우 많다（很多），대수다（大多數）

► **수상(首相)** 图 首相

衍生片語　～이 되다（成爲首相）

常用例句　의원 내각제에서는 다수당의 우두머리가 수상이 되는 것이 일반적이다.
議院內閣制下一般是多數黨的領導人出任首相。

相關詞彙　총리（總理）

► **수입(收入)** 图 收入

衍生片語　～이 늘다（收入增加），～이 많다（收入很多）

常用例句　쥐꼬리만 한 내 수입으로 다섯 식구가 생활하고 있다.
靠我個人一丁點的工資養活全家五口。
그녀는 수입의 반을 저축하였다.
她將一半的收入都存了起來。

相關詞彙　소득（所得）

► **수입(輸入)** 图 輸入，進口

衍生片語　상품 ～（商品進口），자동자 ～（汽車進口）

常用例句　정부에서 호화 사치품의 수입을 규제하였다.
政府限制豪華奢侈品的進口。
시민 단체들이 선진 문화의 수입에 앞장섰다.
市民團體們走在先進文化的引進之路上。

相關詞彙　수출（出口，輸出）

► **수입하다(輸入-)[-이파-]** 動 輸入，進口

衍生片語　석유를 ～（進口石油）

常用例句　철학자들이 진보적인 사상을 수입하였다.
哲學家們引進了先進思想。

相關詞彙　수출하다（進出口）

► **수출(輸出)** 图 輸出，出口

衍生片語　자동차 ～（汽車出口），～이 줄다（出口減少）

常用例句　수출을 억제하기 위하여 수출업자에게 수출량을 보고하게 하여 수출 동향을 감시하는 제도.

這是爲了限制出口，讓出口企業報告出口量，從而達到監測出口動向的制度。

相關詞彙 수입（進口）

▶ **수출하다(輸出-)** 動 輸出，出口

衍生片語 가전 제품을 ～（出口家電產品）

常用例句 우리 회사는 주로 외국으로 전자제품을 수출한다.
我們公司主要向國外輸出電子產品。

相關詞彙 수입하다（進口）

▶ **수표(手票)** 名 支票

衍生片語 십만 원짜리 ～（十萬元面額的支票），～를 발행하다（發行支票）

常用例句 수표를 현금으로 바꾸었다.
將支票兌換成了現金。

相關詞彙 지폐（紙幣）

▶ **수학(修學)** 名 學習

衍生片語 ～ 계획（學習計劃）

常用例句 그녀는 음악 수학을 위해 이탈리아로 떠났다.
她爲了學習音樂而去了義大利。

相關詞彙 학습（學習），공부（學習）

▶ **수화기(受話器)** 名 聽筒，耳機

衍生片語 ～를 들다（拿起聽筒），비싼 ～（昂貴的聽筒）

常用例句 수화기를 들고 전화번호를 말하면 상대편과 연결되는 전화.
拿起聽筒説出電話號碼就能接通的電話。

相關詞彙 전화（電話）

▶ **숙소(宿所)** 名 住所，住處，寓所

衍生片語 임시 ～（臨時住所），～를 정하다（定下住所）

常用例句 일행이 숙소를 정하였다.
一行人已決定住處。

相關詞彙 호텔（飯店），여관（旅館）

► 숙이다[수기-] 動 低下

衍生片語　고개를 ～（低下頭）

常用例句　머리를 숙여 인사하였다.
　　　　　低頭打招呼。

相關詞彙　들다（抬）

▻ 순간(瞬間) 名 瞬間

衍生片語　결정적인 ～（決定性的瞬間），최후의 ～（最後的瞬間）

常用例句　순간이 모여서 인생이 된다.
　　　　　瞬間匯聚成人生。

相關詞彙　찰라（剎那）

► 순서(順序) 名 順序

衍生片語　～가 바뀌다（調換順序），회의 ～（會議順序）

常用例句　키 순서로 줄을 섰다.
　　　　　按照個子大小排了隊。

相關詞彙　절차（順序，程序）

▻ 순수하다(純粹-) 形 ①純粹　②純潔　③單純

衍生片語　순수한 물（純淨的水），순수한 마음（純潔的心靈）

常用例句　그 화가는 돈이나 출세를 목적으로 하지 않는 순수한 예술가이다.
　　　　　那位畫家是一位不以獲得金錢和地位爲目的單純的藝術家。

相關詞彙　깨끗하다（乾淨），진솔하다（率眞）

► 숨다[-따] 動 藏，躲

衍生片語　～ 뜻（隱含之義），굴속에 ～（藏在洞穴裡）

常用例句　그는 산속으로 숨어 버렸다.
　　　　　他躲進了山裡。

相關詞彙　감추다（隱藏）

▻ 쉬다 動 ①餿　②嘶啞　③休息

衍生片語　음식이 ～（食物餿了），쉰 목소리（嘶啞的嗓子）

常用例句　너무 소리를 질러서 목이 쉬었다.

扯著嗓子喊，把嗓子喊啞了。

相關詞彙 썩다（爛）

► 스웨터(sweater) 名 毛衣

衍生片語 ～를 뜨다（織毛衣），빨간 ～（紅色的毛衣）

常用例句 날이 추워서 스웨터를 두둑하게 걸쳐 입었다.
天氣冷，披著一件厚厚的毛衣。

相關詞彙 털옷（毛衣）

► 스케이트(skate) 名 ①滑冰 ②溜冰鞋

衍生片語 ～를 좋아하다（喜歡滑冰），～를 신다（穿溜冰鞋）

常用例句 그 사람은 스케이트를 엄청 좋아한다.
他很喜歡溜冰。
그 사람은 아주 예쁜 스케이트를 가지고 있었다.
他曾有一雙漂亮的溜冰鞋。

相關詞彙 스키（滑雪）

► 스케줄(schedule) 名 日程

衍生片語 ～을 짜다（制定日程），～을 잡다（安排日程）

常用例句 그는 늘 스케줄이 빡빡해서 다른 사람을 만날 여유가 없다.
他的日程總是排得很緊，沒有閒暇見其他人。

相關詞彙 일징표（日程），계획표（計劃表）

► 스타(star) 名 ①星星 ②明星

衍生片語 ～ 가 많다（星星多），인기 ～（人氣明星）

常用例句 그 사람은 드디어 최고의 스포츠 스타가 되었다.
他最終成為最棒的體育明星。

相關詞彙 별（星星），인기 연예인（演藝人員）

► 스타일(style) 名 風格，作風

衍生片語 유행하는 ～（流行風格），대통령의 통치 ～（總統的執政風格）

常用例句 저 옷은 내가 좋아하는 스타일이다.
那件衣服是我喜歡的風格。

相關詞彙 자태（姿態），모습（模樣），모양（模樣）

슬퍼하다 動 悲哀，悲傷，傷心

衍生片語 슬퍼하는 마음（悲傷的心），슬퍼하지 않다（不悲傷）

常用例句 내가 곁에 있으니까 더 이상 슬퍼하지 마.
因爲我在你身邊，所以不要悲傷。

相關詞彙 상심하다（傷心），괴로워하다（痛苦），상심하다（傷心）

슬픔 名 悲哀，哀痛

衍生片語 ～에 잠기다（沉浸於悲傷中），～을 이기다（戰勝悲傷）

常用例句 그는 슬픔에 젖어 말을 하지 못하였다.
他沉浸於悲傷中，說不出話來。

相關詞彙 애통（哀痛），상심（傷心），괴로움（痛苦）

습관(習慣)[-꽌] 名 習慣

衍生片語 나쁜 ～（壞習慣），～을 가지다（有……習慣）

常用例句 그는 어려서부터 절약하는 습관이 몸에 배었다.
他小時候就有了節約的習慣。

相關詞彙 버릇（習慣）

시골 名 鄉村，鄉下

衍生片語 ～ 사람（鄉下人），～ 생활（鄉村生活）

常用例句 그는 시골 출신이라 답답한 아파트 생활을 싫어한다.
他出生在鄉下，討厭無聊的公寓生活。

相關詞彙 촌（村），마을（村莊）

시끄럽다[-따] 形 嘈雜，喧嘩

衍生片語 시끄러운 소리（嘈雜聲），몹시 ～（很吵鬧）

常用例句 아이의 가출로 이웃집은 며칠째 시끄러웠다.
因孩子離家出走，鄰居家連著幾天都很吵鬧。
사형수의 탈옥으로 세상이 시끄럽다.
死刑犯越獄逃跑，社會上一片嘩然。

相關詞彙 떠들썩하다（吵鬧），소란스럽다（喧嘩）

► **시내버스(市內bus) 名** 市區巴士

衍生片語 ～ 노선（市內巴士路線），～를 타다（搭乘市內巴士）

常用例句 연초에 시내버스 요금이 50원 올랐다.
年初市內巴士車資上漲了50韓圜。

相關詞彙 공공버스（公共巴士）

▽ **시도하다(試圖-) 動** 試圖，企圖

衍生片語 재착륙을 ～（試圖再次著陸），방법을 ～（想辦法）

常用例句 공공 도서관들은 몇 가지 협동 체제를 형성하여 공동으로 현 상황
을 타개하려고 시도하고 있다.
公共圖書館達成幾項合作機制，試圖共同改善目前的狀況。

相關詞彙 꾀하다（圖謀），노력하다（努力），도모하다（圖謀）

► **시리즈(series) 名** 系列書，循環賽

衍生片語 연애 소설 ～（愛情小說叢書），월드컵 ～（世界杯比賽）

常用例句 첫째 권이 독자들에게 인기가 있자 그 책은 시리즈로 발간되었다.
第一本受讀者歡迎，便立即發行了系列書。
그 팀이 올해 코리안 시리즈에서 우승한다.
那支球隊在今年的韓國循環賽中奪魁。

相關詞彙 연쇄물（連鎖），연쇄작품（連環作品）

▽ **시설(施設) 名** 設施，設備

衍生片語 교육 ～（教育設施），위생 ～（衛生設施）

常用例句 그 병원은 최첨단의 시설과 기술을 자랑한다.
那家醫院以最尖端的設施和技術爲傲。

相關詞彙 설비（設備）

► **시청(市廳) 名** 市政府

衍生片語 ～ 공무원（市政府公務員），～에서 일을 하다（在市政府工作）

常用例句 그는 100여 명의 성도를 거느리고, 일찍부터 시청으로 난입했다.
他帶領100多名信徒，一大早就湧入市政府。

相關詞彙 씨티홀（city hall，市政府）

▶ 시청자(視聽者) 名 電視觀眾

衍生片語 ～여론조사（觀眾輿論調查），～의 의견（電視觀眾的意見）

常用例句 그 프로그램은 시청자의 정서에 맞지 않았다.
那個節目不合電視觀眾的口味。
시청자가 직접 참여할 수 있는 프로그램이 점차 좋은 반응을 얻고 있다.
電視觀眾能夠直接參與的節目逐漸獲得了良好的回響。

相關詞彙 시청률（收視率）

▶ 식(式) 名 式，儀式

衍生片語 ～이 거행되다（舉行儀式），서양～（西式）

常用例句 그 사람은 서양식 그림을 좋아한다.
他喜歡西洋畫。

相關詞彙 의식（樣式），형식（形式）

▶ 식다[-따] 形 涼

衍生片語 국이 ～（粥涼了），～은 밥（冷飯）

常用例句 그는 국밥이 식는 줄도 모르고 골똘한 생각에 빠져 있었다.
他陷入了沉思之中，連飯涼了都不知道。

相關詞彙 차가워지다（變涼）

▶ 식빵(食-) 名 麵包

衍生片語 ～ 조각（麵包片），～을 굽다（烤麵包）

常用例句 그는 아침으로 식빵에 잼을 발라 먹었다.
他在麵包上抹上果醬當早飯吃。

相關詞彙 도넛（甜甜圈）

▶ 식용유(食用油)[시공뉴] 名 食用油

衍生片語 ～에 튀기다（在食用油裡煎），～를 사다（買食用油）

常用例句 그녀는 프라이팬에 식용유를 둘렀다.
她把食用油倒在了鍋裡。

相關詞彙 올리브유（橄欖油）

▶ 신 名 興致

衍生片語 ～이 나다（興致好），～나는 놀이（開心的遊戲）

常用例句 그는 신에 겨워 어쩔 줄 몰랐다.
他高興得不知所措。
우리 팀이 이겨서 신이 났다.
我們隊伍勝利了，十分興奮。

相關詞彙 흥취（興趣）

◀ 신고(申告) 名 報告，申報

衍生片語 습득물 ～（所得物申報），～를 받다（接到報警）

常用例句 경찰은 주민의 신고를 받고 긴급 출동하였다.
警察接到市民的報警緊急出動了。

相關詞彙 보고（報告），신청（申請），알림（通知）

▶ 신선하다(新鮮-) 形 新鮮

衍生片語 신선한 공기（新鮮的空氣），신선한 느낌（新鮮的感覺）

常用例句 제철에 나는 신선한 과일을 먹는 것이 맛도 좋고 영양가도 많다.
吃當令的新鮮水果，味道好營養價值又高。

相關詞彙 싱싱하다（新鮮）

◀ 신용(信用)[-뇽] 名 信用

衍生片語 ～이 떨어지다（信用降低），～을 잃다（失去信用）

常用例句 장사는 신용이 생명이다.
信用是經商的生命。

相關詞彙 신임（信任），믿음（信任），신뢰（信賴）

▶ 신청(申請) 名 申請

衍生片語 ～을 받아들이다（接受申請），휴가 ～（休假申請）

常用例句 이번 학기에는 장학금 신청을 꼭 하겠어요.
這學期一定要申請到獎學金。

相關詞彙 청구（請求），요구（要求）

▶ 신호(信號) 名 信號

衍生片語 　～가 없다（沒有信號），～를 받다（接收信號）

常用例句 　떨어진 수화기 속에서 가늘게 신호가 가는 소리가 들렸다.
　　　　　掉落的話機裡傳來了微弱的聲音。

相關詞彙 　기호（記號），사인（簽名，署名），부호（符號）

▶ 신호등(信號燈) 名 信號燈，紅綠燈

衍生片語 　～이 바뀌다（信號燈變了），～이 꺼지다（信號燈滅了）

常用例句 　신호등에 녹색등이 켜져 길을 건넜다.
　　　　　信號燈變綠燈後，過了馬路。

相關詞彙 　고동규칙（交通規則）

▶ 싣다[-따] 動 ①載　②登載　③裝

衍生片語 　짐을 ～（裝行李），시와 수필을 실은 잡지（刊登詩和隨筆的雜
　　　　　誌）

常用例句 　빨리 물건을 배에 실어 보내라.
　　　　　趕快把東西搬到船上運走。
　　　　　이 사건을 특집 기사로 꼭 싣고 봅시다.
　　　　　這次事件請務必刊載爲特別報導。

相關詞彙 　기재하다（記載）

▶ 실력(實力) 名 實力

衍生片語 　수학 ～（數學實力），～이 좋다（實力強）

常用例句 　이번 시합은 너의 실력을 발휘할 좋은 기회이다.
　　　　　這次比賽是發揮你實力的好機會。
　　　　　그 신인은 기존 선수들과 당당히 실력을 겨루었다.
　　　　　那個新人和原來的選手公平地較量了實力。

相關詞彙 　능력（能力）

▶ 실수(失手)[-쑤] 名 弄錯，失誤

衍生片語 　사소한 ～（小錯誤），～ 를 저지르다（犯錯誤）

常用例句 　실수로 아버지께서 아끼시는 도자기를 깨뜨렸다.
　　　　　不小心打碎了爸爸珍愛的瓷器。

(相關詞彙) 잘못（弄錯），착오（錯誤）

► **실수하다(失手-)[-쑤-]** 動 弄錯，失誤

(衍生片語) 실수하지 않다（不會失手），자주 ～（總是犯錯）

(常用例句) 어른들을 길에서 만나면 반드시 인사드리고 말할 때도 실수하지 않도록 해라.
　　　　　在路上見到老人的話一定要打招呼，説話的時候也不要失言。

(相關詞彙) 잘못하다（犯錯）

► **실제(實際)[-쩨]** 名 實際

(衍生片語) ～ 모습（實際模樣），～와 이론（實際和理論）

(常用例句) 그는 실제 나이보다 젊어 보인다.
　　　　　他看上去比實際年齡要小。

(相關詞彙) 실상（事實），사실（事實）

► **실패(失敗)** 名 失敗

(衍生片語) ～의 원인（失敗的原因），～가 없도록 주의하다（小心不要失敗）

(常用例句) 그는 실패로 인한 좌절과 수치감에 괴로워한다.
　　　　　他被失敗的挫折感和慚愧折磨著。

(相關詞彙) 성공（成功）

► **실패하다(失敗-)** 動 失敗

(衍生片語) 사업이 ～（事業失敗），사회생활에 ～（社會生活失敗）

(常用例句) 일을 할 때 실패하지 않도록 주의해야 한다.
　　　　　工作的時候注意不要失敗。

(相關詞彙) 그르치다（失敗），성공하다（成功）

► **심각하다(深刻-)[-가카-]** 形 深刻

(衍生片語) 심각한 고민（深刻的煩惱），문제가 ～（問題嚴重）

(常用例句) 이 문제는 심각하게 검토해 볼 필요가 있다.
　　　　　這個問題有必要深刻檢討。
　　　　　환자의 건강이 심각한 상태에 있다.
　　　　　患者的健康狀況很不好。

相關詞彙 심하다（嚴重）

▶ 심다 [-따] 動 栽種，種

衍生片語 나무를 ～（植樹），배추를 ～（種白菜）

常用例句 그 여자는 정원에 나무를 심고 있다.
那個女人正在院子裡種樹。

▶ 심리(心理)[-니] 名 心理

衍生片語 사람의 ～（人的心理），～학（心理學）

常用例句 심리적인 충격으로 말을 하지 못하였다.
由於心理上的打擊而失語了。
심리적인 측면을 고려하였다.
考慮了心理層面的問題。

相關詞彙 생리（生理）

▶ 심부름 名 使喚，跑腿，當差

衍生片語 ～을 가다（去跑腿），～을 시키다（差遣）

常用例句 선생님 심부름으로 교무실에 갔다 왔다.
替老師跑腿去了一趟辦公室。

相關詞彙 심부름꾼（跑腿的人）

▶ 심하다(甚-) 形 甚爲，深重，厲害

衍生片語 비바람이 심하게 몰아치다（風雨交加）

常用例句 장난이 심하다는 이유로 엄마에게 매를 맞았다.
玩笑開得過火了，所以被媽媽打了。

相關詞彙 지나치다（過分），과도하다（過度）

▶ 심해지다(甚-) 動 （變得）嚴重

衍生片語 수질 오염이 ～（水質污染嚴重起來）

常用例句 감기가 점점 심해졌다.
感冒越來越嚴重了。

相關詞彙 더해지다（更加），깊어지다（更深）

► **싱겁다[-따]** 形 味淡，無聊

衍生片語 국이 〜（湯太淡），싱거운 소리（無聊的話）

常用例句 새로 나온 담배 맛이 좀 싱겁지 않니?
新出的菸味道是不是淡了點？
물을 많이 넣어 국이 싱겁다.
水放得太多，湯很淡。

相關詞彙 심심하다（無聊），실없다（無聊）

► **싸다** 動 包，包圍

衍生片語 포장지에 〜（用包裝紙包住），분수를 싸고 둘러선 사람들（圍著水池站著的人們）

常用例句 선물을 예쁜 포장지에 쌌다.
用漂亮的包裝紙包禮物。
경찰관들이 도둑을 겹겹이 쌌다.
警察們將賊層層包圍了起來。

相關詞彙 포장하다（包裝），덮다（蓋上）

► **쌓다[싸타]** 動 堆，疊，築，打（基礎）

衍生片語 광에 볏섬을 〜（往倉庫裡堆麻袋），기초를 〜（打基礎），경험을 〜（累積經驗）

常用例句 창고에 물건을 쌓아 놓았다.
倉庫裡堆放著東西。
지식을 배우는 것보다 경험을 쌓는 것이 더 중요하다.
比起學習知識，累積社會經驗更加重要。

相關詞彙 축적하다（積蓄）

► **쌓이다[싸-]** 動 積壓，積

衍生片語 책상에 먼지가 〜（書桌上積了層灰），일거리가 〜（事情堆在一起）

常用例句 수양이 쌓인 만큼 이해의 폭이 넓어졌다.
韜光養晦，人也變得寬容了許多。

相關詞彙 퇴적하다（堆積），모이다（堆積）

▶ 썩다[-따] 動 ①腐爛，腐敗 ②積壓 ③埋沒人才 ④操心

衍生片語 고기가 ～（肉腐爛），인물이 ～（埋沒人才），속이 폭폭 ～（眞操心）

常用例句 음식이 썩지 않도록 냉장고에 넣어라.
把食物放在冰箱裡以防腐爛。
자재가 창고에서 썩고 있다.
物資在倉庫裡積壓著。
그는 시골에서 썩기에는 아까운 인물이다.
他是被埋沒在鄉村的人才。
집 나간 아들 때문에 속이 무척 썩는다.
爲離家的兒子操透了心。

相關詞彙 부패하다（腐敗），애타다（操心），근심하다（擔心）

▶ 썰다 動 切

衍生片語 오이를 ～（切黃瓜），가래떡을 ～（切糕條）

常用例句 찌개에 파를 숭숭 썰어 넣었다.
蔥切成蔥花放進湯裡。

相關詞彙 자르다（切），절단하다（切斷）

▶ 쏘다 動 射，打，螫

衍生片語 화살을 ～（射箭），벌이 얼굴을 ～（蜜蜂螫了臉）

常用例句 과녁을 향해 정확하게 총을 쏜다.
對著靶子準確無誤地射擊。
쐐기가 손등을 쏘아 통통 부었다.
楔子鰲在手背上，腫得屬害。

相關詞彙 발사하다（發射），찌르다（刺）

▶ 쏟다[-따] 動 倒，流，傾吐，傾注

衍生片語 물을 ～（倒水），식은 땀을 ～（流冷汗），고민거리를 ～（傾訴苦惱），심혈을 ～（傾注心血）

常用例句 폐수를 하천으로 몰래 쏟아 버렸던 업주들이 구속되었다.
偷偷向河流中倒廢水的業主們被拘留了。
아버지가 돌아가시자 그는 눈물을 쏟기 시작했다.
爸爸一回去，他就開始流淚。

가장 절친한 친구에게 한동안 감추어 왔던 고민거리를 쏟아내고
나니 마음이 한결 가벼워졌다.
向最親密的朋友傾訴隱瞞了好一陣子的苦惱後，心裡便輕鬆了。
그는 요즘 새로운 분야에 관심을 쏟고 있다.
他最近在關注新的領域。

（相關詞彙）붓다（傾倒），고백하다（傾吐），경주하다（傾注），털어놓다
（吐露）

► 쏟아지다[쏘다-] 動 湧出，漏出

（衍生片語）물이 바닥에 ～（水湧出地面），깨가 ～（幸福美滿，芝麻開花節
節高）

（常用例句）땀이 비오듯 쏟아졌다.
汗如雨下般地流出。
깨가 쏟아지는 신혼살림.
幸福美滿的新婚生活。

（相關詞彙）붓다（倒）

► 쓰다 形 苦，痛苦

（衍生片語）나물이 ～（野菜很苦），마음이 ～（內心痛苦），입맛이 ～（味
苦）

（常用例句）이 커피는 향기도 없고 쓰기만 하다.
這個咖啡沒有香味，太苦了。
여러 번 실패를 경험했지만 언제나 그 맛은 썼다.
雖然經歷了很多次失敗，但是那個味道不論何時都總是苦的。

（相關詞彙）고통스럽다（痛苦），괴롭다（痛苦），아프다（傷心）

► 쓰레기통(-桶) 名 垃圾桶

（衍生片語）～에 버리다（扔進垃圾桶裡）

（常用例句）쓰레기는 언제든지 쓰레기통에 버려야 된다.
垃圾不論什麼時候都要扔在垃圾桶裡。

（相關詞彙）빗자루（掃帚）

► 씨름 名 摔角

（衍生片語）～을 하다（摔角）

常用例句 씨름 한 판을 벌인다.
進行一局摔角。

► 씩씩하다[-씨카-] 形 有力，生氣勃勃

衍生片語 씩씩한 남자（充滿陽剛之氣的男子），씩씩하게 행진하다（雄赳赳地前進）

常用例句 젊은 부부가 튼튼한 몸으로 씩씩하게 새로운 희망을 가지고 나가면 무서울 것이 없다.
如果年輕夫婦以穩健的身姿堅定著新的希望，那就無所畏懼了。

相關詞彙 용감하다（勇敢）

► 씹다[-따] 動 嚼

衍生片語 고기를 ～（嚼肉），껌을 ～（嚼口香糖）

常用例句 입맛이 없어 밥을 먹어도 모래알을 씹는 기분이다.
沒有胃口，就是吃飯也索然無味。
그가 껌을 질겅질겅 씹는다.
他嘎吱嘎吱地嚼著口香糖。

相關詞彙 깨물다（咬）

 筆記

▶ 아까 **名** 剛才，方才

衍生片語 ～와 같이（像剛才一樣），～의 약속（方才的承諾）

常用例句 그는 다시 호젓하게 문을 닫고 아까와 같이 아무렇게나 다리를 뻗고 누워 버렸다.
他重新關上門，像剛才一樣胡亂地伸腿躺下了。

相關詞彙 조금전（不久前）

▶ 아까 **副** 剛才，方才

常用例句 아까 내가 너무 경솔했다.
剛才我太輕率了。
형이 아까 친구를 만났다.
哥哥剛才遇見了朋友。

相關詞彙 조금 전에（剛才），방금전에（剛才）

▶ 아마도 **副** 恐怕

常用例句 아마도 내일쯤이면 일이 모두 끝날 것으로 생각한다.
想來大約明天就能結束工作。
아마도 지금 집에 있겠지.
現在可能在家裡呢。

相關詞彙 혹시（或許），아마（可能）

▶ 아무렇다[-러타] **形** 任何，什麼

衍生片語 아무렇거나 상관이 없다（沒有任何關係），옷을 아무렇게나 벗어 놓다（胡亂地脫掉衣服）

常用例句 경기는 참여한다는 것이 중요하지 성적이 아무렇든 상관없다.
比賽重在參與，成績並不重要。

相關詞彙 아무（什麼）

▶ 아무리 **副** 不管怎樣，無論如何

衍生片語 ～ 돈이 많아도（錢再多也……）

常用例句 공부를 아무리 열심히 해도 성적이 오르지 않는다.
再怎麼努力學習成績也上不去。
네가 아무리 우겨 보아도 어쩔 수가 없다.
你再怎麼固執也毫無辦法。

相關詞彙 아무려나（無論如何）

▶ 아무튼 副 無論如何

常用例句 아무튼 불행 중 다행이다.
無論如何這也是不幸中的萬幸。
아무튼 한번 가 보자.
無論如何去一次吧。
아무튼 정말 별난 사람이야.
反正是個怪人。

相關詞彙 어쨌든（無論如何，不管怎樣）

◣ 아프리카(Africa) 名 非洲

衍生片語 ～흑인（非洲黑人），～ 대륙（非洲大陸）

常用例句 아프리카에는 야생동물이 많다.
非洲有很多野生動物。

相關詞彙 태평양（太平洋）

▶ 안내하다(案內-) 動 帶路，引導，嚮導

衍生片語 선생님께（給老師帶路），객실로 ～（帶去客房）

常用例句 고객을 담당자에게 손님을 안내하였다.
向負責人介紹了顧客。

相關詞彙 이끌다（帶領），인도하다（引導）

◣ 안방(-房)[-빵] 名 臥房

衍生片語 ～에서 자다（在臥房睡）

常用例句 할아버지가 ～ 에서 주무신다.
爺爺在臥房裡睡。

相關詞彙 내방（閨房）

▶ 안전(安全) 名 安全

衍生片語 ～ 관리（安全管理），～을 도모하다（尋求安全）

常用例句 담당 기사가 안전 점검을 제대로 하지 않아 사고가 났다.
負責的技師沒有按規定進行安全檢查，故而出了事故。

相關詞彙 무사（無事），안일（安逸）

안전하다(安全-) 形 安全

衍生片語 안전한 장소（安全的場所），안전하게 도착하다（安全到達）

常用例句 제가 그곳까지 안전하게 모셔다 드리겠습니다.
我會陪您安全到達那個地方的。
이 장난감은 유아가 가지고 놀 수 있도록 안전하게 만들었다.
這個玩具做得很安全，孩子可以拿來玩。

相關詞彙 무사하다（平安無事）

안타깝다[-따] 形 ①焦急　②難受　③遺憾

衍生片語 안타까운 마음（遺憾的心情）

常用例句 소녀 가장을 보며 안타까운 마음이 들었다.
看到小孩承擔一家之主的責任，心裡很難過。
이번 시합에서 우승을 놓친 것이 안타깝다.
這次比賽與勝利失之交臂，很是遺憾。

相關詞彙 마음 조이다（焦心），애처롭다（淒婉）

알려지다 動 被發現，被知道

衍生片語 문단에 널리 ～（文壇上聲名遠揚）

常用例句 이미 널리 알려진 사실이다.
已經是廣為人知的了。

相關詞彙 이름나다（出名）

알리다 動 告訴，通知

衍生片語 소식을 ～（通知消息），민족의 우수성을 ～（讓人明白民族的優點）

常用例句 연구 성과를 토론회와 책자 발간 따위를 통해 일반에 알린다.
透過討論會和發行小冊子等將研究成果向大眾公布。
국민들에게 우리 농산물의 우수성을 알렸다.
讓公民了解我們農產品的優點。

相關詞彙 통지하다（通知），알게 하다（使知道）

알맞다[-맏따] 形 相當，相配

衍生片語 신분에 알맞은 옷차림（與身分相符的穿著），알맞은 말（恰當的話）

常用例句 키에 알맞게 의자 높이를 조절하였다.
調整椅子的高度，使其與身高相符。
김치가 먹기에 알맞게 익었다.
泡菜醃好了，剛好能吃。

相關詞彙 어울리다（合適），적당하다（適合），적절하다（恰當）

► **알아듣다[아라-따]** 動 ①聽懂　②聽出來

衍生片語 말귀를 ～（聽懂意思），발자국 소리를 ～（聽出腳步聲）

常用例句 내 말 알아듣겠니?
聽懂我的話了嗎？
그렇게 작은 소리를 누가 알아 듣겠어?
誰能聽到那麼低的聲音？

相關詞彙 이해하다（理解），인지하다（認知）

► **앓다[알타]** 動 患（病）

衍生片語 배를 ～（肚子疼），감기를 ～（得了感冒）

常用例句 매년 가을이면 설악산은 관광객으로 몸살을 앓는다.
每年秋天遊客雲集，讓雪嶽山應接不暇。

相關詞彙 병들다（生病），병나다（患病）

► **암(癌)** 名 癌

衍生片語 ～에 걸리다（得了癌症）

常用例句 이러한 문제는 사회적 암이 될 것이다.
這些問題會成爲社會的毒瘤。

相關詞彙 암종（腫瘤），혹（毒瘤）

► **앞길[압 낄]** 名 前途，前程

衍生片語 ～ 이 창창한 젊은이（前途一片光明的年輕人），～이 훤하다（前途光明），～ 밝다（前途光明）

常用例句 이 몇 해 변혁에서 우리는 이미 앞길을 좀 간파하였다.
這幾年的變革，讓我們看到了前進的方向。

相關詞彙 전도（前途），미래（未來），앞날（前途）

▶ **앞뒤[압뛰]** 名 前後

衍生片語 마을 ～（村子前後），～로 군대에 가다（先後入伍）

常用例句 날씨가 험해 배가 앞뒤로 기우뚱거린다.
天氣惡劣，小船前後晃動。

相關詞彙 전후（前後）

▶ **앞서다[압써-]** 動 走在前面，領先

衍生片語 묵묵하게 ～（默默地走在前面），몇 걸음 ～（向前站了幾步）

常用例句 후미의 한 선수가 갑자기 다른 선수들보다 앞서기 시작하였다.
最後面的選手突然開始領先於其他的選手。
어떤 기술은 선진국보다 앞섰다.
有的技術走在先進國家的前列。

相關詞彙 앞장서다（站在前列，領先），선진하다（先進）

▶ **앞쪽[압-]** 名 前面

衍生片語 ～으로 달려나가다（往前跑去）

常用例句 운전사는 계속 앞쪽을 바라보았다.
司機一直望著前面。

相關詞彙 전면（前面）

▶ **액세서리(accessory)** 名 首飾，飾品

衍生片語 ～를 달다（佩戴飾品），예쁜 ～（漂亮的飾品）

常用例句 머리에 꽂은 액세서리가 돋보인다.
頭上戴的飾品很顯眼。

相關詞彙 장신구（裝飾品）

▶ **야외(野外)** 名 野外，露天

衍生片語 ～ 수업（露天授課），～ 결혼식（露天婚禮）

常用例句 봄이 되자 야외로 나가는 행락객이 많아졌다.
一到春天，郊遊的遊客便多了起來。

相關詞彙 교외（郊外）

▶ 약간[-깐] 名 一點

衍生片語 ～의 돈（一些錢），～의 선물（一點禮物）

常用例句 약간이나마 제 성의니 받아주세요.
略備薄禮，一點心意，請收下。

相關詞彙 조금（一點），대략（大致），약소（若干）

▶ 약간[-깐] 副 一點

衍生片語 돈이 ～ 모자라다（還缺一點錢），몸이 ～ 피곤하다（身體有些疲倦）

常用例句 학생들이 돈을 약간 모았다.
學生存了一點錢。

相關詞彙 얼마쯤（一些），조금（一點）

▶ 약하다(弱-)[야카-] 形 弱，衰弱

衍生片語 맥박이 ～（脈象弱），힘이 ～（力氣小）

常用例句 며느리의 몸이 약해서 시어머니는 그것이 늘 걱정이었다.
媳婦身體虛弱，婆婆經常為此擔心。
그의 의지는 너무 약하다.
他的意志非常薄弱。

相關詞彙 연약하다（軟弱），부실하다（不結實，不健全）

▶ 얇다[얄따] 形 薄

衍生片語 옷이 ～（衣服薄），고기를 얇게 저미다（把魚肉切成薄片）

常用例句 날이 풀리면서 빙판이 얇아져서 썰매를 탈 수 없다.
天氣變暖，冰層變薄，不能滑雪橇了。
구름 층이 얇다.
雲層薄。

相關詞彙 연하다（軟），엷다（薄），얕다（淺）

▶ 양보하다(讓步-) 動 讓步

衍生片語 자리를 ～（讓座），양보하는 미덕（謙讓的美德）

常用例句 노약자에게 자리를 양보한다.
給老人、需要幫助的人（老弱病殘者）讓座。
그녀는 욕심이 많은 남동생에게, 다섯 살 위인 오빠에게 항상 모든 것을 양보하며 살아야 했다.
她對貪心的弟弟、大自己五歲的哥哥都是諸事忍讓。

相關詞彙　미루다（推，延）

► **얕다[얕따]** 形 淺

衍生片語　얕은 물（淺水），천장이 ～（天花板低）

常用例句　그 사람은 생각이 얕다.
那個人思想膚淺。

相關詞彙　야트막하다（淺），천박하다（淺薄），얇다（薄）

► **어느새** 副 不一會兒，不知不覺間

衍生片語　～ 일이 끝나다（不一會兒事情就做完了）

常用例句　입학한 지가 어제 같은데 어느새 졸업이다.
像是昨天才剛開學似的，轉眼間就畢業了。

相關詞彙　어느 사이에（不知不覺），어느 틈에（轉眼間）

► **어두워지다** 動 變黑了

衍生片語　사면가 ～（四周黑了下來），해가 져서 ～（太陽下山，天黑了下來）

常用例句　검은 구름이 해를 가려 날이 어두워졌다.
烏雲遮住了太陽，天黑了下來。

相關詞彙　저물다（變黑），컴컴해지다（變暗）

► **어둠** 名 黑，黑暗

衍生片語　짙은 ～ 속（一片漆黑中），～이 걷히다（被囚禁在黑暗之中）

常用例句　잠시 후면 어둠이 물러가고 날이 밝아질 것이다.
再過一會兒黑暗便會退去，天空就會重現光明。

相關詞彙　어두움（黑暗）

► **어둡다[-따]** 形 黑暗，（視力）不好

衍生片語　어두운 밤길（黑暗的夜路），돈에 눈이 ～（見利忘義）

常用例句　불빛이 어두워 글을 읽지 못했다.
燈光黑暗不能讀文章了。
귀까지 어두운 할아버지를 향해 나는 악을 쓰다시피 말했다.

我對著耳背的爺爺扯著嗓子大聲說話。

相關詞彙 깜깜하다（黑暗），캄캄하다（黑暗）

► **어려움** 名 困苦，艱難

衍生片語 ～이 많다（困難太多），～을 겪다（經歷困難）

常用例句 어려움을 이겨 낸다.
戰勝困難。

相關詞彙 곤란（困難），난관（難關）

► **어리다** 動 含（淚）

衍生片語 눈에 눈물이 ～（眼裡含著淚）

常用例句 철수의 두 눈엔 어느덧 눈물이 어리고 있었다.
不知不覺間，哲洙的雙眼已熱淚盈眶。

相關詞彙 담기다（盛滿），나타내다（表現）

► **어리다** 形 幼小，幼稚

衍生片語 어린 시절（小時候），어린 남매（幼小的兄妹）

常用例句 어렸을 때의 추억을 생각하니 그리운 얼굴들이 떠오른다.
回想兒時的記憶，腦海裡就會浮現那一張張讓人牽掛的面孔。
나는 어린 시절을 시골에서 보냈다.
我小時候在鄉村度過的。

相關詞彙 자라다（成長）

► **어색하다(語塞-)[-새카-]** 形 尷尬，不自然

衍生片語 어색한 분위기（尷尬的氣氛），어색한 문장（彆扭的句子）

常用例句 낯선 사람과 마주 보고 앉아 있기가 어색하다.
和陌生人面對面地坐著，感覺有些尷尬。

相關詞彙 부자연스럽다（不自然）

► **어울리다** 動 協調，適合

衍生片語 옷차림이 ～（穿著合適），어울리게 맞추다（搭配合理）

常用例句 봄이 되자 정원에는 꽃과 녹음이 어울려 가고 있었다.
一到春天，庭院裡鮮花與綠蔭相映成趣。

相關詞彙 걸맞다（合適），조화되다（和諧），조화롭다（和諧）

► 어젯밤[-젣빰] 名 昨夜

常用例句 꽃이 어젯밤까지만 해도 싱싱했었는데 오늘 아침에 갑자기 시들어
버렸다.
花昨天夜裡還好好的,今天早晨突然枯萎了。
어젯밤 내가 한 말은 진심이 아니었어.
昨天我說的不是真心話。

相關詞彙 작야 (昨夜) ,지난밤 (昨晚)

► 어쩌다 動 怎麼做

衍生片語 어쩔 줄을 모르다 (無可奈何) ,어쩔 수 없이 (無可奈何)

常用例句 그 많은 농사일을 어쩌라고 다들 떠나는 건가?
大家都走了,這麼多農活怎麼辦?
약점이 잡힌 그녀는 어쩔 수 없이 그를 따라갔다.
被人抓住了把柄,無奈之下她只得隨他而去。

相關詞彙 마지 못하다 (不得已) ,어떻게하다 (怎麼辦)

► 어쩌면 副 怎麼辦

衍生片語 ~ 좋을지 모르다 (不知道怎麼辦好)

常用例句 어쩌면 내가 합격할지도 몰라.
怎麼辦,我可能都不及格。
어쩌면 그가 말한 것이 모두 거짓말일지도 모른다.
怎麼辦,說不定他說的全是假話。

相關詞彙 혹시 (也許) ,혹 (或者)

► 어쩐지 副 不知怎麼的,難怪

衍生片語 ~ 조용하다 (怪不得靜悄悄的)

常用例句 그의 충혈된 눈이 어쩐지 마음에 걸렸다.
他充血的眼睛不知怎麼的讓人很是擔心。
어쩐지 좀 이상하더라고.
不知怎麼回事,有點奇怪。

相關詞彙 왠지 (怎麼回事)

► 억(億) 名 億

衍生片語 몇 ~ 년 이후（幾億年以後），수십 ~（數十億）

常用例句 수천 억의 손실을 입었다.
遭受幾千億的損失。
몇 억 년 이후의 지구의 모습을 상상하기는 힘들었다.
很難想像幾億年後地球的樣子。

相關詞彙 천（千），만（萬），백만（百萬）

► 얹다 [언따] 動 擱上，放

衍生片語 기와를 ~（鋪瓦），지붕을 ~（搭屋頂）

常用例句 그녀는 얌전하게 두 손을 무릎 위에 얹은 자세로 앉아 있었다.
她文靜地把雙手放在膝蓋上，以這種姿勢坐著。

相關詞彙 올리다（擱上，奉上）

► 얻다[-따] 動 得到，取得

衍生片語 신임을 ~（獲取信任），허락을 ~（得到許可）

常用例句 거실에 놓을 의자 하나를 이웃집에서 얻었다.
從鄰居家裡得到了一個放在客廳裡的椅子。
그는 친구의 도움에 용기를 얻고 하던 일을 계속했다.
在朋友的幫助下他又有了勇氣，繼續從事未完的事業。

相關詞彙 취득하다（取得），획득하다（取得）

► 얼다 動 凍

衍生片語 언 땅（冰凍的土地），물이 ~（水結凍）

常用例句 강물이 얼어서 썰매를 탄다.
江水結冰後玩雪橇。
입술이 너무 얼어서 말을 제대로 못한다.
嘴唇凍僵了，連話都說不好。

相關詞彙 결빙하다（結冰）

► 얼른 副 快，趕快，趕緊

衍生片語 ~ 대답하다（趕快回答）

常用例句 그 일이 얼른 생각이 나지 않았다.
那件事情一下子記不起來了。

노크 소리에 얼른 다가가서 문을 열었다.
聽到敲門聲他立刻過去開了門。

相關詞彙 빨리（快），속히（快速），빠르게（快速），신속히（迅速），
급히（快速）

▷ 얼음[어름] 名 冰

衍生片語 ～ 조각（冰雕），～이 되다（結冰）

常用例句 녹지 않고 쌓인 눈이 얼음으로 바뀐다.
未融化的雪變成了冰。

相關詞彙 물（水）

▶ 업무(業務)[엄무] 名 業務

衍生片語 ～가 산더미 같다（業務堆積如山），～가 많다（業務多）

常用例句 사무 자동화로 여러 가지 업무를 신속하고 효율적으로 수행할 수
있게 되었다.
辦公自動化使得各種業務能夠迅速有效地完成。
김 과장은 과중한 업무에 시달리고 있다.
金科長被繁重的業務折磨著。

相關詞彙 사무（事務），일거리（事情），사무（事務）

▷ 없애다[업새-] 動 取消，消滅

衍生片語 음주 운전을 ～（取締酒後駕車），해충을 ～（消滅害蟲）

常用例句 범죄를 없애기 위해서는 모든 국민이 노력해야 한다.
全體民眾應該為消滅犯罪而努力。
모기를 완전히 없애려면 살충제를 뿌려야 한다.
要想徹底消滅蚊子，就必須噴灑殺蟲劑。

相關詞彙 치우다（收拾），박멸하다（消滅），끝내다（結束）

▶ 없어지다[업써-] 動 消失

衍生片語 깡그리 ～（消失得一乾二淨），갑자기 ～（突然消失）

常用例句 미풍양속이 없어졌다.
善良風俗消失了。

相關詞彙 사라지다（消失），소멸되다（被消滅）

▷ 없이[업씨] 副 沒有

衍生片語 사고 ～（無事故），말 ～ 떠나다（默默地離開）

常用例句 특정한 징후도 없이 우리 사회가 병들고 있다.
　　　　沒有特定的徵兆，我們的社會正陷入病態。

相關詞彙 없다（沒有）

▶ 엉뚱하다 形 不符合常理

衍生片語 엉뚱한 짓（出乎意料的行爲）

常用例句 엉뚱한 짓을 하다가 들켜서 혼났다.
　　　　做了不合常理的事情被發現後不知所措。
　　　　그 사람은 모습과는 다르게 엉뚱한 데가 있다.
　　　　那個人與外表不符，有些令人出乎意料的地方。

相關詞彙 터무니없다（荒誕，無根據），근거가 없다（胡亂）

▷ 엊그제[얻끄-] 副 前天，前幾天

衍生片語 ～같다（像前天似的），세월이 빨라 (이년이)엊그제처럼 지나가
다（歲月如梭）

常用例句 엊그제 제가 부탁했던 돈은 준비되었나요?
　　　　前天我拜託你籌的錢準備好了嗎？
　　　　시골집에서는 엊그제 출발하셨다는데 아직까지 소식이 없으시다
니요?
　　　　說是前天從鄉下家裡出發的，怎麼還沒有消息呢？

相關詞彙 이삼일전（二三天前），며칠전（幾天前）

▶ 에너지(energy) 名 能量，精力，活力

衍生片語 ～ 절약（節約能源），～를 소모하다（消耗能量）

常用例句 쓸데없이 움직여서 에너지를 소모하기가 싫다.
　　　　討厭做無謂的動作，浪費精力。

相關詞彙 힘（力量），원기（元氣）

▷ 엘리베이터(elevator) 名 電梯

衍生片語 ～를 타다（搭乘電梯），～가 멈추다（電梯停了）

常用例句 정전으로 엘리베이터가 멈춰서 20층까지 걸어 올라갔다.
　　　　因爲停電，電梯停了，所以爬了20層樓梯。

相關詞彙 승강기（升降梯）

▶ 여유(餘裕) 名 富裕

衍生片語 시간적 ～를 갖다（有充足的時間），생활에 ～가 없다（生活中沒有空閒）

常用例句 돈이 여유가 있으면 빌려줘.
錢寬裕的話借我一點。

相關詞彙 여지（餘地），나머지（剩餘）

▶ 여쭙다 動 （對長輩）告訴

衍生片語 선생님께 ～（稟告老師），여쭤 보다（稟告）

常用例句 모르는 것이 있으면 선생님께 여쭈어라.
有不懂的就問老師。

相關詞彙 고하다（告訴），말씀드리다（通告），알려드리다（通告），아뢰다（稟告）

▶ 역시(亦是)[-씨] 副 ①也是 ② 不出所料 ③ 仍舊

衍生片語 ～ 좋다（也好），～ 마찬가지다（都一樣）

常用例句 그도 역시 공채를 통해 입사했다.
他也是透過公開招聘進入公司的。
역시 그랬었구나.
果不其然！

相關詞彙 과연（究竟，果然），또한（而且）

▶ 역할(役割)[여칼] 名 作用

衍生片語 ～을 다하다（盡職盡責），～ 분담（分擔任務）

常用例句 아내는 회사에서 경리뿐만 아니라 비서의 역할까지 수행하였다.
妻子在公司不僅是經理還兼任秘書。
그는 우리나라의 연극 발전에 중요한 역할을 하였다.
他對我國的戲劇發展發揮了重要的作用。

相關詞彙 역（役），노릇（作用，角色），담당（擔任）

▶ 연결되다(連結-) 動 聯結，連接

衍生片語 지하 창고에 ～（連通地下的倉庫），전세계로 연결되는 항공（連接全世界的航空）

常用例句　그는 범죄 조직과 연결된 사실이 밝혀져 체포되었다.
因為被發現與犯罪組織有染的事實，他被捕入獄。
우리 몸의 핏줄은 거미줄처럼 서로 연결되어 있다.
我們身體的血管像蜘蛛網一樣彼此連接在一起。

相關詞彙　이어지다（連接）

연구(研究) 名 研究

衍生片語　～ 대상（研究對象），학술 ～（學術研究）

常用例句　임산부의 흡연은 태아의 건강에 나쁜 영향을 미친다는 연구 결과가
나왔다.
研究結果證實，孕婦吸菸會對胎兒的健康造成不良影響。

相關詞彙　탐구（探究）

연구소(研究所) 名 研究所

衍生片語　～에서 일하다（在研究所工作），～에 가다（去研究所）

常用例句　우리 학교는 언어 연구소를 비롯한 많은 연구소들이 있다.
我們學校有語言研究所等多個研究所。

相關詞彙　연구센터（研究中心）

연구자(研究者) 名 研究人員

衍生片語　～가 되다（成為研究人員），훌륭한 ～（優秀的研究人員）

常用例句　언어연구소에는 연구자들이 100명이 넘었다.
語言研究所的研究人員超過了100人。

相關詞彙　연구원（研究人員）

연구하다(研究-) 動 研究

衍生片語　관심 분야를 ～（研究感興趣的領域），병의 치료법을 ～（研究疾
病的治療方法）

常用例句　김 교수는 평생을 향가에 대하여 연구했다.
金教授一生研究鄉村歌曲。

相關詞彙　파고들다（深入研究）

연기(煙氣) 名 煙

衍生片語　～가 나다（冒煙），～가 많다（煙多）

常用例句 방 안에 담배 연기가 자욱하였다.
房間裡煙霧繚繞。

相關詞彙 내（裡面）

▶ **연기(演技)** 名 表演，演技

衍生片語 ～ 지도（演技指導），～의 폭을 넓히다（拓展演技的領域）

常用例句 그녀는 20대 초반의 신인임에도 불구하고 노인 역을 훌륭히 연기
하였다.
她雖然是20出頭的新人，卻成功演出了一個老人的角色。

相關詞彙 연예（演藝）

▶ **연락처(聯絡處)[열-]** 名 聯絡方式

衍生片語 ～를 정하다（確定聯絡方式），～를 적다（寫下聯絡地址）

常用例句 우리는 헤어지기 전에 연락처를 주고받았다.
我們分手前互留了聯絡地址。

相關詞彙 주소（住址）

▶ **연락하다(聯絡-)[열라카-]** 動 聯絡

衍生片語 수시로 ～（隨時聯絡），일시와 장소를 ～（聯絡時間和場所）

常用例句 총무는 회원들에게 회의 일시와 장소를 연락하느라고 무척 바쁜 눈
치였다.
總務爲了跟會員們聯絡會議時間和場所，一副非常忙碌的樣子。
회사에 몸이 불편하다고 연락하고 집에서 쉬었다.
跟公司說身體不舒服，在家裡休息了。

相關詞彙 전하다（傳），통지하다（通知），알려주다（通知）

▶ **연말(年末)** 名 年底

衍生片語 ～ 결산（年底結算），내년 ～ 까지（到明年年底）

常用例句 이번 연말에는 선생님께 연하장을 보냈다.
這個年底給老師寄了賀年卡。
연말에는 불우 이웃을 위한 각종 행사가 열린다.
年底爲不幸的鄰居舉行各種活動。

相關詞彙 세말（歲末）

► **연하다(軟-)** 形 嫩

衍生片語 연한 채소（嫩蔬菜），고기가 ～（肉嫩）

常用例句 이 생선은 뼈가 연해서 발라내지 않고 먹어도 된다.
這種魚骨頭很軟不會卡住，可以吃。

相關詞彙 부드럽다（柔軟）

► **연휴(連休)** 名 連休，連假

衍生片語 ～를 즐기다（享受連假），～가 없다（沒有連假）

常用例句 이번 연휴에는 여행을 떠나는 사람이 많을 것이다.
這次連假去旅行的人一定很多。

相關詞彙 휴가（休假）

► **열(熱)** 名 熱

衍生片語 ～이 있다（有熱氣），～이 나다（發燒）

常用例句 나는 아이들에게 열과 성을 다해 컴퓨터를 가르친다.
我全心全意地教孩子電腦。

相關詞彙 더위（暑氣）

► **열리다** 動 結（果實）

衍生片語 박이 ～（結出葫蘆）

常用例句 올해는 과일나무마다 열매가 주렁주렁 열렸다.
今年每棵果樹都是果實累累。

相關詞彙 결실하다（結果），맺다（結果，締結）

► **염려하다(念慮-)[-녀-]** 動 擔心，掛念

衍生片語 염려하지 않다（不擔憂），아주 ～（很擔憂）

常用例句 그 일에 대해서는 절대 염려하지 마십시오. 다 잘될 것입니다.
請千萬不要擔心那件事，一切都會好起來的。

相關詞彙 걱정하다（擔心），근심하다（擔憂），우려하다（憂慮）

► **영원하다(永遠-)** 形 永遠

衍生片語 영원한 가치（永遠的價值），영원한 이별（永別）

常用例句 어머니의 사랑은 영원하다.

母愛是永恒的。

相關詞彙 그지없다（非常，恒久）

► 영원히(永遠-) 副 永遠

衍生片語 ～기억하다（永遠銘記），～사랑하다（永遠相愛）

常用例句 그의 이름은 역사에 영원히 기록될 것이다.
他的名字將永存於史冊。
사람은 누구나 영원히 살기를 바란다.
人都希望永遠活著。

相關詞彙 영영（永遠）

► 예금(豫金) 名 存款

衍生片語 ～잔고（存款餘額），～을 찾다（取款）

常用例句 은행에서 예금을 찾는다.
從銀行取款。

相關詞彙 저축（儲蓄），저금（存款）

► 예매하다(豫買-) 動 預購

衍生片語 입장권을 ～（預購入場券），예매할 수 있는 차표（可以預定的車票）

常用例句 열차 표는 모든 역에서 예매할 수 있다.
火車票在所有的車站都可以預購。

相關詞彙 예약하다（預約）

► 예상(豫想) 名 預測，預料

衍生片語 ～문제（預測問題），～보다 부진하다（比預料的蕭條）

常用例句 우리의 예상과는 다르게 일이 전개되었다.
事情就這樣發生了，與我們預料的不同。
비가 올 것을 예상하고는 우산을 들고 나갔다.
預料到會下雨，於是便帶了把傘出去。

相關詞彙 예측（預測），추측（推測）

► 예약(豫約) 名 預約

衍生片語 ～녹화（預約錄影），～을 취소하다（取消預約）

常用例句	신청자가 밀려 더 이상 예약을 받을 수 없습니다. 申請者太多，不能再接受預約了。 벌써 내년 추석 때의 항공권 예약이 끝났다. 明年中秋的機票預售已經結束了。
相關詞彙	예매（預售，預賣）

► **예전** 名 過去，從前

衍生片語	～처럼（像過去一樣），～만 못하다（不如從前）
常用例句	나이가 들어서 그런지 몸이 예전 같지 않다. 可能是上了年紀的關係，身體已不像從前了。 수술만 하면 몸은 예전대로 돌아갈 것입니다. 只要動手術，身體就能恢復到以前的狀態。
相關詞彙	옛날（過去），지난날（過去）

► **예절(禮節)** 名 禮節，禮貌

衍生片語	～을 지키다（遵守禮節），～을 갖추다（講禮貌）
常用例句	학교에서의 선후배 예절은 엄격하다. 學校裡前後輩間的禮節很嚴格。
相關詞彙	예의（禮儀）

► **예정(豫定)** 名 預定

衍生片語	도착 ～ 시각（預定到達時刻），～대로 진행되다（按預定進行）
常用例句	그들은 일주일 예정으로 해외여행을 떠났다. 他們計劃海外旅行一週。 여행이 예정보다 길어질 것 같다. 旅行恐怕要比預定的延長一些。
相關詞彙	계획（計劃）

► **오가다** 動 來往

衍生片語	선물이 ～（禮尚往來），길을 오가는 사람（路上來往的人）
常用例句	그들사이에서는 연말이면 선물이 오간다. 他們之間到了年底會互送禮物。 말다툼 끝에 주먹이 오가는 싸움이 벌어졌다. 爭吵後他們兩人之間開始拳腳相向。
相關詞彙	왕래하다（來往）

▶ **오래도록** 副 許久

衍生片語 ～ 잊지 못하다（很久都無法忘記），～ 남아 있다（保留很久）

常用例句 그녀의 옷깃에서 풍기던 향기가 내 기억 속에 오래도록 남아 있었다.
她衣襟上散發出的香氣久久地留在了我的記憶裡。

相關詞彙 한참동안（許久），영원히（永久）

▶ **오래되다** 動 過了很久

衍生片語 내 오랜된 친구（我的老朋友），쓴 지 오래된 가전제품（用了很久的家電）

常用例句 쓰던 가전제품이 오래되고 낡아서 새것으로 바꿨다.
家電用的太久了都舊了，所以換了新的。
벌써 다녀온 지가 오래되었다.
已經回來很久了。

相關詞彙 한참되다（有一陣子）

▶ **오래전(-前)** 名 很久以前

衍生片語 ～의 일을 기억하다（想起了很久前的事情），～부터（從很久以前）

常用例句 오래전의 일도 기억하고 있다.
很久以前的事情也記得。

相關詞彙 옛날（從前）

▶ **오븐(oven)** 名 烤爐，烤箱

衍生片語 ～에 굽다（在烤箱中燒烤）

常用例句 ～에서 갓 구워 낸 비스킷이라 바삭바삭하다.
烤箱裡剛烤出來的餅乾很脆。
최근에 오븐을 장만하신 어머니는 요리 재미에 폭 빠지셨다.
最近剛買了烤箱的媽媽迷上了做菜。

相關詞彙 전자렌지（微波爐）

▶ **오직** 副 唯，僅

衍生片語 ～ 그녀만을 사랑하다（只愛她一個人），～ 공부에만 열중하다（只熱衷於學習）

常用例句	그들이 부지런히 일하는 것은 오직 먹고살기 위한 것일 뿐이다.
	他勤奮地工作也只是爲了養家糊口而已。

相關詞彙	다만（只是）

▶ **오피스텔(office +hotel) 名** 住商混合大樓

衍生片語	～에 살다（住在住商混合大樓裡）

常用例句	그는 친구와 동업을 하기로 하고 먼저 사무기기를 들일 오피스텔을 구하러 다녔다.
	他決定和朋友一起創業，首先爲尋找有辦公設備的住商混合大樓而奔走。

相關詞彙	오피스걸（職場女性）

▷ **온 冠** 全部，所有的

衍生片語	～ 집안（全家人），～ 식구（所有家人）

常用例句	우승을 했다는 소식에 온 국민이 환호했다.
	全國人民爲勝利的消息歡呼雀躍。
	그는 온 하루를 비가 새는 지붕을 고치는 데에 썼다.
	他花了一整天去修理漏雨的屋頂。

相關詞彙	모든（所有的）

▶ **온도(溫度) 名** 溫度

衍生片語	～가 높다（溫度高），실내 ～（室內溫度），일 평균 ～（日平均溫度）

常用例句	낮에 온도가 38도까지 올라갔다.
	白天溫度上升到了38度。
	특정 온도 아래에서 대기 중 물이 뭉친다.
	在特定溫度下，大氣中的水分凝結。

相關詞彙	가온（加溫）

▷ **온몸 名** 全身，渾身

衍生片語	～을 동여매다（綁住全身），～이 쑤시다（渾身疼）

常用例句	동생은 어디서 맞았는지 온몸이 상처투성이었다.
	不知道弟弟在哪裡挨揍了，遍體鱗傷。

相關詞彙	전신（全身）

▶ **온통** 副 整個，全部，完全

衍生片語 ～ 하얗다（一片銀白）

常用例句 차창을 스쳐 가는 풍경이 나를 온통 사로잡았다.
掠過車窗的風景把我深深地迷住了。
하늘은 온통 검은 구름에 휩싸였다.
天空整個被烏雲籠罩了。

相關詞彙 전부（全部），모무（所有，全部）

▶ **올려놓다[-노타]** 動 放上去

衍生片語 위에 ～（放在上面），탁자에 ～（上桌）

常用例句 차 주전자를 깨끗이 씻고 찬물을 넣어 불에 올려놓았다.
將茶壺洗乾淨後裝滿水，放在了火上。

相關詞彙 올라타다（搭乘）

▶ **옮기다[옴-]** 動 ①搬 ②調換

衍生片語 환자를 병원으로 ～（把患者轉移到醫院），앞으로 옮기다（搬到前面）

常用例句 그녀는 숙소를 시골 농장으로 옮겨 본격적인 작품 활동을 하였다.
她把住處搬到鄉下農場，正式開始了創作活動。
그가 전공을 법학에서 정치학으로 옮긴 것은 특별히 정치를 하고 싶어한 것은 아니었다.
他把專業由法學換成政治學，並不是特意想從事政治。

相關詞彙 이동（移動），하다（移動），바꾸다（換），전환하다（轉換）

▶ **완벽하다(完璧-)[-벼카-]** 形 完整，完美無缺

衍生片語 완벽한 솜씨（完美的手藝），완벽한 문장（完美的句子）

常用例句 상대 팀을 거세게 밀어붙인 끝에 완벽한 승리를 거두었다.
以自己的氣勢壓倒對方，最終取得了完美的勝利。

相關詞彙 만전하다（萬全）

▶ **완전히(完全-)** 副 完全

衍生片語 ～ 끝내다（完全結束了），～ 갈라서다（徹底分手了）

常用例句 지난번 일로 두 사람은 완전히 갈라섰다.
因爲上次的事兩個人徹底分手了。

相關詞彙 깨끗이（乾淨地），분명히（明顯）

왼지 副 不知爲什麼

衍生片語 ～ 가슴이 섬뜩하다（不知爲什麼心裡發冷），～ 모르다（不知爲什麼）

常用例句 그 이야기를 듣자 왠지 불길한 예감이 들었다.
聽了那個故事不知爲什麼有種不祥的預感。
아내는 왠지 달갑지 않은 표정이다.
不知爲什麼妻子露出一副不情願的表情。

相關詞彙 이유없이（不知爲什麼），까닭없이（不知怎麼回事）

외교관(外交官) 名 外交官

衍生片語 ～이 되다（成爲外交官），유명한 ～（有名的外交官）

常用例句 정부가 외교관을 파견하였다
政府派遣了外交官。

相關詞彙 외교통상부（外交通商部）

외롭다[-따] 形 孤獨

衍生片語 외로운 처지（孤獨的處境）

常用例句 너마저 떠나면 나 혼자 외로워서 어쩌니.
連你也離開的話，我自己孤單一人怎麼辦？

相關詞彙 고독하다（孤獨），쓸쓸하다（凄涼）

외출(外出) 名 外出

衍生片語 ～ 허락（允許外出），～ 금지（禁止外出）

常用例句 외출 준비를 하였다.
做了外出的準備。
귀하의 귀중품은 외출 시 호텔 프론트데스크의 보관함에 맡기십시오.
在外出時，您的貴重物品請存放在飯店的保險櫃中。

相關詞彙 나들이（串門子），바깥나들이（外出），바깥출입（外出）

외출하다(外出-) 動 外出

衍生片語 밤늦게 ～（半夜出門）

常用例句 지금 아버지는 외출하고 안 계십니다.
父親現在出去了，不在家。
외출할 때 반드시 외투를 꺼입어야 한다.
外出時一定要加穿外套。

相關詞彙 출입하다（出入）

► 요금(料金) 名 費用

衍生片語 전화 ～（電話費），～을 내다（繳費）

常用例句 요금이 올랐다.
費用上漲。
요금이 떨어졌다.
費用降低了。

相關詞彙 값（價值），사용료（費用）

► 요새 名 最近

衍生片語 ～ 와서（到了最近）

常用例句 요새 입맛이 통 없다.
最近完全沒有胃口。
요새 세상에 저런 순진한 사람이 다 있다니.
現在世界上竟然還有這樣純眞的人。

相關詞彙 최근（最近），현재（現在），지금（現在）

► 요청(要請) 名 要求，請求

衍生片語 협력 ～（協助請求），지원 ～（志願請求）

常用例句 나는 사정이 있어서 그의 간곡한 요청을 거절했다.
我因爲有事情拒絕了他懇切的請求。
항해 중인 선박에서 구조 요청이 왔다.
航行中的船舶傳來了求助的訊息。

相關詞彙 요구（要求），바램（希望）

► 욕심(欲心)[-씸] 名 貪心

衍生片語 ～이 나다（起貪心），～을 부리다（貪心）

常用例句 그의 마음은 재산에 대한 욕심으로 가득 차 있다.
他心裡充滿了對財產的貪欲。

그는 자기 몫에 만족을 못하고 남의 것까지 욕심을 냈다.
他不滿足自己的那份，對別人的那份也心生貪念。

相關詞彙 욕망（欲望）

▶ 용도(用途) 名 用途

衍生片語 ～ 변경（變更用途），～에 따라 구분하다（根據用途區分）

常用例句 개인적인 용도로 사용하였다.
作爲個人用途使用。

相關詞彙 쓰임새（用途），용법（用法）

우선(于先) 副 首先

衍生片語 니가 ～ 이다（你先），～ 밥부터 먹고 보자（先吃飯）

常用例句 나는 우선 형의 방으로 가서 원고부터 조사했다.
我先去了哥哥的房間從稿子開始調查。
우선 이만하면 떠날 준비는 다 된 셈이다.
就先弄到這兒，出行的準備也算是差不多了。

相關詞彙 먼저（首先），앞서（先前，先於）

▶ 우수하다(優秀-) 名 優秀

衍生片語 우수한 문화（優秀的文化），품질이 ～（品質優秀）

常用例句 희규는 과연 소문으로 듣던 대로 놀랄 만큼 우수한 뱃사람 중의 하나였다.
錫奎果然像傳聞中說的那樣成爲一名優秀的船員，讓人大吃一驚。

相關詞彙 뛰어나다（優秀）

우승하다(優勝) 形 優勝

衍生片語 대회에서 ～（在大賽中獲勝）

常用例句 지난 올림픽에서는 이 종목에서 신인 선수가 우승했었다.
上次奧運會這個項目是新人選手獲勝。

相關詞彙 이기다（勝利），일등을 하다（得第一名）

▶ 우연히(偶然-) 副 偶然

衍生片語 ～ 마주치다（偶然的四目相對），～ 만나다（不期而遇）

常用例句 그녀의 소식을 친구를 통해서 우연히 듣게 되었다.

透過朋友偶然知道了她的消息。

지나가던 사람이 그 사고를 우연히 목격하였다.

經過的人偶然目擊了那場事故。

相關詞彙 뜻밖에（出乎意料）

▶ 우울하다(憂鬱-) 形 憂鬱

衍生片語 우울하게 느껴지다（覺得憂鬱），우울한 심정（憂鬱的心情）

常用例句 그녀는 우울한 얼굴을 하고 있다.

她臉上的表情很憂鬱。

비 오는 날은 대체로 기분이 우울하게 느껴진다.

通常下雨的日子裡心情都會很憂鬱。

相關詞彙 슬프다（傷心），침울하다（憂鬱）

▶ 울리다 動 響

衍生片語 천둥이 울리는 소리（打雷的聲音），전화벨이 ～（電話鈴響了）

常用例句 명성이 울려 퍼진다.

名震四方。

相關詞彙 소리내다（出聲）

▶ 울음[우름] 名 哭

衍生片語 ～을 울다（哭泣），～을 그치다（停止哭泣）

常用例句 그녀는 슬픔에 복받쳐 울음을 터뜨렸다.

她極度悲傷放聲大哭起來。

그녀는 갑자기 울음 섞인 목소리로 푸념을 늘어놓았다.

她突然用摻雜著哭聲的嗓音發洩出了滿腹的牢騷。

相關詞彙 웃음（笑容）

▶ 움직이다[-지기-] 動 動，動彈

衍生片語 몸을 ～（挪動身體），앞니가 ～（門牙鬆動）

常用例句 자동차가 움직인다.

車啟動了。

相關詞彙 움직거리다（動）

웃기다[욷끼-] 動 使人發笑，可笑

衍生片語 웃기는 일（可笑的事情）

常用例句 그는 우스갯소리를 하여 사람들을 곧잘 웃기곤 하였다.
他常常一講笑話就會把大家逗樂了。
그 연극은 관객을 웃기기도 하고 울리기도 했다.
那齣話劇讓觀眾們又哭又笑。

相關詞彙 울리다（弄哭）

웃어른[우더-] 名 長輩

衍生片語 ～으로 대접하다（回答長輩），～을 공경하다（尊敬長輩）

常用例句 웃어른의 말씀은 잘 새겨들어야 한다.
應該把長輩的話深深銘記在心。
웃어른 앞에서는 모든 것이 조심스럽다.
在長輩面前凡事都小心。

相關詞彙 존장（尊長）

웃음[우슴] 名 笑聲

衍生片語 어린아이의 해맑은 ～（小孩子開朗的笑聲）

常用例句 그는 대답 대신 웃음으로 얼버무렸다.
他沒有回答，笑著敷衍了過去。
소년은 갑자기 웃음을 멈추고 나를 노려보았다.
少年突然停止笑聲怒視著我。

相關詞彙 미소（微笑）

원래(元來)[월-] 名 原來，本來

衍生片語 ～의 가격（原來的價格），～대로 진행되다（按原樣進行）

常用例句 그는 원래 서울 사람이다.
他原本是首爾人。
원래 기술 좋은 장인은 연장 탓하지 않는 법이다.
原本技術就很好的工匠從不怨工具不好。

相關詞彙 본래（本來）

원피스 (one-piece) 名 連身裙

衍生片語 화사한 꽃무늬 ～（華麗的花紋連身裙），～로 된 수영복（連身的

泳裝）

常用例句 큰 키, 잔잔한 무늬의 원피스를 입은 그녀가 꽃보다 더 화려하다.
穿著一條印著雅緻花紋的連身裙，身材高挑的她比鮮花還亮麗。

相關詞彙 투피스（套裙）

▶ **원하다(願-)** 動 願，希望

衍生片語 행복을 ～（祈望幸福），전쟁을 원하지 않다（不希望戰爭）

常用例句 그는 보상금으로 원했던 만큼의 돈을 받지 못했다.
他沒有得到想要的補償金。
그는 부모님이 원하는 대로 선생님이 되었다.
他按照父母的願望當了一名老師。

相關詞彙 희망하다（希望），바라다（希望）

▶ **월급(月給)** 名 月薪，工資

衍生片語 ～을 받다（得到工資），～을 타다（領工資）

常用例句 월초에 월급을 탔다.
月初領了工資。

相關詞彙 봉급（月薪）

▶ **월드컵(World Cup)** 名 世界杯

衍生片語 ～ 축구 경기（世界杯足球賽）

常用例句 우리 나라에서 월드컵 축구 경기를 개최했다.
我國舉辦了世界杯足球賽。

相關詞彙 피파（國際足聯）

▶ **웨이터(waiter)** 名 男侍者，男服務生

衍生片語 ～로 일하다（當男服務生），부지런한 ～（勤勞的男服務生）

常用例句 웨이터를 불러 음식을 주문한다.
叫服務生點菜。

相關詞彙 급사（服務人員），종업원（服務生）

▶ **웬일[-닐]** 名 怎麼回事

衍生片語 ～이야（怎麼回事啊）

常用例句 웬일로 여기까지 다 왔니?

什麼事讓你都跑這裡來了？
지각 한 번 없던 그가 결석을 하다니, 웬일일까?
從不遲到的他竟然曠課，怎麼回事？

相關詞彙 어쩐일（怎麼回事），무슨일（什麼事）

위반(違反) 名 違反

衍生片語 선거법 ~ 행위（違反選舉法的行為），지시를 ~하는 사람（違反指示的人）

常用例句 그는 교통 법규 위반으로 벌금을 내게 되었다.
他因為違反交通規則交了罰金。

相關詞彙 위배（違背），위법（違法）

위치하다(位置-) 動 位於

衍生片語 도심에 ~（位於市中心），강남에 위치한 빌딩（位於江南的大廈）

常用例句 그 건물은 시내 중심가에 위치하고 있다.
那個建築坐落在市中心。
그 집은 약간 높은 곳에 위치하고 있었다.
那棟房子位於稍高的位置。

相關詞彙 존재하다（存在），자리잡다（位於）

위하다(爲-) 動 爲

衍生片語 나라를 ~（爲了國家），시장 조사를 위한 현지 출장（爲了做市場調查去當地出差）

常用例句 김 선생님은 후진 양성을 위해 평생을 바치셨다.
金老師爲了培養年輕的一代奉獻了一生。
집을 새로 칠하기 위해 물건을 정리했다.
整理東西，重新粉刷了房子。

相關詞彙 기여하다（貢獻）

유교(儒教) 名 儒教

衍生片語 ~ 문화권（儒教文化圈），~를 숭상하다（崇尚儒教）

常用例句 조선 시대에는 유교를 국가의 통치 이념으로 삼았다.
朝鮮時代把儒教作爲國家的統治理念。
유교의 가르침을 따랐다.

遵循了儒教的教誨。

相關詞彙 유학（儒學）

▶ 유난히 **副** 特別，格外地

衍生片語 눈이 ～ 크다（雪格外地大），날씨가 ～ 덥다（天氣格外地熱）

常用例句 그 옷은 아주 화려해서 유난히 눈에 잘 띈다.
那件衣服很華麗，格外地顯眼。
오늘은 유난히도 하늘이 맑다.
今天天氣特別晴朗。

相關詞彙 특별히（特別的），각별히（特別的）

▶ 유럽(Europe) **名** 歐洲

衍生片語 ～으로 출장가다（去歐洲出差），～에 살다（在歐洲生活）

常用例句 연수생이 유럽을 여행하였다.
進修生去歐洲旅行了。

相關詞彙 구라파（歐洲），구주（歐洲）

▶ 의견(意見) **名** 意見

衍生片語 ～ 교환（交換意見），～을 모으다（徵求意見）

常用例句 그가 낸 의견을 받아들이지 않았다.
他不接受我的意見。
모든 일은 그의 의견대로 진행되었다.
所有事情都按他的意見進行。

相關詞彙 생각（想法），견해（見解），제안（提案）

▶ 의미(意味) **名** 意味，意思

衍生片語 단어의 사전적 ～（單字的詞典含義），문장의 ～（句義）

常用例句 두 단어는 같은 의미로 쓰인다.
兩個單字意思相同。
그녀는 오늘 그와의 만남에 특별한 의미를 부여했다.
她爲今天和他的見面賦予了特殊意義。

相關詞彙 뜻（意思），의사（意思）

의미하다(意味-) 動 意味，表示

衍生片語 죽음을 ～（意味著死亡），사랑을 ～（意味著愛）

常用例句 이 단어가 의미하는 바가 무엇인지 말해 보십시오.
請說一下這個單字表示什麼。
정상 회담의 실패는 곧 두 나라의 전쟁을 의미하는 것이었다.
首腦會談的失敗意味著兩國之間的戰爭。

相關詞彙 뜻하다（意味），표시하다（表示）

의심하다(疑心-) 動 疑心，懷疑

衍生片語 남의 말을 ～（懷疑別人的話）

常用例句 함부로 남을 의심하는 것은 좋지 않다.
隨便懷疑別人不太好。
그는 너무나 놀라서 이게 정말 꿈인지 생시인지를 의심하고 있었다.
他非常吃驚，懷疑這是作夢還是醒著。

相關詞彙 의심스럽다（懷疑）

의하다(依-) 動 依，依靠，依據

衍生片語 노동에 의한 소득（勞動所得），전쟁에 의한 참화（戰爭釀成的慘劇）

常用例句 소문에 의하면 그가 결혼한다고 한다.
據說他要結婚了。
사상은 언어에 의하여 표현된다.
思想是依靠語言來表達的。

相關詞彙 의거하다（依據）

이기다 動 ①戰勝，贏　②克服

衍生片語 큰 표차로 ～（高票當選），병을 ～（戰勝疾病）

常用例句 아군의 수가 월등히 많아서 적에게 쉽게 이겼다.
我軍數量上占優勢，因而輕鬆地戰勝了敵人。
그는 온갖 역경을 이기고 마침내 성공했다.
他歷經各種困境最終獲得了成功。

相關詞彙 승리하다（勝利），극복하다（克服），참다（忍受），인내하다（忍耐）

▶ **이동(移動)** 名 移動，流動

衍生片語 　장소 ～（換場地）

常用例句 　군인이 이동을 준비한다.
　　　　　軍人準備轉移陣地。

相關詞彙 　움직임（移動），옮김（移動）

▶ **이따가** 副 待一會兒，以後

衍生片語 　～ 다시 오다（待一會兒再來）

常用例句 　이따가 단둘이 있을 때 얘기하자.
　　　　　待會兒只剩我們倆的時候再說吧。

相關詞彙 　조금 뒤（一會兒），잠시뒤（過一會兒）

▶ **이러하다** 形 這樣，如此

衍生片語 　이러한 경우（這種情況），전모는 ～（全貌便是如此）

常用例句 　이러한 가운데에서도 일은 예정대로 진행되었다.
　　　　　即便在這種情況下，事情仍按原計劃進行了。
　　　　　지금 내 사정이 이러하니 어떻게 했으면 좋겠소?
　　　　　現在我的情況都這樣了，怎麼辦好呢？

相關詞彙 　그러하다（那樣）

▶ **이루다** 動 完成，做成，實現，達到

衍生片語 　잠 못 이루는 밤（不眠之夜），목적을 ～（實現目標）

常用例句 　이 시기가 민족 운동의 절정기를 이루게 되었다.
　　　　　這個時期民族運動達到了頂峰。
　　　　　할아버지의 유언을 못 이룬다면 나는 죽어서도 그분께 면목이 서
　　　　　질 않는다.
　　　　　如果不能完成爺爺的遺願，我就是死也沒臉見他。

相關詞彙 　이룩하다（實現），성취하다（成就），달성하다（達成）

▶ **이루어지다** 動 實現，形成

衍生片語 　이루어질 수 없는 사랑（沒有結果的愛情），합의가 ～（達成協
　　　　　議）

常用例句 　이들이 바라는 것이 이루어지게 도와주십시오.

請幫他們實現願望。

인간은 환경에 의하여 성격 형성이 이루어진다.

人類在環境的影響下形成性格。

(相關詞彙) 성취되다（成就），달성되다（達成），이룩되다（實現）

► 이르다 形 早

(衍生片語) 아직 포기하기엔 ～（放棄還早），시간이 좀 ～（時間早了點）

(常用例句) 그는 어느 때보다 이르게 학교에 도착했다.

他到校比平時都早。

올해는 예년보다 첫눈이 이른 감이 있다.

今年比起往年，感覺初雪來得早了些。

(相關詞彙) 빠르다（快）

이르다 動 達到，抵達

(衍生片語) 죽을 지경에 ～（面臨絕境），목적지에 ～（抵達目的地）

(常用例句) 그는 열다섯에 이미 키가 육 척에 이르렀다.

他十五歲時身高已有六尺。

전쟁이 끝난 뒤 이들은 서로 소식도 모른 채 오늘에 이르게 되었다.

戰爭結束後他們相互間毫無音訊一直到今天。

(相關詞彙) 미치다（到達），도착하다（到達），도달하다（到達）

► 이미지(image) 名 形象，概念，印象

(衍生片語) 청각적 ～（聽覺印象），서민적 ～（平民概念）

(常用例句) 그에게는 그만의 독특한 이미지가 있다.

他具有自身獨特的風格。

작품의 이미지와 꼭 맞는 여자가 한 사람 있어.

有個和作品形象相符的女子。

(相關詞彙) 형상（形象），인상（印象）

이사(移徙) 名 搬家，遷移

(衍生片語) ～ 가다（搬家），～를 떠나다（搬家）

(常用例句) 그 가족은 이사를 자주 하였다.

那一家人經常搬家。

(相關詞彙) 이주（搬家）

► **이사하다(移徙-)** 動 搬家，遷移

衍生片語 서울로 ～（搬到首爾），이사할 채비（搬家的準備）

常用例句 그가 지난 봄에 새집을 장만해서 어딘가로 이사했다는 풍문이 돌았다.
傳聞他春天裝修了新房子，不知要搬到哪裡去。

相關詞彙 이주하다（搬家），옮겨살다（搬家）

► **이상(理想)** 名 理想

衍生片語 ～을 향한 열정（對於理想的熱情），높은 ～을 품다（胸懷大志）

常用例句 우리는 소크라테스를 통해서 철인(哲人)의 이상적 인간상을 볼 수 있다.
我們透過蘇格拉底可以看到哲人的理想人間。

相關詞彙 최선（最好），비전（vision，構想），목표（目標）

► **이상(以上)** 名 以上

衍生片語 키 158cm ～（身高158cm以上），기업체 부장급 ～（企業部長級以上）

常用例句 필요 이상으로 친절을 베푼다.
親切過度，熱情過度。
이상에서 살핀 바를 간단히 요약하면 다음과 같다.
簡單地概括上述觀察結果如下。

相關詞彙 위（上面），앞（前面）

► **이상(異常)** 名 奇怪，異常

衍生片語 ～ 기류（異常氣流），정신 ～（精神異常）

常用例句 기계에 이상이 생겼다.
機器出現了異常。
그는 몸에 이상을 느끼고 병원을 찾았다.
他感覺身體異常後去了醫院。

相關詞彙 비정상（不正常）

► **이상하다(異常-)** 形 奇怪，可疑

衍生片語 이상한 일（怪事），목소리가 ～（聲音異常）

常用例句 오늘 따라 기계 소리가 이상하다.

機器的聲音今天很奇怪。

相關詞彙 이상스럽다（奇怪）

► 이성(理性) 名 理性

衍生片語 ～에 호소하다（訴諸理性），～이 마비되다（理性被麻痺）

常用例句 그는 감성보다는 이성이 발달한 냉철한 인간이다.
比起感性來，他是理性更發達的冷靜的人。
흥분해 있을 때는 이성적인 판단을 하기 어렵다.
衝動時很難做出理性的判斷。

相關詞彙 지성（知性）

► 이용(利用) 名 利用

衍生片語 폐품 ～（廢物利用），자원의 효율적 ～（資源的有效利用）

常用例句 대중교통의 이용은 출퇴근 시간의 혼잡을 줄이는 최선의 방책이다.
利用大眾交通工具是減少上下班時間混亂的最有效辦法。

相關詞彙 활용（活用）

► 이용되다(利用-) 動 利用

衍生片語 발전에 ～（被用於發電），인류 발전에 ～（被用於人類發展）

常用例句 식용 폐유는 천연 세제를 만드는 데 이용된다.
食用廢油被用來製作天然洗潔劑。
핵은 전쟁 중에 엄청난 무기로 이용될 수 있다.
核子技術在戰爭中被用作屬害的武器。

相關詞彙 응용되다（應用），쓰이다（使用）

► 이용하다(利用-) 動 利用

衍生片語 지하철을 ～（利用地鐵），바람을 ～（利用風力）

常用例句 대부분의 사람들은 버스를 교통수단으로 이용한다.
大部分人以公車作爲交通工具。
음식 찌꺼기를 거름으로 이용하는 농가가 많아졌다.
越來越多的農家把食物殘渣當作肥料。

相關詞彙 쓰다（用）

▶ **이유(理由)** 名 理由

衍生片語 　정당한 ～（正當的理由），～를 묻다（詢問理由）

常用例句 　무슨 이유가 그리도 많으냐？
怎麼有那麼多理由？
단순히 지능 지수 하나가 높다는 이유 때문에 사람들은 나에게서
너무나 많은 것을 기대했었다.
僅僅因爲智商高，人們對我期待太多。

相關詞彙 　까닭（原因），원인（原因）

▶ **이익(利益)** 名 利益

衍生片語 　～을 내다（付出利益），～을 얻다（受益）

常用例句 　한 달 이익이 200만 원이 넘는 제법 쏠쏠한 장사였다.
月收益超過200萬的生意是相當不錯的。

相關詞彙 　유익（有益）

▶ **이전(以前)** 名 以前，從前

衍生片語 　～부터（從前），산업 혁명 ～（產業革命以前）

常用例句 　이전에는 참 살기 좋은 곳이었다.
以前真的是適合居住的地方。

相關詞彙 　이왕（以往），이앞（以前）

▶ **이혼(離婚)** 名 離婚

衍生片語 　～ 사유（離婚理由），～ 수속（離婚手續）

常用例句 　부모의 이혼으로 아이가 고통을 받는다.
父母離婚，孩子受罪。

相關詞彙 　갈라섬（離開），헤어짐（分手）

▶ **이혼하다(離婚-)** 動 離婚

衍生片語 　아내와 ～（和妻子離婚）

常用例句 　그들은 성격 차이 때문에 이혼하기로 합의했다.
他們因爲性格差異協議離婚了。

相關詞彙 　갈라서다（分離），헤어지다（分手）

▶ **익다[-따]** 形 熟，成熟

衍生片語　배가 ～（梨熟了），익은 감（熟柿子）

常用例句　고구마가 먹기 좋게 익었다.
地瓜熟的程度正好吃。
김치가 알맞게 익었다.
泡菜醃得正好。

相關詞彙　여물다（成熟），숙성하다（成熟）

익숙하다[-수카-] 形 熟練，熟悉

衍生片語　익숙한 솜씨（熟練的手藝），기계에 ～（熟練操作機器）

常用例句　그는 벌써 직장 생활에 익숙했다.
他已經適應了職場生活。
이사 온 지 며칠 안 돼 그 지역 지리에 익숙하지 않다.
搬來沒幾天，還不熟悉這個地區的地理環境。

相關詞彙　능란하다（熟練），능하다（精通）

▶ **익숙해지다[-쑤캐-]** 動 變熟練，適應

衍生片語　여러 가지 서법에 ～（熟練各種寫法）

常用例句　외국 생활에 점점 익숙해졌다.
漸漸習慣了國外生活。

相關詞彙　능숙해지다（變熟練）

인기(人氣)[잉끼] 名 聲譽，人緣

衍生片語　～ 가요（人氣歌謠），～가 떨어지다（人氣下降）

常用例句　요즘은 짧은 머리가 인기이다.
最近短髮很受歡迎。
그는 유머 감각이 뛰어나 친구들 사이에서 인기가 대단했다.
他很有幽默感，在朋友中很受歡迎。

相關詞彙　선호도（受歡迎指數），호감도（好感指數）

▶ **인분(人分)** 名 份

衍生片語　일～（一人份），삼～（三人份）

常用例句　야채 2인분을 추가해 주세요.
請再來兩人份的蔬菜。

相關詞彙 분량（分量），수량（數量）

▶ 인사말(人事-) 名 問候語，客套話

衍生片語 간단한 ～（簡單的問候語），～을 하다（寒喧）

常用例句 그의 말은 지나가는 인사말이 아니라 진심에서 우러나오는 말이다.
他的話不是敷衍的問候，而是肺腑之言。

相關詞彙 안부（問安）

▶ 인상(人相) 名 相貌，面相

衍生片語 ～을 찡그리다（繃著臉），～을 펴다（臉部舒展）

常用例句 인상을 그린 종이 한 장을 펴서 가까운 사람에게 건네주었다.
和尚攤開一張人像畫遞給了旁邊的人。

相關詞彙 용모（容貌），모습（模樣）

▶ 인상(印象) 名 印象

衍生片語 ～에 남다（留下印象），무뚝뚝한 ～을 주다（給人一種木訥的印象）

常用例句 그 배우는 내면 연기가 인상적이다.
那個演員演技的細節讓人印象深刻。
이렇게 사람 하나 없이 텅 비고 모든 것이 딱딱하게 얼어붙어 있는 교정은 꽤나 인상 깊은 것이었다.
這樣空無一人冰封一切的校園真是令人印象深刻。

相關詞彙 감명（感受），느낌（感覺）

▶ 인생(人生) 名 人生

衍生片語 고달픈 ～（痛苦的人生），～의 전환점（人生的轉折點）

常用例句 나는 행복한 인생을 살아왔다고 생각한다.
我覺得過了幸福的一生。
그때가 내 인생에서 가장 어려웠던 시기였다.
那是我人生最困難的時候。

相關詞彙 생애（生涯），삶（生活）

▶ 인원(人員)[이눤] 名 人員

衍生片語 승차 ～（乘車人員），～수 파악（掌握人數）

常用例句 최소한의 인원을 배치하였다.

安排了最少的人員。

벌써 열 명 정도의 인원을 확보하였다.

已經確定了十名左右的人員。

(相關詞彙) 일꾼（工作人員）

► **인터뷰 (interview)** 名 採訪

(衍生片語) ～기사（採訪記者），～한 내용（採訪的內容）

(常用例句) 대통령은 외신 기자와의 인터뷰에서 곧 미국을 방문할 것이라고 말했다.

總統在外電記者的採訪中說即將要出訪美國。

(相關詞彙) 면담（面談，洽談）

► **일상생활(日常生活)[-쌍-]** 名 日常生活

(常用例句) 그녀의 ～은 편안하다.

她的日常生活很舒適。

(相關詞彙) 평소생활（日常生活）

► **일으키다[이르-]** 動 引起，掀起

(衍生片語) 전쟁을 ～（引起戰爭），혁명을 ～（掀起革命）

(常用例句) 유조선 침몰로 유출된 기름이 남해안 어장을 오염시키는 사고를 일으켜 어민들을 시름에 잠기게 했다.

油輪沉沒、石油外洩引起南海岸漁場被污染事故，使得漁民們憂慮萬分。

(相關詞彙) 발생시키다（使發生）

► **일정(日程)[-쩡]** 名 日程，行程

(衍生片語) 수학여행 ～（遊學行程），～을 앞당기다（行程提前）

(常用例句) 순회공연 일정은 크리스마스 때나 되어야 끝날 예정이다.

巡迴公演行程定在聖誕節時結束。

나의 하루 일정은 여섯 시부터이다.

我一天的行程從6點開始。

(相關詞彙) 스케줄（日程）

► **일회용(一回用)** 名 一次性

(衍生片語) ～주사기（一次性注射器），～반창고（一次性OK繃）

常用例句 하나의 귀중한 목숨을 연극의 소도구처럼 일회용으로 사용하고 말
겠단 말인가?
怎麼能把一條鮮活的生命當做演戲的小道具，只用一次呢？

相關詞彙 재활용（再利用）

▶ **일회용품(一回用品) 名** 一次性用品

衍生片語 ～의 사용（一次性用品的使用）

常用例句 일회용품의 사용을 규제한다.
限制一次性用品的使用。
지나친 일회용품의 사용은 환경을 망친다.
過度使用一次性用品，會破壞環境。

▶ **임금(賃金) 名** 工資，工錢

衍生片語 ～ 인상（工資上漲），～ 인하（工資下降）

常用例句 물가는 오르고 임금은 물가 인상을 따르지 못하니 생활이 어렵다.
物價上漲，工資沒有隨之上漲，所以生活很困難。

相關詞彙 보수（報酬），월급（工資）

▶ **임시(臨時) 名** 臨時

衍生片語 ～ 반장（臨時班長），～ 거처（臨時住所）

常用例句 필요한 물건을 임시로 제작하여 사용하였다.
臨時製作了一些需要的東西來用。
그분은 비록 임시적이기는 하지만 우리 대학의 총장이시다.
那位是我們學校的臨時校長。

相關詞彙 잠정（暫定）

▶ **임신(妊娠) 名** 妊娠，懷孕

衍生片語 ～과 출산（懷孕和分娩），현재 ～ 3개월（現在懷孕三個月）

常用例句 임신이 확실합니까?
確定懷孕了嗎？
임신 초기에는 잘 먹고 푹 쉬어야 한다.
懷孕初期要吃得好、休息得好。

相關詞彙 잉태（懷孕）

ㅈ

► **자격(資格)** 名 資格

衍生片語 참관인 ～（參觀的資格），교원 ～（教員資格）

常用例句 자격 없이 환자를 진료한 돌팔이 의사가 경찰에 적발되었다.
無照行醫的不法醫生被警察拘捕了。
그 회사는 응시 자격에 제한이 없다.
那家公司對應試資格沒有限制。

相關詞彙 신분 （身分）

► **자꾸만** 副 老是，總是

衍生片語 ～ 귀찮게 굴다 （總是給人添麻煩） ，～ 듣다 （總是聽）

常用例句 아기가 배가 고픈지 자꾸만 칭얼거린다.
孩子總是磨人，可能是肚子疼。
악몽을 꾸고 나니 나쁜 생각이 자꾸만 든다.
作了噩夢後總會有一些不好的念頭。

相關詞彙 언제나 （總是）

► **자라나다** 動 成長，長大

衍生片語 동생이 ～（弟弟長大了） ，나무가 무럭무럭 ～（樹木長得鬱鬱蒼蒼）

常用例句 아이가 병 없이 잘 자라나 주기를 바랍니다.
希望孩子健康成長。

相關詞彙 성장하다 （成長），커지다 （長大），자라다 （生長）

► **자라다** 動 生長，長大

衍生片語 손톱이 ～ （長手指甲），나뭇가지가 ～ （樹枝生長）

常用例句 1년 사이에 키가 3cm나 자랐다.
一年裡長了3公分。
그는 외동아들이라서 고생을 모르고 자랐다.
他是獨生子，無憂無慮地長大。

相關詞彙 성장하다 （成長），키지다 （長大），자라나다 （長大）

► **자랑스럽다[-따]** 形 值得驕傲的，引以爲傲的

衍生片語 자랑스럽게 느끼다 （感到非常自豪），자랑스러운 성적 （傲人的成績）

常用例句 아버지는 상을 받은 아들이 자랑스러운 모양이셨다.
爸爸以獲獎的兒子爲榮。
그녀는 군인이신 아버지를 늘 자랑스럽게 여겼다。
她常常以身爲軍人的父親爲榮。

相關詞彙 자랑하다 (自豪的)

▶ 자랑하다 動 誇耀，炫耀

衍生片語 자식을~ (誇耀子女)，자신의 지식을~ (炫耀自己的知識)

常用例句 그는 친구에게 힘을 자랑하듯이 무거운 돌을 번쩍 들었다.
他像是向朋友炫耀自己的力氣似的，一下子搬起了沉重的石頭。
아이가 엄마에게 선생님께 칭찬을 받았다고 자랑했다。
孩子向母親炫耀說，受到了老師的表揚。

相關詞彙 뽐내다 (誇耀)

▶ 자르다 動 切斷，砍斷

衍生片語 생선을~ (切魚)，머리를 짧게~ (將頭髮剪短)

常用例句 그는 무를 자르듯이 나와의 인연을 끊었다.
他斬釘截鐵地斷絕了和我的聯繫。
근무 성적이 좋지 못한 직원들을 잘랐다。
解雇了工作成績不好的職員。

相關詞彙 끊다 (斷絕)，절단하다 (切斷)，퇴출시키다 (使退出)

▶ 자세히(仔細-) 副 仔細地

衍生片語 ~말하다 (詳細敘述)，~가르쳐 주다 (仔細教)

常用例句 얼굴을 자세히 들여다 보았다.
仔細端詳了他的面孔。
해변 쪽에서 난데없는 조명탄이 올랐다. 자세히 살펴보니 탐조등까지 번쩍거리고 있었다。
海邊毫無預警放起了照明彈，仔細一看連探照燈都在閃動。

相關詞彙 자세하게 (仔細地)，세밀하게 (細緻地)，구체적으로 (具體地)

▶ 자연스럽다(自然-)[-따] 形 自然的

衍生片語 자연스러워 보이는 행동 (看上去自然的行爲)，옷차림이~ (穿著自然)

常用例句　화제가 자연스럽게 고향 이야기로 옮아갔다.
　　　　話題自然而然地轉到了故鄉的事上。
　　　　아이들이 어른들의 행동을 흉내 내는 것은 자연스러운 일이다.
　　　　孩子模仿大人的行爲舉止是很自然的事情。

相關詞彙　천연덕스럽다（若無其事的）

자유(自由) 名 自由

衍生片語　～를 누리다（享受自由），～를 만끽하다（享受自由）

常用例句　나에게도 말할 자유가 있다.
　　　　我有言論自由。
　　　　하루하루의 일과가 엄격한 규칙에 제약되어 있어서 완전히 행동의
　　　　자유를 상실하고 말았다고 탄식하듯 말했다.
　　　　每天的課程都受嚴格的規則限制，似乎在感嘆自己完全喪失了行動
　　　　自由。

相關詞彙　속박（束縛）

자유롭다(自由-)[-따] 形 自由

衍生片語　생각이～（思想自由），자유로운 몸이 되다（人身自由）

常用例句　김만식을 새로 평안도 관찰사로 임명하여 부임시키지만 이것은 우
　　　　리 조정의 자유로운 의사가 아님을 밝혀 두겠소.
　　　　雖然任命金萬植爲新任的平安道觀察使，但是卻表明這件事不是我
　　　　們朝廷自己的意思。

相關詞彙　속박하다（束縛）

자판기(自販機) 名 自動販賣機

衍生片語　음료수～（飲料自動販賣機）

常用例句　자판기에서 커피를 뽑았다.
　　　　從自動販賣機裡取出了咖啡。

相關詞彙　자동판매기（自動販賣機）

작아지다[자가-] 動 變小

衍生片語　점점 ～（慢慢變小）

常用例句　내가 들어가자 두 사람의 목소리는 갑자기 작아졌다.
　　　　我一進去，兩個人的聲音突然低了下去。
　　　　그들은 점점 작아져 가는 기차를 향해 하염없이 손을 흔들고 있었

다.
他們正向著漸漸變小的火車揮手。

相關詞彙 줄어들다（變少），축소되다（縮小）

▶ 잔뜩 名 滿，飽

衍生片語 일이 ～ 밀리다（事情堆滿了），음식을 ～ 먹다（吃得飽飽的）

常用例句 해결해야 할 서류가 책상 위에 잔뜩 쌓여 있었다.
要處理的文件在桌子上堆積如山。
우리는 잔칫집에서 음식을 잔뜩 먹었다.
我們在辦喜事的人家裡吃得很飽。

相關詞彙 꽉차게（充滿），많이（多）

▶ 잔치 名 宴會，酒席，喜筵

衍生片語 축하 ～（慶祝宴會），외동딸의 ～（獨生女的宴會）

常用例句 즐거운 잔치가 벌어지면 우리는 좋은 음식을 나누고, 음악에 도취
하여 춤을 추고 여러 사람과 웃고 떠들고 즐긴다.
如果舉辦一場愉快的酒宴，我們可以享受美食、聆聽音樂、翩翩起
舞，和眾人一起歡樂。
그 가을에 잔치가 있었다.
那年秋天有過一場宴席。

相關詞彙 연회（宴會），축하연（慶祝宴會）

▶ 잘되다 動 好了，成了，行了

衍生片語 농사가 ～（農耕順利），공부가 ～（學習很順利）

常用例句 회사를 그만둔 것이 차라리 잘됐다는 기분이 들었다.
感覺從公司辭職相對而言是件好事。
부모님들은 늘 자식 잘되기를 바란다.
父母總是希望子女有出息。

相關詞彙 좋게 되다（成事）

▶ 잘못[-몯] 名 差錯，錯誤

衍生片語 ～을 고치다（改正錯誤），～을 저지르다（犯錯誤）

常用例句 그는 모든 원인을 자기의 잘못으로 돌렸다.
他把所有的錯都歸在自己身上。
그 사고는 교통신호를 무시한 운전수의 잘못이 크다.

這次事故中無視信號燈的駕駛，責任更重。

(相關詞彙) 실수（失手）

잘못[-몯] 副 錯，不對

(衍生片語) ～ 가르치다（教錯了），～ 결정하다（決定錯誤）

(常用例句) 소년은 길을 잘못 들어서 한참 헤맸다.
少女走錯了路，徘徊了好一會兒。
심판은 규칙을 잘못 적용하여 비난을 받았다.
裁判用錯了規則，受到了責備。

(相關詞彙) 실수（失誤）

잘못되다[-돋 뙤-] 動 弄錯

(衍生片語) 계산이 ～（計算出錯），잘못된 생활 방식（錯誤的生活方式）

(常用例句) 이번 사업이 잘못되면 고향으로 돌아갈 생각이다.
如果這次生意搞砸了，我就回老家。
젊었을 때 한번 잘못되면 늙도록 고생하게 마련이다.
年輕時做錯一次到老都會吃苦。

(相關詞彙) 그릇되다（出錯）

잘못하다[-모타-] 動 錯誤，不對

(衍生片語) 수술을 ～（動錯手術），셈을 잘못하여 손해를 보다（算錯數目遭
受損失）

(常用例句) 그 상인은 계산을 잘못하여 손해를 보았다.
那個商人因為計算錯誤而遭受了損失。
보관을 잘못해서 생선이 상했다.
由於保管不當，魚壞掉了。

(相關詞彙) 그르치다（錯誤）

잘살다 動 生活得好，過得好

(衍生片語) 결혼해서 ～（結了婚好好地生活），중국에서 잘살고 있다（在中
國生活得很好）

(常用例句) 덕분에 잘 살고 있다.
託你的福我過得很好。

(相關詞彙) 부유하다（富裕）

잘생기다 動 長得漂亮

衍生片語 잘생긴 청년（相貌姣好的青年），잘 생긴 오이（長得好的黃瓜）

常用例句 그 남자는 코가 잘 생겼다.
那個男人鼻子長得很漂亮。
인삼도 잘 생겨야 좋은 값을 받는다.
人參只有長得好看，才能得到好價錢。

相關詞彙 멋있다（帥氣），핸섬（handsome，英俊的），하다（帥）

잠들다 動 入睡，安息

衍生片語 깊게 ～（睡得熟），양지바른 곳에 ～（睡在向陽處）

常用例句 모두 잠들었는지 문을 열어 주는 사람이 없다.
可能大家都睡著了，沒有人來開門。
그의 부인은 공동묘지에 잠들어 있다.
他的夫人長眠於公共墓地。

相關詞彙 잠자다（睡覺），죽다（死亡），취침하다（就寢）

잠시(暫時) 副 暫時

衍生片語 ～ 가만히 앉아 있다（安靜地坐一會兒），～ 걸음을 멈추다（暫停腳步）

常用例句 아들은 어머니 곁을 잠시도 떠나지 않았다.
兒子一刻也離不開母親。
현실을 잠시라도 떠나 있었으면 좋겠다.
希望能逃開現實，哪怕只是一會兒。

相關詞彙 잠깐（一會兒）

잡히다[자피-] 動 被逮，被抓

衍生片語 경찰에게 잡힌 도둑（被警察抓住的小偷），소매치기가～（小偷被捕了）

常用例句 일단 경찰의 포위망에 잡히면 도망치기 어렵다.
一旦落入警察的包圍便很難逃脫。
그들에게 주도권이 잡힌 뒤로는 우리는 계속 밀리기만 했다.
他們掌握著主導權，我們只能繼續拖延。

相關詞彙 붙잡히다（抓住）

장가들다 (가다) 名 娶妻

衍生片語 장가를 가다（娶妻），장가드는 날（娶妻的日子）

常用例句 장가는 언제 갈 것이냐?
什麼時候娶妻？
그는 장가도 안 들고 일에만 매달려 살았다.
他不娶妻只是一味地埋頭工作。

相關詞彙 결혼하다（結婚），시집가다（出嫁）

장남(長男) 名 長子

衍生片語 형이 ～ 이다（哥哥是長子）

常用例句 장남이 대를 이어 가업을 물려받았다.
長子傳宗接代，繼承家業。

相關詞彙 맏아들（長子），첫아들（大兒子）

장마 名 霪雨，梅雨

衍生片語 긴 ～（漫長的梅雨季節），가을～（秋天的雨季）

常用例句 태풍이 장마를 몰고 왔다.
颱風攜梅雨而來。
지난해 사십 일이나 계속됐던 장마로 남한강 유역의 벼농사는 십년래의 대흉이었다.
去年持續四十天的雨季，使南漢江流域稻穀種植遭遇十年來最大的凶年。

相關詞彙 장마철（梅雨季節）

장점(長點)[-쩜] 名 長處，優點

衍生片語 ～을 살리다（發揚優點），～이 많다（優點多）

常用例句 매사에 철저하다는 것이 그의 장점이자 단점이었다.
凡事做得徹底既是他的優點，也是他的缺點。
이 엔진은 이전의 것보다 연료 소비가 적다는 장점이 있다.
這個發動機與以前的相比，具有燃料消耗少的優點。

相關詞彙 좋은점（優點），단점（缺點）

장학금(獎學金) 名 獎學金

衍生片語 ～을 따다（獲得獎學金）

常用例句　그는 국비 장학금을 받아 유학을 갈 수 있었다.

他得到了公費獎學金，可以去留學了。

우리 재단에서는 여러 연구 단체에 학술 연구를 위한 장학금을 제
공하고 있습니다.

我們財團爲很多研究團體提供學術研究獎學金。

相關詞彙　스칼러십（scholarship，獎學金）

▶ 재작년(再昨年)[-장-] 名 前年

衍生片語　〜부터（從前年開始）

常用例句　누나는 재작년 여름에 시집갔다.

姐姐前年夏天嫁人了。

재작년에 담갔다는 포도주를 곁들여 우리들은 이런저런 담소를 즐
기며 식사를 했다.

喝著去年釀製的葡萄酒，我們一邊談笑著一邊吃飯。

相關詞彙　지지난해（前年）

▶ 재채기 名 噴嚏

衍生片語　줄〜（連續不斷的噴嚏），〜에 아기가 놀라다（孩子被噴嚏嚇了
一跳）

常用例句　그의 요란스러운 재채기에 좌중은 모두 깜짝 놀랐다.

他如雷般的噴嚏聲讓在座眾人大吃一驚。

고추와 양파로 요리하려면 재채기가 나는 것이 예사이다.

用辣椒和洋蔥做菜的話，打噴嚏是必然的事情。

相關詞彙　기침（咳嗽）

▶ 저녁때 名 傍晚時分

衍生片語　〜 손님이 오다（傍晚時分有客人來）

常用例句　저녁때부터 가늘고 부드러운 눈이 내리기 시작했다.

傍晚開始飄起了細碎輕柔的雪花。

저녁때가 다 되었는데 며느리는 밥을 안 짓고 어디 갔나?

都到傍晚了，媳婦不做飯去哪裡了？

▶ 저축(貯蓄) 名 儲蓄

衍生片語　식량의 〜（儲存糧食），〜을 하기 위하여（爲了儲存）

常用例句　그는 앞날의 보다 나은 생활을 위하여 저축을 한다.

她爲了能過著比以前更好的生活而儲蓄。

(相關詞彙) 저금（存款）

▶ 적 **名** 時候

衍生片語 먹을 ～（吃的時候），해가 질 ～（太陽下山的時候）

常用例句 그 일은 아이 적에 있었던 일이다.
那是小時候的事情。
이 옷은 우리 어머니가 처녀 적에 입으시던 옷이다.
這件衣服是我媽媽少女時穿過的衣服。

(相關詞彙) 때（時候），시절（時節）

적극(積極)[-끅] **名** 積極

衍生片語 ～ 협력하다（積極配合），～찬성이다（積極贊成）

常用例句 환경 보호에 우리 모두 적극 동참해야 한다.
我們都要積極參與環境保護。
우리 팀은 경기 초반부터 적극적인 공격을 펼쳤다.
我隊從比賽開始就展開了主動攻擊。

(相關詞彙) 힘껏（合力），최대한으로（盡力）

▶ 적극적(積極的)[-끅쩍] **副** 積極的

衍生片語 ～ 개념（積極的概念），～ 참여（積極參與）

常用例句 이런 정책을 적극적으로 추진해야 한다.
應該積極地推動這個政策。

(相關詞彙) 낙관적（樂觀的）

적당하다(適當-)[-땅-] **形** 恰當，適當

衍生片語 적당한 살집（恰到好處的身材），주차에 적당한 공간（合適的停車空間）

常用例句 돈이 집을 장만하기에 적당하였다.
錢剛好夠買房子了。
여기는 수심이 깊지 않아 아이들이 놀기에 적당하다.
這裡的水不深，適合孩子們玩耍。

(相關詞彙) 알맞다（合適），합당하다（恰當）

► **적당히(適當-)** 副 適當地

衍生片語 술을 ～ 마시다（適當飲酒），～ 말해 주다（適切地說一下）

常用例句 소금을 적당히 넣어 간을 맞추었다.
適當地放些食鹽來調味。
적당히 운동을 하는 것이 건강에 좋다.
適當的運動有益於健康。

相關詞彙 알맞게（合適地），적절히（恰當地）

► **적어도[저거-]** 副 至少

衍生片語 ～ 십 명（至少10名）

常用例句 그는 적어도 사십 세는 되었을 것이다.
他至少也有40歲了。
어머니가 그 옷을 입으시니 적어도 10년은 젊어 보이신다.
媽媽穿上那件衣服看上去至少年輕10歲。

相關詞彙 최소한（最小限度）

► **적용하다(適用-)[저굥-]** 動 運用，應用

衍生片語 법률을 ～（應用法律）

常用例句 이론을 현실에 적용한다.
將理論應用於現實。
새로 발견한 원리를 신제품 개발에 적용한다.
將新發現的原理運用於新產品開發。

相關詞彙 응용하다（應用）

► **전공(專攻)** 名 專業

衍生片語 ～ 과목（專業科目），～ 분야（專業領域）

常用例句 그의 전공은 국어학이다.
他的專業是國語學。
그는 법학을 전공하여 변호사가 되었다.
他專攻法學成為一名律師。

相關詞彙 전문（專門）

► **전날(前-)** 名 前一天

衍生片語 결혼 ～（結婚前一天）

ㅈ

常用例句 우리 두 사람이 만난 것은 바로 크리스마스 전날이었다.
我們兩個人恰好是在聖誕夜見面的。
이튿날 아침에는 바람이 전날보다 더 거세게 불었다.
第二天早晨，風比前一天颳得更猛了。

相關詞彙 전일（前日）

▶ 전달하다(傳達-) 動 轉達，傳達

衍生片語 잠사하는 마음을～（轉達感激之情），그 사람에게 ～（轉達給 他）

常用例句 물건을 주인에게 전달하였다.
把東西傳給主人。
참석하지 않겠다는 의사를 주최 측에 전달하였다.
將不參加的意思傳達給了主辦者。

相關詞彙 알려주다（通知），통지하다（通告）

▶ 전문(專門) 名 專門

衍生片語 ～ 분야（專門領域），～ 경영인（專業經營人士）

常用例句 이 음식점에서는 불고기를 전문으로 한다.
這家飲食店專做烤肉。
그는 개량 한복만 만들어 파는 전문 매장을 경영한다.
他經營著專做改良韓服銷售的賣場。

相關詞彙 전임（專職）

▶ 전문가(專門家) 名 專家

衍生片語 경제 ～（經濟專家），～를 초빙하다（聘請專家）

常用例句 그는 컴퓨터에 관해서 전문가 못지 않은 해박한 지식을 갖추고 있다.
在電腦方面他擁有不遜於專家的淵博知識。
반장은 확실히 그 방면에서 닳고 닳은 전문가이다.
班長在那方面確實是專家中的專家。

相關詞彙 초보자（初學者）

▶ 전부(全部) 名 全部

衍生片語 재산 ～（財產的全部）

常用例句 그 사람 말은 하나부터 열까지가 전부 거짓말이다.
那個人的話從頭到尾全是謊言。

언덕은 전부가 숲이었고 특히 밤나무가 가득했다.
山坡上全是樹林，種滿了栗子樹。

相關詞彙 모두（全部）

▶ 전철(電鐵) 名 地鐵

衍生片語 고속 ～（高速地鐵），～을 타다（搭乘地鐵）

常用例句 전철로 통근한다.
坐地鐵上下班。

相關詞彙 지하철（地鐵），써브외이（subway，地鐵）

▶ 전체(全體) 名 全體

衍生片語 국가 ～（國家整體），회원 ～（全體會員）

常用例句 가뭄으로 마을 전체가 황폐해졌다.
因爲乾旱，整個村子都荒蕪了。
섬 전체에 갑자기 이상한 긴장이 감돌기 시작했다.
整個島一下子開始陷入異常的緊張之中。

相關詞彙 전부（全部），모두（所有）

▶ 전체적(全體的) 副 全體的

衍生片語 글의 ～ 개요（文章的整體概要），～ 인 분위기（整體氣氛）

常用例句 그 조각은 전체적으로 균형이 잘 잡혀 있다.
那座雕塑整體都很均衡。
오케스트라에서는 전체적인 조화와 통일이 중요하다.
管弦樂團中，整體性的諧調統一很重要。

相關詞彙 부분적（部分的）

▶ 전통(傳統) 名 傳統

衍生片語 ～ 문화（傳統文化），～을 세우다（樹立傳統）

常用例句 이것은 4천 년의 유구한 역사와 찬란한 문화와 독자적인 전통으로
빚어진 3천만 겨레의 민족혼이다.
這是由四千年悠久的歷史、燦爛的文化和獨具特色的傳統形成的
三千萬人口的民族魂。
상급생도 하급생에 대해서 말을 할 땐 어디까지나 정중한 경어를
쓰는 것이 그 학교의 전통이었다.
高年級學生對低年級學生說話的時候，不論在哪裡都要使用敬語，

這是那個學校的傳統。

(相關詞彙) 관습（習慣），풍습（風俗）

▷ 전통적(傳統的) 副 傳統的

(衍生片語) ～ 가치관（傳統的價值觀），～인 가족 관계（傳統的家族關係）

(常用例句) 우리나라는 전통적으로 충과 효를 인간됨의 기본 덕목으로 삼았다.
我們國家把傳統的忠和孝當作爲人的基本道德。
우리의 여름철 날씨는 전통적으로 가뭄과 장마의 연속이다.
我們這裡夏季的天氣一般都是乾旱和雨季的持續。

(相關詞彙) 관습적（風俗的）

▶ 전하다(傳-) 動 傳遞，傳，流傳

(衍生片語) 소식을 ～（傳遞消息），문화유산을 후손들에게 ～（文化遺產代代相傳）

(常用例句) 편지를 친구에게 전하였다.
將信轉交給了朋友。
이 책은 현재 사본만 전하고 원본은 전하지 않는다.
這本書只有現在的複製本，原始書沒有流傳下來。

(相關詞彙) 전달하다（傳達），이어지다（流傳）

▷ 전해지다(傳-) 動 被流傳

(衍生片語) 널리 전해지다（廣爲流傳）

(常用例句) 이 전설은 널리 전해졌다.
這個傳說廣爲流傳。

(相關詞彙) 옮기다（傳遞），전달되다（傳達），이어지다（流傳）

▶ 전혀(全-) 副 全然完全

(衍生片語) ～ 다른 사람（完全不同的人），～ 생소한 모습（完全生疏的樣子）

(常用例句) 전혀 갈피를 잡을 수 없다.
完全找不著頭緒。

(相關詞彙) 전연（全然），모두（全都），완전히（完全的）

▷ **절** 名 拜，行禮

衍生片語 ～을 드리다（行禮），～을 받다（受禮）

常用例句 손을 높이 치켜들어서 공손히 절 한 번 하고 그대로 엎드려서 한바탕 통곡하였다.
　　　　高舉雙手，恭謙地行禮後，便直接趴在地上痛哭一頓。

相關詞彙 큰절（大禮）

▶ **절대(絕對)[-때]** 副 絕對

衍生片語 ～ 자유（絕對自由），～ 진리（絕對眞理）

常用例句 번뇌에서 해방되어 절대 평안의 길을 열게 했다.
　　　　從煩惱中解放出來，打開了絕對平安之路。
　　　　물과 공기는 우리에게 절대 필요한 것이다.
　　　　水和空氣對我們來說是絕對必要的東西。

相關詞彙 반드시（一定），꼭（一定）

▷ **절대로(絕對-)[-때-]** 副 絕對

衍生片語 ～ 신뢰（絕對信任），～ 지지（絕對支持）

常用例句 나는 절대로 네 말에 동의할 수 없어.
　　　　我絕對不會同意你的話。
　　　　그는 절대로 상대해서는 안 될 사람이다.
　　　　他是絕對不能小覷的人。

相關詞彙 결코（結果，絕不是），절대（絕對）

▶ **절반(折半)** 名 一半

衍生片語 ～으로 나누다（分成兩半），～ 만 먹다（只吃一半）

常用例句 회원의 절반 정도가 모임에 참석했다.
　　　　有差不多一半的會員參加了聚會。
　　　　종이를 절반으로 접었다.
　　　　將紙對折起來。

相關詞彙 반（一半）

▷ **절약하다(節約-)[-랴카-]** 動 節約

衍生片語 자원을 ～（節約資源），물을 ～（節約用水）

常用例句 그는 용돈을 몇 달 동안 절약해서 부모님께 선물을 사 드렸다.

她省下幾個月的零用錢給父母買了禮物。
컴퓨터의 발달로 인간은 많은 시간과 노력을 절약할 수 있다.
因爲電腦的發展，人類可以節省大量的時間和精力。

相關詞彙 아끼다（節約），줄이다（減少）

► 젓다[전따] 動 揮動，搖

衍生片語 손을 ～（揮手），노를 ～（划槳）

常用例句 손을 저으며 부인한다.
搖著手否認。
배를 저어 강 건너편으로 갔다.
搖著槳向河對面划去了。

相關詞彙 흔들다（晃動）

► 정(情) 名 心情，感情

衍生片語 ～이 좋다（心情好），～이 많은 사람（熱情的人）

常用例句 사람은 정으로 사귀어야지, 이해타산으로 사귀어서는 안 된다.
人應該用心交往，而不是各自另有盤算。

相關詞彙 심정（心情）

► 정답(正答) 名 正確答案

衍生片語 ～을 맞추다（猜中正確答案），～이 아니다（不是正確答案）

常用例句 이 문제에는 정답이 없다.
這個問題沒有正確答案。
정답을 알려 주세요.
請告知正確答案。

相關詞彙 오답（錯誤答案）

► 정도(程度) 名 程度

衍生片語 중학생이 풀 ～의 문제（國中生可以解答的問題）

常用例句 수해의 피해 정도에 따라 배상금이 달리 지급된다.
根據受害程度支付不等的賠償金。
다섯 사람 정도의 품을 샀다.
買了大約五人份。

相關詞彙 한도（限度）

► **정리(整理)[-니]** 名 整理，整頓

衍生片語 책상 ～（整理書桌），채무 ～（整頓債務）

常用例句 불법 단체를 정리한다.
整頓不法團體。
이번에는 꼭 그녀와의 관계를 깨끗이 정리하려 했지만 그럴 수가 없었다.
想著這次一定要和她處理清楚，但還是不行。

相關詞彙 정돈（整頓）

► **정리하다(整理-)[-니-]** 動 整理，整頓

衍生片語 방 안을 ～（整理屋內），논문을 ～（整理論文）

常用例句 빗속을 걸으면서 그는 학부모들에게 건넬 말을 정리하기 시작했다.
一邊在雨裡走著，一邊開始整理著和學生家長的談話。
그녀는 침대를 대충 정리하고 올라앉아 다리를 웅크리고 눈을 감았다.
她大致整理了一下床鋪，接著便坐上去縮著腿，閉上了眼睛。

相關詞彙 바로잡다（整理），정돈하다（整頓）

► **정말로(正-)** 副 真的

衍生片語 ～ 아름답다（真漂亮），～ 멋있다（真帥）

常用例句 지구가 정말로 둥글까?
地球真的是圓的嗎？
당신을 정말로 사랑해.
我真的很愛你。

相關詞彙 참말로（真心）

► **정보(情報)** 名 訊息，消息

衍生片語 관광 ～（旅遊訊息），～를 수집하다（收集訊息）

常用例句 경찰이 출동했다는 정보가 들어왔다.
收到了警察已經出動的消息。
양국은 서로 정보를 교환하였다.
兩國互相交換了訊息。

相關詞彙 뉴스（新聞），소식（消息）

► 정상(頂上) 名 首腦

衍生片語 ～ 회담（首腦會談）

常用例句 정상들이 회담을 갖기로 하였다.
首腦們決定了擧行會談。

相關詞彙 수뇌（首腦），우두머리（領頭人）

▶ 정식(正式) 名 正式

衍生片語 ～ 교육（正式教育），～ 혼인（正式婚姻）

常用例句 협회에 정식으로 가입하였다.
正式加入了協會。
정식으로 계약을 체결하였다.
正式簽訂了條約。

相關詞彙 비정식（非正式）

► 정신(精神) 名 精神

衍生片語 육체와 ～（肉體和精神），～을 잃다（精神失常）

常用例句 건전한 정신은 건강한 신체로부터 시작한다.
只有身體健康，才能有精神健康。

相關詞彙 마음（心情），생각（思想）

정신적(精神的) 副 精神的

衍生片語 ～고통（精神上的痛苦），～부담（精神負擔）

常用例句 정신적인 유산을 남기었다.
留下了精神遺産。

相關詞彙 육체적（身體的）

► 정하다(定-) 動 定，決定，訂立

衍生片語 도읍을 서울로 ～（將首爾定爲首都），마음을 ～（下定決心）

常用例句 식단을 서양식으로 정하였다.
將菜單定爲西式的了。
우리는 가족이 화목하게 지내기 위해 함께 의논하여 세 가지 규칙을 정했다.
我們爲了家庭能和睦相處，一起討論過後立下了三條規定。

相關詞彙 결정하다（決定），자리잡다（位於）

▶ 정해지다(定-) 動 被決定

衍生片語 날짜가 정해지다（日期定了）

常用例句 오후에 의견이 정해졌다.
下午確定了意見。

相關詞彙 결정되다（決定）

▶ 정확하다(正確-)[-화카-] 形 正確

衍生片語 정확한 자세（正確的姿勢），시계가 ～（錶走得準）

常用例句 그 사람은 발음이 정확하다.
他的發音準確。
그 사람은 이 문제에 대한 견해가 정확하다.
他對這個問題的見解很正確。

相關詞彙 바르다（正確），올바르다（正確）

▶ 정확히(正確-)[-화키] 副 正確地

衍生片語 ～ 말하다（正確地說），～ 알려 주다（正確地告知）

常用例句 이름은 정확히 기억이 안 나지만 성은 김 씨였다.
名字記不太清了，但是姓「金」。

相關詞彙 바르게（正確地），올바르게（正確的）

▶ 젖다[젇따] 動 濕

衍生片語 옷이 땀에～（衣服被汗浸濕了），이슬에 축축하게～（被露水打濕了）

常用例句 남빛 안개 속에 잠긴 들이 비에 젖고 있었다.
霧中的田野被雨浸濕了。

相關詞彙 축축해지다（變濕潤的）

▶ 제공하다(提供-) 動 提供

衍生片語 단서를 ～（提供線索），화제를 ～（提供話題）

常用例句 성적 우수자에게는 장학금은 물론 숙식까지 제공한다.
會給予成績優異者提供獎學金以及食宿。

相關詞彙 수여하다（授予），주다（給），바치다（奉獻）

ㅈ

▶ **제대로** 副 順利，按原樣

衍生片語 ～ 도착하다（順利到達），～ 간수하다（按原樣保管）

常用例句 그는 잠을 제대로 못 잤다.
他睡得不好。
네가 망가뜨린 시계를 제대로 고쳐 놓아라.
把你弄壞的錶給我修好。

相關詞彙 정상적으로（正常的），그대로（原樣），격식대로（跟你一樣）

▶ **제발** 副 千萬

常用例句 제발 비가 왔으면 좋겠다.
要是能下雨，就真的太好了。

相關詞彙 꼭（一定），반드시（一定）

▶ **제법** 副 相當好，夠好

衍生片語 날씨가 ～ 춥다（天氣相當冷），일솜씨가 ～이다（手藝真不錯）

常用例句 늘 어린아이 같더니 이제 제법 어른 티가 난다.
雖然總像個孩子，但現在真有個大人樣了。

相關詞彙 썩（相當），상당히（相當），꽤（相當）

▶ **제출하다(提出-)** 動 提出，提示

衍生片語 보고서를 ～（上交報告書），서류를 대사관에 ～（向大使館上交資料）

常用例句 그는 사표를 부장에게 제출하고 밖으로 나갔다.
他把辭呈交給了部長，然後走了出去。
그는 관련 서류를 구청으로 제출하라는 연락을 받았다.
他收到了將相關文件上交區政府的通知。

相關詞彙 내다（提出），보내다（送，上交）

▶ **조그맣다[-마타]** 形 小

衍生片語 원래보다 ～（比原來小）

常用例句 조그만 실수가 큰 사고를 부를 수 있다.
小失誤可能釀成大事故。
글씨가 너무 조그매서 읽을 수가 없다.
字太小了，沒法子讀。

相關詞彙 작다（小），어리다（年幼）

▶ 조금씩 副 一點一點地

衍生片語 ～먹다（一點點地吃），공부를 ～ 하다（一點點地學）

常用例句 이번에 제발 조금씩만 양보합시다.
這次拜託你做點讓步吧。
건강이 조금씩 회복되고 있다.
身體恢復了一點。

相關詞彙 차츰（漸漸），차차（漸漸的），소량（少量）

▶ 조사(調査) 名 調查

衍生片語 인구 ～（人口調查），～를 받다（接受調查）

常用例句 경찰은 범인의 주변 인물을 중심으로 배후 조사를 진행해 나갔다.
警察以犯人周圍的人爲中心，開始了幕後調查。
그가 공금을 횡령했다는 의혹이 제기되자 당국이 조사에 나섰다.
他被懷疑貪污公款，當局隨即就展開了調查。

相關詞彙 검사（檢查）

▶ 조사하다(調査-) 動 調查

衍生片語 제품 선호도를 ～（調查產品的受歡迎程度），진상을 ～（調查眞相）

常用例句 비자금 규모가 얼마나 되는지를 조사하였다.
調查了祕密資金到底有多少。
환경오염 실태에 대하여 조사하였다.
針對環境污染的實際情況進行了調查。

相關詞彙 살펴보다（觀察，考察）

▶ 조심스럽다(操心-)[-따] 形 小心，謹愼

衍生片語 조심스러운 태도（小心的態度），몸가짐이 ～（行爲謹愼）

常用例句 깨진 유리 조각을 피해 조심스럽게 걸음을 옮겼다.
避開玻璃碎片，小心地移動著步伐。
그는 처음 만져 보는 권총이라 매우 조심스러웠다.
他因爲第一次摸到手槍，所以非常小心。

相關詞彙 주의하다（注意）

▶ **조심하다(操心-)** 動 小心，謹慎

衍生片語　건강에 ～（注意身體），감기를 ～（小心感冒）

常用例句　귀한 물건이니 각별히 조심해서 다루어야 한다.
　　　　　因爲是貴重的物品，所以要格外地小心。
　　　　　혼잡한 버스 안에서는 소매치기를 조심해야 합니다.
　　　　　在擁擠的公共汽車上要小心扒手。

相關詞彙　주의하다（注意），삼가다（謹慎）

▶ **존댓말(尊待-)[-댄-]** 名 敬語

衍生片語　～을 쓰다（使用敬語）

常用例句　저한테 존댓말을 쓰지 마세요.
　　　　　請不要對我說敬語。

相關詞彙　높임말（敬語），경어（敬語）

▶ **졸다** 動 打盹，打瞌睡

衍生片語　수업 시간에 조는 사람（上課期間打瞌睡的人）

常用例句　그는 쪼그리고 앉아 무릎 사이에 머리를 박은 채 졸았다.
　　　　　他蜷縮著坐下，把頭放在膝蓋中間，打起瞌睡來。
　　　　　버스에서 잠깐 졸다가 내려야 할 정거장을 놓치고 말았다.
　　　　　因爲在公車上短暫地打了個盹，坐過站了。

相關詞彙　졸리다（睏）

▶ **졸업생(卒業生)[조럽쌩]** 名 畢業生

衍生片語　같은 학교의 ～（同校畢業生），～이 많다（畢業生很多）

常用例句　그는 이 학교 졸업생입니다.
　　　　　他是這個學校的畢業生。

相關詞彙　신입생（新生）

▶ **좁다[-따]** 形 窄，狹窄

衍生片語　좁고 긴 오솔길（窄而長的小路），넓고도 좁은 세상（既廣闊又狹
　　　　　小的世界）

常用例句　이 윗도리는 품이 좁아서 불편하다.
　　　　　這件上衣的胸圍有點兒窄，不舒服。
　　　　　속이 그렇게 좁아서 어디다 써먹을래?

心眼這麼小，能有什麼作爲？

相關詞彙 좁다랗다（窄）

▶ **종류(種類)[-뉴]** 名 種類

衍生片語 여러 ～의 책（各種書），～가 다르다（種類不同）

常用例句 학과들이 특성화되면서 교과의 종류가 많아졌다.
學科特色化之後，課程種類也變多了。
이 옷은 부드러운 흰색의 융과 면, 두 종류로 만들었다.
這件衣服是用柔軟的白色絨和棉這兩種材料製成的。

相關詞彙 유（類），유형（類型），모양（模樣）

▶ **종업원(從業員)[어붠]** 名 職工

衍生片語 식당 ～（飯店服務員），우리 회사의 ～（我們公司的職員）

常用例句 가까이 관광지가 있는지를 여관 종업원에게 물었더니 무슨 절터로
가는 버스가 한 시간에 한 번씩 있다고 했다.
向旅館的工作人員詢問了附近有沒有景點，他說去寺廟遺址的公車
一小時一班。

相關詞彙 점원（店員，職員）

▶ **종이컵(-cup)** 名 紙杯

衍生片語 ～을 사용하다（用紙杯），～이 없다（沒有紙杯）

常用例句 커피를 마시고 종이컵을 찌그러뜨려 쓰레기통에 버렸다.
喝完咖啡後，把紙杯揉成一團扔進了垃圾桶。

相關詞彙 매닐컵（塑膠杯）

▶ **종일(終日)** 名 終日，整天

衍生片語 ～자다（睡了一整天）

常用例句 종일 아무 것도 먹지 않았다.
一整天什麼都沒吃。
오늘 종일 동생을 기다렸다.
今天等了弟弟一整天。

相關詞彙 하루종일（一整天）

ㅈ

▶ **종합(綜合)** 名 綜合

衍生片語　~ 점수（綜合分數），~ 청사（綜合辦公樓）

常用例句　종합된 결과를 확인해 봐야 알 것 같다.
必須在確認綜合結果後才能知道。
종합 잡지를 간행하였다.
發行了綜合性雜誌。

相關詞彙　총괄（總括）

▶ **좌석(座席)** 名 坐席，座位

衍生片語　~에 앉다（坐在座位上），~에서 일어나다（從座位上站起來）

常用例句　고속버스에 좌석이 없어서 우리는 서서 가야만 했다.
高速公共汽車上沒有座位了，所以我們只能站著。

相關詞彙　앉을 자리（座位），자리（座位）

▶ **주로(主-)** 副 主要地

衍生片語　~ 빵을 먹다（主要是吃麵包），~ 자가용을 사용하다（主要使用
私家車）

常用例句　등산을 하는 시간 말고는 주로 방 안에 틀어박혀 지냈다.
除了登山的時間外，主要在房間裡待著。

相關詞彙　대체로（大致的），대개（大體上）

▶ **주문하다(注文-)** 動 訂購，訂貨

衍生片語　주문된 물량（訂購的貨物量），음식을 ~（訂餐）

常用例句　종업원에게 커피를 주문하고 나자 그녀가 자기소개를 했다.
跟服務生點了咖啡之後，她自我介紹了一下。
그녀는 주인에게 자장면과 탕수육을 조금 싱겁게 만들어 달라고
주문했다.
他跟老闆說點的炸醬麵和糖醋肉要做得清淡一點。

相關詞彙　맞추다（具備），요청하다（邀請），시키다（點，訂）

▶ **주장하다(主張-)** 動 主張

衍生片語　남녀 평등을 ~（主張男女平等），부당 노동 행위를 중단하라고
~（主張終止不當的勞動行為）

常用例句　권리를 주장하기 전에 의무를 충실히 이행해야 한다.

在主張權利之前要先充分地履行義務。
피의자는 자신의 결백을 강력하게 주장했다.
嫌疑犯極力地表明自己的清白。

相關詞彙 주창하다 (主唱)

► 주차(駐車) 名 停車

衍生片語 ～ 금지 (禁止停車) ，～ 위반 (違規停車)

常用例句 도로에 차를 세워 두었더니 불법 주차로 견인되었다.
在馬路上停車，結果被當作違規停車拖走了。
도심에는 주차를 위한 공간이 매우 부족하다.
市中心能停車的地方太少了。

相關詞彙 파킹 (parking，停車)

► 주차장(駐車場) 名 停車場

衍生片語 유료 ～ (收費停車場) ，～에 차를 대다 (把車停到了停車場)

常用例句 아버지는 주차장에 차를 가지러 가셨다.
爸爸去停車場取車了。
그는 건물 지하 주차장에 차를 세워 두었다.
他把車停到了大廈的地下停車場。

相關詞彙 주차료 (停車費)

► 주차하다(駐車-) 動 停車

衍生片語 차고에 차를 주차하다 (把車停在車庫)

常用例句 이곳은 주차 금지 구역이라 차를 주차해서는 안 된다.
這裡是禁止停車區，不能停車。

相關詞彙 세우다 (停)

► 주택(住宅) 名 住宅

衍生片語 ～을 건설하다 (蓋住宅) ，～을 구입하다 (買房子)

常用例句 그 기업의 사장은 호화스러운 주택을 소유하고 있다.
那個企業的老板有豪華的房子。
나는 정원이 있는 아담한 주택에 살고 있다.
我住在一棟有院子的典雅的房子裡。

相關詞彙 살림집 (住宅) ，집 (家)

죽이다[주기-] 動 弄死，殺死

衍生片語 굶겨 ～（餓死某人），죄 없는 백성을 ～（殺死無罪的百姓）

常用例句 그는 사람을 죽이고 감옥에 들어갔다.
　　　　他因為殺人進了監獄。
　　　　그는 마음이 여려 벌레 한 마리도 못 죽인다.
　　　　他非常心軟，連一隻蟲子都不敢弄死。

相關詞彙 살해하다（殺害）

준비되다(準備-) 動 準備好

衍生片語 식사가 ～（飯菜準備好了），생일잔치가 착착 준비되고 있다（有條不紊地準備著生日宴會）

常用例句 아들의 수술비가 준비되었다는 소식을 듣고, 어머니는 매우 기뻐하셨다.
　　　　聽說兒子的手術費準備好了，媽媽非常高興。

相關詞彙 마련되다（籌備）

준비물(準備物) 名 準備物品

衍生片語 ～을 잘 챙기다（好好收拾需要準備的東西）

常用例句 준비물을 안 가져온 사람은 열외로 나가라.
　　　　沒帶要準備的東西的人請出列。
　　　　등교 전 준비물을 꼭 확인해야 한다.
　　　　上學前一定要確認需要帶的東西。

相關詞彙 예비（預備）

줄 名 會，以為

衍生片語 운전할 ～ 알다（會開車），많을 ～ 알다（以為有很多）

常用例句 새댁은 밥을 지을 줄 모른다.
　　　　新媳婦不會做飯。
　　　　그가 공부를 잘하는 줄은 알았지만 전체 일등인 줄은 몰랐다.
　　　　知道他功課很好，但是沒想到他會是全校第一。

相關詞彙 바（方法）

줄다 自 縮小，縮短，退步

衍生片語 인원이 ～（裁員），수학 실력이 ～（數學成績退步了）

常用例句 주인이 바뀐 뒤 손님이 눈에 띄게 줄었다.
　　　　換了主人之後，客人們明顯減少了。

相關詞彙 작아지다（變小），축소되다（縮小），줄어들다（變小）

▶ 줄무늬[-니] 名 線紋

衍生片語 ～ 호랑이（斑紋虎），～가 있는 옷（有花紋的衣服）

常用例句 그 사람은 가로로 빨간 줄무늬가 굵게 쳐진 하얀 반소매 티셔츠를 입고 있었다.
　　　　那個人穿著印有橫向紅色粗線條的白色短袖T恤。

相關詞彙 선조（線條）

◀ 줄이다 [주리-] 動 減少，消退

衍生片語 근무 시간을 ～（減少工作時間），압력을 ～（減輕壓力）

常用例句 옷의 길이를 줄인다.
　　　　衣服改短。
　　　　생활비를 줄인다.
　　　　縮減生活費。

相關詞彙 줄게 하다（變小），축소하다（縮小）

▶ 줍다[-따] 動 拾取，撿

衍生片語 쓰레기를 ～（撿垃圾），이삭을 ～（拾麥穗）

常用例句 나뭇가지를 주워다가 모닥불을 피웠다.
　　　　把樹枝撿起來，燃起了營火。
　　　　지갑을 주워 경찰서에 맡겼다.
　　　　撿到錢包之後，交到了警察局。

相關詞彙 발견하다（發現）

◀ 중심(中心) 名 中心

衍生片語 ～에 서다（站在中心位置），농업 ～의 경제 구조（以農業爲中心的經濟結構）

常用例句 이 지역 농사는 감자 재배가 중심을 이룬다.
　　　　這個地區的農業生產以種植馬鈴薯爲主。
　　　　서울은 한국의 정치, 경제, 문화의 중심이다.
　　　　首爾是韓國政治、經濟、文化的中心。

相關詞彙 중앙（中央）

► 중요성(重要性) 名 重要性

衍生片語 과학의 ～（科學的重要性），환경의 ～이 부각되다（強調環境的
重要性）

常用例句 교육은 그 중요성에 비해 투자가 적다.
與教育的重要性相比，對教育的投資很少。

相關詞彙 중대성（重大性）

► 쥐다 動 抓，握，掌握

衍生片語 주먹을 불끈 ～（握緊拳頭），정권을 ～（掌握政權）

常用例句 최고 권력을 손에 쥔다.
手握最高權力。

相關詞彙 잡다（抓住），장악하다（掌握）

► 즐거워하다 動 感到快樂，愉快

衍生片語 마냥 ～（非常愉快）

常用例句 우리 가족은 일요일에 몸이 불편한 사람들을 위해 봉사하는 것을
무척 즐거워한다.
我們家人會在星期日去幫助身體不便的人，並以此爲樂。
내일이면 아버지가 해외 출장에서 돌아오신다며 즐거워하는 아들
을 보면서 나도 함께 즐거웠다.
兒子高興地說：「明天爸爸就從國外出差回來了」，我也跟著很開
心。

相關詞彙 기뻐하다（高興）

► 즐기다 動 愛好，喜愛，快樂

衍生片語 술을 ～（喜歡喝酒），청춘을 ～（享受青春）

常用例句 어릴 적 나는 할머니의 옛날이야기를 즐겨 들었었다.
小時候我喜歡聽奶奶講故事。
공원에는 공휴일을 즐기러 나온 사람들이 많았다.
很多人都到公園裡來享受假期。

相關詞彙 좋아하다（喜歡）

► 증상(症狀) 名 症狀

衍生片語 ～이 심하다（症狀嚴重），～이 나타나다（出現症狀）

常用例句 이번 감기는 증상이 다양하다.
這次的感冒症狀有很多。
그 병은 온몸에 빨간 반점이 생기는 증상을 보인다.
那個病的症狀是全身起紅色斑點。

相關詞彙 병상（病狀），병증（症狀）

증세(症勢) 名 病情，症狀

衍生片語 독감 ～（重感冒的症狀），～가 악화되다（病情惡化）

常用例句 영양 부족으로 일어나는 이상 증세를 우리는 경험했다.
我們經歷過因爲營養不良而引起的異常症狀。

相關詞彙 증（症）

지 名 表示「之後，以後」

衍生片語 한국어를 배운 ～（學了韓國語之後），집을 떠난 ～（離開家之後）

常用例句 그를 만난 지도 꽤 오래되었다.
認識他已經很長時間了。
집을 떠나 온 지 이미 3년이 지났다.
不知不覺離開家已經3年了。
강아지가 집을 나간 지 사흘 만에 돌아왔다.
小狗離開家三天後回來了。

相關詞彙 후（後）

지나가다 動 經過，過去

衍生片語 후딱 지나가 버리다（稍縱即逝），앞으로 ～（從前面經過）

常用例句 아이들이 조잘거리며 우리 옆을 지나갔다.
孩子們嘰嘰喳喳地從我們旁邊經過。
바다에서 불어오는 바람이 우리 마을로 지나가면서 미역 냄새를 풍겼다.
從海邊吹來的風吹過我們的村莊，帶來了海帶的味道。

相關詞彙 지나다（經過），경과하다（經過）

지나치다 形 過分，過度

衍生片語 지나친 농담（過分的玩笑），신중함이 ～（過於謹慎）

常用例句 그는 돈에 대한 욕심이 지나쳤다.

ㅈ

他對錢的欲望很過度。

相關詞彙 과도하다（過分），지나다（經過），지나가다（過去）

▶ **지다** 動 輸，敗

衍生片語 재판에 ～（被判敗訴），전쟁에 ～（戰敗）

常用例句 싸움에서 나이 어린 아이에게 졌다.
打架輸給了年紀小的孩子。
그 애는 어찌나 고집이 센지 내가 그 애에게 지고 말았다.
那孩子怎麼那麼固執，我輸給他了。

相關詞彙 패하다（失敗）

▶ **지다** 動 落下

衍生片語 해가 ～（太陽下山），꽃이 ～（花謝了）

常用例句 이미 달은 서산에 졌는데 동녘 하늘에서 해가 솟지 않는다.
月亮都已經落下西山了，太陽還沒從東邊升起。

相關詞彙 떨어지다（落下），넘어가다（越過）

지다 動 背向

衍生片語 해를 지고 걷다（背對著太陽走），바람을 지고 달리다（背對著風
跑）

常用例句 낡은 초가집이 산을 지고 앉아 있었다.
破舊的茅草房背對著山。

相關詞彙 등지다（背對）

▶ **지르다** 動 叫，叫喊

衍生片語 괴성을 ～（發出怪叫），소리를 ～（叫出聲）

常用例句 그들은 고함을 지르면서 주먹으로 문짝을 친다.
他們邊高喊邊用拳頭砸門。

相關詞彙 소리치다（叫喊）

지점(地點) 名 地點

衍生片語 이 ～에 표시하다（在這裡標記），이 ～에 나무를 심다（在這個
位置種樹）

常用例句 고속도로의 이 지점에서 사고가 났다.

在高速公路的這個位置發生了事故。

相關詞彙 고장（故鄉），곳（地點）

► **지치다** 動 筋疲力盡，厭倦

衍生片語 너무 지쳐서 입맛도 없다（累得一點胃口也沒有），반복되는 일상에 ~（厭倦了日復一日的生活）

常用例句 직장일에 지친 몸으로 야간 대학을 다니자니 몹시 힘들다.
在職場累得疲憊不堪，之後還要上大學夜間部，相當地辛苦。
엄마는 우는 아이에게 지쳐서 이제는 달랠 생각도 하지 않는다.
媽媽被哭鬧的孩子弄煩了，現在連哄都不想哄了。

相關詞彙 기운 빠지다（沒力氣），피로하다（累），힘이 빠지다（沒力氣）

► **지키다** 動 守，悍衛，遵守

衍生片語 부모님의 유산을 ~（守住父母的遺產），약속을 ~（遵守約定）

常用例句 개는 집을 잘 지키는 동물로 알려져 있다.
狗被認爲是很會看家的動物。
운전할 때 교통 법규를 지켜야 한다.
開車的時候必須遵守交通規則。

相關詞彙 수호하다（守護），준수하다（遵守）

► **지하도(地下道)** 名 地下道

衍生片語 ~로 길을 건너다（走地下道過馬路）

常用例句 우리 동네 사거리에는 횡단보도 대신에 지하도가 사방으로 뚫려 있다.
在我們社區十字路口，地下道取代了人行道通往四方。

相關詞彙 지하철（地鐵）

► **직선(直線)[-썬]** 名 直線

衍生片語 ~ 도로（直路），~ 거리（直線距離）

常用例句 그 사람은 직선적 성격으로 친구가 많지 않다.
那個人性格太直，朋友不多。
그 사람은 직선적이고 타협할 줄 모르는 고집쟁이이다.
他性格很直，是個不知妥協的老頑固。

相關詞彙 곡선 (曲線)

▶ **직업(職業)[지겁]** 名 職業

衍生片語 ～ 소개 (介紹工作)，～에는 귀천이 없다 (職業不分貴賤)

常用例句 대학을 졸업하고도 직업을 구하지 못하는 사람들이 많다.
有很多人大學畢了業，也找不到工作。
경제 불황으로 직업을 잃은 사람들이 늘고 있다.
因爲經濟不景氣，失業的人有所增加。

相關詞彙 직종 (職業種類)

▶ **직장(職場)[-짱]** 名 工作崗位

衍生片語 ～을 구하다 (找工作)，～을 얻다 (找到工作)

常用例句 남편은 직장에서 돌아올 시간이 넘었는데도 돌아오지 않았다.
丈夫過了下班時間卻還沒有回來。
일이 너무 힘들어서 직장을 옮길 생각이다.
工作太累了，想換個工作單位。

相關詞彙 일자리 (工作崗位)

▶ **진출(進出)** 名 登上，活動，活躍

衍生片語 정계 ～ (登上政治舞台)，해외에 ～하다 (進軍海外)

常用例句 여성의 사회 진출이 점점 늘어나고 있다.
女性的社會活動逐漸增多。
해외 시장 진출에 회사의 사활이 걸려 있다.
進軍海外市場關係到公司的生死。

相關詞彙 진입 (進入)

▶ **진하다(津-)** 形 深，濃

衍生片語 진한 감동을 느끼다 (感受到深深的震撼)，커피가 ～ (咖啡很濃)

常用例句 피로로 찌든 아내의 눈자위가 말보다 진한 절망을 담고 있었다.
疲憊不堪的妻子眼中蘊含著比語言更深的絕望。
5월이 되자 뒷산은 진한 아카시아 향기로 가득 찼다.
一到5月之後，山就滿是洋槐的香氣。

相關詞彙 짙다 (濃)

▶ **질(質)** 名 ①質，質量　②品質

衍生片語　～이 나쁘다（品質差），～이 나쁜 사람（品行不好的人）

常用例句　우리는 질 좋은 포도주를 마셨다.
我們喝了品質佳的葡萄酒。
나는 너와 같은 사람하고는 질부터가 달라.
我和你這樣的人從本質上就是不一樣的。

相關詞彙　본바탕（本源），본성（本性）

◀ **질서(秩序)[-써]** 名 秩序

衍生片語　～ 의식（秩序意識），～를 지키다（維持秩序）

常用例句　동물의 세계에도 엄격한 질서가 있다.
動物界也有嚴格的秩序。
옷가지가 질서 없이 흩어져 있다.
衣物雜亂無章地散落一地。

相關詞彙　차례（順序），순서（順序）

▶ **집다[-따]** 動 ①夾，鉗　②拾，撿

衍生片語　젓가락으로 반찬을 ～（用筷子夾菜），연필을 ～（撿鉛筆）

常用例句　그는 회를 한 젓가락 집어서 입에 넣었다.
他用筷子夾了一片生魚片，放進了嘴裡。
바닥에 떨어진 동전을 집어 올렸다.
他撿起了掉在地上的硬幣。

相關詞彙　잡다（抓），줍다（拾）

◀ **집중(集中)[-쭝]** 名 集中

衍生片語　～ 공세（集中攻勢），～ 관리（集中管理）

常用例句　분위기가 산만해서 집중이 되지 않는다.
氣氛太散漫了，沒辦法號召起來。
대도시로 인구 집중 현상이 일어난다.
大城市的人口集中的現象有所增長。

相關詞彙　분산（分散）

▶ **짓[짇]** 名 行動，行為

衍生片語　나쁜 ～（壞事），어리석은 ～（愚蠢的行為）

ㅈ

常用例句　그 사람은 돈 받고 그런 짓 할 사람이 아니다.
　　　　他不是那種收了錢做那種壞事的人。
　　　　내가 그때 한 짓을 생각하면 지금도 얼굴이 달아 오른다.
　　　　想想那時候做的事，我到現在都覺得臉紅。

相關詞彙　행동（行動）

▶ 짓다[짇따] 動 做，蓋

衍生片語　밥을 ～（做飯），기와집을 ～（蓋瓦房），결론을 ～（下結論），양복을 ～（做西服），시를 ～（作詩），떼를 ～（成群），죄를 ～（犯罪）

常用例句　억지로 미소를 지어서 웃고 있다.
　　　　強顏歡笑。
　　　　몸이 허약해서 보약을 지어 먹었다.
　　　　因爲身體虛弱，抓了補藥吃。

相關詞彙　만들다（做），건축하다（建築），제조하다（製作）

▶ 짙다[짇따] 動 ①深，濃　②茂盛

衍生片語　립스틱을 짙게 바르다（口紅抹得濃），짙은 그늘（茂密的樹蔭）

常用例句　화장이 짙어 얼굴이 창백해 보일 지경이다.
　　　　妝化得太濃了，臉看起來很蒼白。
　　　　가을이라지만 숲 속의 녹음은 아직 짙다.
　　　　雖然已是秋天，但樹林的綠蔭還是很茂盛。

相關詞彙　진하다（深，濃），농후하다（濃厚）

▶ 짜증 名 怒氣

衍生片語　～을 부리다（發脾氣），～이 나다（厭煩），～을 내다（動肝火）

常用例句　아이가 짜증 끝에 소리를 꽥 질렀다.
　　　　孩子發脾氣，哇地叫了出來。

相關詞彙　싫증（厭煩）

▶ 짧아지다[짤바-] 動 變短

衍生片語　수명이 ～（壽命變短），시간이 ～（時間變短）

常用例句　추분이 지나고 나서 낮의 길이가 눈에 띄게 짧아지고 있다.
　　　　過了秋分以後，白天明顯變短了。

ㅈ

（相關詞彙）단축되다（短促）

▶ 찌다 **動** 發胖

（衍生片語）살이 ～（發胖，長肉）

（常用例句）오랜만에 본 그는 살이 너무 쪄서 알아볼 수 없을 정도였다.
好久沒見，他變胖了很多，幾乎都快認不出來了。

（相關詞彙）뚱뚱해지다（變胖）

▶ 찌르다. **動** 刺，插

（衍生片語）바늘로 손을 ～（用針扎手），비녀를 머리에 ～（把髮簪插在頭
上）

（常用例句）그는 도적의 가슴 한복판에 긴 창을 찌르고 다시 그대로 서 있었다.
他把長槍刺進了盜賊的心臟後又重新站起來。
추워서 주머니에 손을 찌르고 몸을 움츠렸다.
太冷了，所以把手插進口袋裡蜷縮著身體。

（相關詞彙）꽂다（插），넣다（放進），끼워넣다（插入）

筆記

ㅊ

차갑다[-따] 形 涼，冷淡

衍生片語　차갑게 식은 커피（變得冰涼的咖啡），차가운 눈초리（冷漠的目光）

常用例句　바닷물이 너무 차가워서 들어갈 수 없다.
　　　　　海水太冷了，進不去。
　　　　　그녀는 그의 부탁을 차갑게 거절하였다.
　　　　　她冷淡地拒絕了他的請求。

相關詞彙　차다（冷），냉냉하다（冷），냉정하다（冷靜）

차남(次男) 名 次子

衍生片語　～으로 자라다（家中次子）

常用例句　그는 차남이지만 형이 외국에 나가 있어서 대신 맏아들 노릇을 하고 있다.
　　　　　他雖然是二兒子，但是哥哥在國外，所以他代替哥哥盡長子的責任。

相關詞彙　둘째아들（二兒子）

차다 動 踢

衍生片語　공을 ～（踢球），제기를 ～（踢毽子）

常用例句　그는 상대편 선수를 발로 찼다.
　　　　　他用腳踢了對方的選手。

相關詞彙　걷어차다（猛踢）

차다 形 冷，涼

衍生片語　찬 음식（涼的食物），바람이 ～（風很涼）

常用例句　겨울 날씨가 매우 차다.
　　　　　冬天的天氣非常冷。
　　　　　김 선생은 사람이 너무 차서 학생들이 따르지 않는다.
　　　　　金老師太冷淡了，學生們都跟他不親。

相關詞彙　차갑다（涼），냉냉하다（冷），냉정하다（冷靜）

차례(次例) 名 次序，次，場

衍生片語　～가 되다（輪到某人）

ㅊ

常用例句 모여 있던 새떼가 차례로 날아 오른다.
聚在一起的雁群依序排開，飛了起來。

相關詞彙 순서（順序），순번（順序）

► 차리다 動 準備，擺，開設

衍生片語 저녁을 〜（準備晚飯），회사를 〜（開公司）

常用例句 술상을 차려 방으로 들어갔다.
準備好酒桌之後端進了房間。
모아 놓은 돈으로 가게를 차렸다.
用攢的錢開了一家店。

相關詞彙 준비하다（準備），만들다（做）

► 참다[-따] 動 忍耐，忍受

衍生片語 울음을 〜（忍住哭聲），졸음을 못 〜（睏得無法忍受）

常用例句 내가 이번만은 참지만 한 번 더 그런 일이 있으면 가만히 있지 않겠다.
我只忍這一次，再有下次的話，絕不善罷甘休。
나는 웃음이 터져 나오는 것을 겨우 참아 냈다.
我好不容易才忍住沒笑出聲來。

相關詞彙 견디다（堅持，忍受），인내하다（忍耐）

► 참석하다(參席-)[-석카-] 動 出席，參加

衍生片語 회의에 〜（出席會議），활동에 〜（參加活動）

常用例句 부락 회의에는 혼인을 한 남자들만 참석하게 되어 있었다.
部落大會只有已婚男子參加了。

相關詞彙 참가하다（參加），동참시키다（使參加），참여하다（參與）

► 찾아가다[차자-] 動 訪問

衍生片語 집으로 〜（去家裡拜訪），시장을 〜（拜訪市長）

常用例句 설날에 선생님 댁에 찾아가서 세배를 드렸다.
春節的時候去老師家拜年。
어머니는 선생님을 찾아가 아이에 대한 면담을 하셨다.
媽媽去老師家，談了談有關孩子的問題。

相關詞彙 방문하다（訪問），찾아뵙다（訪問）

► **찾아내다**[차자-] 動 找到

衍生片語 감춰 둔 보물을 ～（找到了被藏的寶物），숨은 범인을 ～（找到了躲藏的犯人）

常用例句 창고를 뒤져 부서진 의자 하나를 찾아냈다.
翻遍了整個倉庫，找到了一把殘破的椅子。
시내를 다 뒤져서라도 그를 반드시 찾아내고야 말겠다.
找遍整個城市也要找到他。

相關詞彙 발견하다（發現）

► **찾아보다**[차자-] 動 尋找，查找

衍生片語 관계자를 ～（尋找相關的人士），관련 서적을 폭넓게 ～（廣泛地查找相關著作）

常用例句 그는 누구 하나 찾아보는 사람이 없는 처량한 신세였다.
沒有一個人來找他，處境非常淒涼。
이 단어의 뜻을 알고 싶으면 사전을 찾아 보아라.
想知道這個單字的意思，就去查字典。

相關詞彙 방문하다（訪問），탐색하다（考察，探尋），뒤져보다（尋找）

► **찾아오다**[차자-] 動 尋訪，登門拜訪

衍生片語 이 산골로 혼자 ～（獨自來到山裡尋訪），나비가 ～（蝴蝶飛來了）

常用例句 친구는 나에게 찾아와서 책을 빌려 갔다.
朋友來找我借了本書。
형은 어려운 부탁이 있다며 직장으로 찾아왔다.
哥哥說有困難的事需要幫忙，就來工作場所找我了。

相關詞彙 만나러 오다（登門拜訪），내방하다（來訪）

► **채널(channel)** 名 頻道

衍生片語 스포츠 ～（體育頻道），～을 돌리다（轉台）

常用例句 남북은 경제 회담, 체육 회담 등 다양한 채널을 통하여 접촉하고 있다.
南北透過經濟會談、體育會談等多種管道進行接觸。

相關詞彙 통로（頻道）

ㅊ

▶ **채우다** 名 鎖，扣（紐扣）

衍生片語 가방의 지퍼를 ～（拉上包包的拉鏈），단추를 단단히 ～（把扣子扣好了）

常用例句 장롱 문을 닫고 열쇠를 채우고 집에서 나왔다.
關上衣櫃的門，鎖好之後出了家門。
그는 찌는 듯한 더운 날씨에도 단추를 목까지 단단하게 채우고 있었다.
他即使在非常炎熱的夏天，也把紐扣緊緊地扣到脖子那兒。

相關詞彙 잠그다（鎖）

▶ **책임(責任)[채김]** 名 責任

衍生片語 ～을 지다（負責任），사회적 ～（社會責任）

常用例句 우리는 교사로서 학생들을 지도하고 보호할 책임이 있다.
作爲教師，我們有責任指導並保護學生。
이 문제를 그들 개인의 책임으로만 돌릴 수는 없다.
不能把這個問題僅僅歸咎於他們個人。

相關詞彙 책무（責任），임무（任務）

▶ **책임자(責任者)[채김-]** 名 負責人

衍生片語 최고 ～（最高領導）

常用例句 보상 문제에 대해 책임자가 나와 답변해 주시오.
有關賠償的問題，請負責人出面解答。

相關詞彙 담당자（負責人）

▶ **챔피언(champion)** 名 冠軍，優勝者

衍生片語 헤비급 세계 ～（重量級世界冠軍），～이 되다（成爲冠軍）

常用例句 그는 이 방면의 챔피언이다.
他是這方面的冠軍。
그는 헤비급 세계 챔피언이다.
他是重量級世界冠軍。

相關詞彙 우승자（優勝者）

▶ **챙기다** 動 準備好，擺（飯桌）

衍生片語 짐을 ～（準備好行李），생일을 잘 ～（好好過生日）

常用例句　나는 세면도구를 챙겨 들고 바깥으로 나왔다.
把盥洗用品收拾好後，來到了外面。

그는 무슨 일이 있더라도 하루 밥 세 끼는 꼬박꼬박 챙겨 먹는다.
他不管有什麼事，都會一日三餐按時吃。

相關詞彙　갖추다（具備），준비하다（準備）

쳐다보다 動 仰望，瞻望

衍生片語　하늘을 ～（仰望天空），얼굴을 ～（凝望臉龐）

常用例句　버스 안의 손님들이 그를 힐끔힐끔 쳐다보았다.
公共汽車裡客人們都盯著她看。

相關詞彙　올려다보다（仰望），바라보다（注視）

초보(初步) 名 初步

衍生片語　～ 단계（初級階段），～ 수준（初級水準）

常用例句　그 정도 실력으로는 아직 초보에 지나지 않는다.
那種程度的實力不過是初級階段而已。

相關詞彙　첫걸음（初步），첫단계（初級階段）

초보자(初步者) 名 生手，新手

衍生片語　아직 ～이다（還是新手）

常用例句　그 책은 초보자도 쉽게 사진 찍는 방법을 익힐 수 있도록 되어 있다.
那本書是爲了讓初學者也能輕鬆掌握攝影方法而編寫的。

그 방법은 전문가나 사용해야지 초보자가 사용하다가는 큰 낭패를
보기 쉽다.
那種方法是專家才能用的，新手如果用的話，很容易出紕漏。

相關詞彙　생수（生手）

초청장(招請狀)[-짱] 名 邀請函

衍生片語　～을 받다（收到邀請函），～을 보내다（發邀請函）

常用例句　파티의 초청장을 받았다.
收到了派對邀請函。

그 학회에서 특강 초청장을 받았다.
收到了那個學會的講座邀請。

▶ **총장(總長) 图** 總長，校長

衍生片語　참모 ～（總參謀長），학교 ～（學校校長）

常用例句　검찰 총장이 경질되었다.
檢察院院長換人了。
대학교 총장의 추천서가 필요하다.
需要大學校長的推薦書。

相關詞彙　교장（校長）

▶ **촬영(撮影)[-령] 图** 攝影

衍生片語　야외 ～（外景拍攝），～ 을 마치다（結束拍攝）

常用例句　이 영화는 작년 가을부터 촬영에 들어가 촬영 기간만 10개월이 넘었다.
這部電影從去年秋天開始拍攝，已經拍了超過10個月了。
경찰은 당시의 현장을 촬영한 사진을 증거물로 제시했다.
警察出示了當時拍攝的現場照片作爲證據。

相關詞彙　사진（照片）

▶ **최고(最高) 图** 最高，最好

衍生片語　～ 책임자（最高領導），세계 ～의 고산 도시（世界最高的高山城市）

常用例句　이번 달 수출이 월별 실적으로는 사상 최고를 기록했다.
本月的出口業績創下了月輸出業績的歷史新高。
그는 자기 분야에서 국내 최고라고 자부한다.
在他所在的領域他自認爲是國內第一。

相關詞彙　제일（第一）

▶ **최대(最大) 图** 最大

衍生片語　～ 속도（最高速度），～ 용량（最大容量）

常用例句　지난 달의 무역 흑자가 사상 최대를 기록하였다.
上個月的貿易順差創下了歷史之最。
이번 대회에서 선수단은 평소에 닦은 기량을 최대로 발휘하여 좋은 성적을 거두었다.
在這次比賽中，全體隊員將平時練就的水準發揮到極致，獲得了好成績。

ㅊ

(相關詞彙) 최소 (最小)

► **최선(最善)** 名 ①最好　②全力

(衍生片語) ～의 방법 (最好的方法) ，～을 기울이다 (全力以赴)

(常用例句) 감기에 걸리면 푹 쉬는 것이 최선이다.
得了感冒的話，充分休息是最好的方法。
최선을 다해서 열심히 하겠습니다.
我一定全力以赴地好好做。

(相關詞彙) 베스트 (最好)

► **최소한(最小限)** 名 最小限度

(衍生片語) 비용을 ～으로 줄이다 (將費用縮減到最小限度) ，～의 노력 (最低限度的努力)

(常用例句) 이 일을 끝내는 데 최소한 세 시간은 걸린다.
要把這件事做完，最少得需要3個小時。
피해가 최소한에 그치도록 복구를 서둘렀다.
為了把損害降低到最低程度，開始了緊張的復原工作。

(相關詞彙) 최대한 (最大限度)

► **최초(最初)** 名 最初

(衍生片語) 세계 ～ (世界上最初) ，～의 발견 (最早發現)

(常用例句) 우리나라 최초의 국산 자동차는 무엇입니까?
我們國家最早的國產汽車是什麼車？

(相關詞彙) 맨 처음 (最初)

► **추억(追憶)** 名 回憶，回想

(衍生片語) 옛 ～ (舊時的回憶) ，～에 잠기다 (陷入回憶)

(常用例句) 학창 시절의 추억을 잊을 수가 없다.
無法忘記學生時代的回憶。
어머니는 그 어려웠던 시절이 오히려 아름다웠다고 추억하고 계신다.
媽媽把那段艱苦歲月反倒當成了美好的回憶。

(相關詞彙) 옛생각 (追憶)

ㅊ

▶ 추위 名 寒冷

衍生片語 혹독한 〜（嚴寒），〜를 느끼다（感覺到寒冷）

常用例句 이달 중순부터 본격적인 추위가 시작된다고 한다.
從本月中旬開始將進入正式的寒冷期。

相關詞彙 한기（寒氣）

▶ 축제(祝祭)[-쩨] 名 慶典

衍生片語 문화 〜（文化慶典），〜를 벌이다（辦慶典）

常用例句 마을이 온통 축제 분위기다.
整個村子沉浸在歡慶的氣氛之中。

相關詞彙 페스티발（festival，節日，慶典），잔치（宴會）

▶ 출연하다(出演-)[추련-] 動 演出，上台

衍生片語 연극에 〜（演出話劇）

常用例句 그는 20여 편의 영화에 출연하면서 각종 영화제에서 수상한 경력
이 있다.
他曾經演過20多部電影，在各種電影節上得過獎。
그 애는 자기가 출연하는 시간이 아닐 때면 관중 사이를 돌아다니
면서 출연하는 사람들의 사진을 팔고 있었다.
那個孩子在自己不演出的時候，便奔走於觀眾席兜售其他演員的照
片。

相關詞彙 출연료（片酬）

▶ 출입(出入)[추립] 名 出入，外出，出去

衍生片語 〜 금지（禁止出入）

常用例句 외부인은 출입을 삼가시기 바랍니다.
外來人員禁止入內。

相關詞彙 외출（外出），나들이（串門子），드나들다（出入）

▶ 출장(出張)[-짱] 名 出差

衍生片語 〜 일정（出差行程），〜을 가다（去出差）

常用例句 그는 지방 출장이 잦은 직업을 가졌다.
他得到了一個需要經常去地方出差的工作。

내일 당장 미국에 가라는 출장 명령이 떨어졌다.
下達了明天馬上去美國出差的命令。

(相關詞彙) 공무（公務）

► 충격(衝擊) 名 ①衝擊，衝撞 ②振動，打擊

衍生片語 ～을 받다（受到衝擊），～에서 벗어나지 못하다（無法從打擊中
走出來）

常用例句 이 물건에 강한 충격을 주면 부서집니다.
這個東西如果受到強烈衝撞的話，就會破碎。
그가 정치계에서 은퇴한다는 발표는 사람들에게 충격을 주었다.
他退出政壇的消息令人們受到了打擊。

(相關詞彙) 타격（打擊），놀람（衝擊）

충분하다(充分-) 動 充分

衍生片語 밥 한 그릇으로 ～（一碗飯已足夠），지도자가 될 자격이 ～（完
全有資格當領導）

常用例句 그 문제를 푸는 데 10분이면 충분하겠지?
解答這道題10分鐘夠了吧？
그는 식구들이 살아가기에 충분한 재산을 모았다.
他給家人留下了足夠生活的財產。

(相關詞彙) 넉넉하다（富足），부유하다（富有）

► 충분히(充分-) 副 充分地

衍生片語 실력을 ～ 발휘하다（充分發揮實力），～ 생각하고 결정하다（深
思熟慮後做出決定）

常用例句 그는 사업가로 성공할 가능성이 충분히 있다.
他作為一名企業家很有可能成功。
그들이 어떻게 나올지는 충분히 짐작할 수 있다.
他們是怎樣出現的，完全可以推測出來。

(相關詞彙) 넉넉히（充分地），많이（很多）

취소하다(取消-) 動 取消，廢除

衍生片語 약속을 ～（取消約會），여행 계획을 ～（取消旅行計劃）

常用例句 그는 감기에 걸려 공연을 취소하기로 했다.
她感冒了，因此決定取消演出。

그녀는 비행기 표 예약을 취소했다.
她取消了機票預訂。

(相關詞彙) 철회하다（取消），캔슬하다（撤銷）

► 취직(就職) 名 就業

(衍生片語) ～ 시험（就業考試），～이 되다（找到了工作）

(常用例句) 공장에 견습공으로 취직하였다.
以實習生的身分在工廠工作。
그녀는 백화점에 판매 사원으로 취직할 계획이다.
她打算當一名商場售貨員。

(相關詞彙) 취업（就業）

► 취하다(取-) 動 ①取，採取 ②挑，選擇

(衍生片語) 강경한 태도를 ～（採取強硬態度），여러 가지 중에서 새 것을 ～（在各種東西中挑出新的）

(常用例句) 아버지는 나의 직업 선택에 대하여 관망하는 듯한 태도를 취하고 계셨다.
爸爸對我的工作選擇問題採取了觀望的態度。
그가 제시한 조건들 가운데서 마음에 드는 것만을 취했다.
在提出的各種條件中，他只選擇了自己滿意的。

(相關詞彙) 책하다（指責），가지다（具有），고르다（挑選）

► 치과(齒科)[-꽈] 名 牙科

(衍生片語) ～병원（口腔醫院），～의사（牙科大夫）

(常用例句) 아이가 치과에 가서 치료를 받았다.
孩子去牙科接受了治療。

(相關詞彙) 소아과（兒科）

► 치료하다(治療-) 動 治療

(衍生片語) 상처를 ～（療傷），병을 ～（治病）

(常用例句) 이 병은 치료 기간이 길기 때문에 예방이 중요하다.
這個病因爲治療的時間很長，所以預防很重要。
그는 심한 감기에 걸려 병원에 가서 치료를 받아야 했다.
他得了重感冒，必須去醫院接受治療。

ㅊ

（相關詞彙）고치다（治療）

▶ **치우다** 動 收拾，拾掇，吃掉

（衍生片語）쓰레기 더미를 ～（收拾垃圾堆），밥 두 그릇을 먹어 ～（吃了兩碗飯）

（常用例句）위험한 물건들은 아이들의 손이 닿지 않는 곳으로 치워라.
把危險品收到孩子手拿不到的地方。
맥주를 한 병 치우고 나더니 선희는 소주를 청했다.
喝了1瓶啤酒之後，善姬又點了燒酒。

（相關詞彙）없애다（刪除），버리다（丟棄）

▶ **치즈(cheese)** 名 乾酪，乳酪

（衍生片語）～를 먹다（吃乳酪），～를 좋아하다（喜歡乳酪）

（常用例句）농가에서 우유로 치즈를 만든다.
農家用牛奶做乳酪。

（相關詞彙）케이크（蛋糕）

▶ **친절(親切)** 名 親切

（衍生片語）～을 베풀다（親切對待），～로써 대하다（以誠相待）

（常用例句）그 사람은 내가 어디로 들어갈 때마다 문을 열어 주는 친절을 보였다.
每當我進入某個地方時，他總是把門打開親切地迎接。
우리 백화점은 친절과 봉사로 고객 여러분을 모시고 있습니다.
我們百貨公司用親切和侍奉爲各位顧客服務。

（相關詞彙）친근（親近）

▶ **친척(親戚)** 名 親戚

（衍生片語）～중에 대학교수가 있다（親戚當中有大學教授），먼 ～（遠房親戚）

（常用例句）우리는 설 때마다 친척 어른께 두루 세배를 하러 다닌다.
每年春節我們都要給親戚中的長輩一一拜年。

（相關詞彙）친족（親戚），일기（日記）

▶ **친하다(親-)** 形 親近，親密

（衍生片語）친한 친구（好朋友），친한 사이（親密的關係）

| 常用例句 | 우리는 앞으로 서로 친하게 지낼 것 같은 기분이 든다.
我們有了一種想法，以後要好好相處。 |
| 相關詞彙 | 친근하다（親近），가깝다（親密） |

침실(寢室) 名 寢室

衍生片語	거실과 ～（客廳和臥室），～이 좁다（臥室狹窄）
常用例句	그는 밤이 깊어지자 잠을 자러 침실로 들어갔다. 夜一深，他便進臥室睡覺去了。
相關詞彙	침방（寢室），잠자리（臥室）

칭찬(稱讚) 名 稱讚

衍生片語	～을 듣다（受到稱讚），～이 자자하다（紛紛稱讚）
常用例句	선생님은 아이가 한 선행을 침이 마르게 칭찬하셨다. 老師對孩子的這個善舉大加讚賞。 그 집은 자식을 잘 두었다고 칭찬하는 사람이 많다. 很多人都稱讚那個家庭把孩子教育得很好。
相關詞彙	칭송（稱頌）

筆 記

▶ 카레(curry) 名 咖哩

衍生片語 　〜를 먹다（吃咖哩），〜를 못 먹다（不能吃咖哩）

常用例句 　인도사람은 카레를 좋아한다.
　　　　　印度人很喜歡吃咖哩。

相關詞彙 　소스（醬汁）

카운터 名 櫃台，收銀台

衍生片語 　〜를 지키다（看櫃台）

常用例句 　계산은 카운터에서 하시기 바랍니다.
　　　　　請去收銀台結帳。

相關詞彙 　계산대（收銀台）

▶ 카페(cafe) 名 咖啡廳

衍生片語 　분위기 좋은 〜（有情調的咖啡廳），〜를 경영하다（經營咖啡館）

常用例句 　카페는 한산했다.
　　　　　咖啡館裡很冷清。

相關詞彙 　바（bar，酒吧），커피숍（coffee shop，咖啡店），다방（茶館），찻집（茶館）

캠퍼스(campus) 名 大學校園

衍生片語 　대학 〜（大學校園），〜가 엄청나게 크다（校園非常大）

常用例句 　2,000명의 졸업생과 그 스무 배도 넘는 축하객이 몰린 캠퍼스는 그 야말로 인산인해였다.
　　　　　聚集了2000名畢業生和超過4萬名來賓的校園真是人山人海。

相關詞彙 　교정（校園）

▶ 커다랗다[-라타] 形 大，重大，巨大

衍生片語 　커다란 눈（大眼睛），커다란 차질 생기다（發生重大差錯）

常用例句 　그 사건은 사회 전반에 커다란 파문을 몰고 왔다.
　　　　　那個事件在整個社會掀起了一場大風波。
　　　　　그것은 그에게 커다란 정신적 부담을 강요하는 것이기도 했다.
　　　　　那也給他造成了巨大的心理負擔。

相關詞彙 　크다（大）

ㅋ

▶ 커지다 動 增大，變大

衍生片語 규모가 ～（規模擴大），일이 ～（事情鬧大了）

常用例句 놀란 아이의 눈이 점점 커졌다.
受到驚嚇的孩子眼睛越來越大。
우리는 마음속에 불안감이 커져가기만 한다.
我們心中的不安越來越大。

相關詞彙 환대되다（變大）

▶ 커튼(curtain) 名 窗簾，布幕

衍生片語 ～을 달다（掛窗簾），～을 열다（拉開窗簾）

常用例句 공연이 시작되기 앞의 무대에는 커튼이 드리워져 있다.
演出開始之前的舞台上掛著布幕。

相關詞彙 카텐（簾子），가리개（簾子）

▶ 켜지다 動 （燈）亮起來

衍生片語 불이 ～（開著燈），가로등불이～（路燈亮了）

常用例句 켜진 전등불빛에 찬란한 광경이 나타났다.
點亮的燈光裡出現了燦爛的景象。
등이 고장나서 켜졌다꺼졌다를 되풀이 한다.
燈壞了，一會兒亮一會兒滅。

相關詞彙 끄다（關）

▶ 코너(corner) 名 角落，拐彎處

衍生片語 홀 ～（大廳的拐彎處），아동복 ～（童裝區）

常用例句 네거리에서 코너를 돌다가 교통사고가 났다.
在十字路口進入轉角處的時候出了交通事故。

相關詞彙 구석（角落），모퉁이（拐彎），모서리（轉角）

▶ 콘서트(concert) 名 音樂會，演奏會，演唱會

衍生片語 ～를 열다（舉辦音樂會），～에 가다（去聽音樂會）

常用例句 그 가수들은 전국을 돌며 자선 콘서트를 갖고 있다.
那個歌手在全國舉辦巡迴慈善演唱會。

相關詞彙 음악회（音樂會），연주회（演奏會）

► **콤플렉스(complex)** 名 情節，情緒，自卑心理

衍生片語 ～를 없애다（消除自卑情緒），～를 가지다（有自卑感）

常用例句 그는 어릴 때의 충격으로 심한 콤플렉스에 시달린다.
他至今還因爲小時候受到的刺激而深受自卑心理的折磨。
콤플렉스가 생기는 것은 주로 사회적 상황이 오랫동안 영향을 미친 결과이다.
自卑感的形成主要是社會環境長期影響的結果。

相關詞彙 열등감（自卑感）

► **큰길** 名 公路，馬路

衍生片語 ～에 나서다（來到大路上），～을 걷다～（走大路）

常用例句 큰길에서 공 차고 놀지 마라.
不要在馬路上踢球玩。
군자는 큰길로 걷는다.
君子行大道。（君子做事光明磊落。）

相關詞彙 대로（大路），행길（路，人行道）

► **큰소리** 名 大聲

衍生片語 ～를 치다（大聲喊）

常用例句 옆집 애들은 꼭 큰소리가 나야 말을 듣는다.
隔壁家的孩子們，必須要大聲喊才會聽話。
어른이 계셔서 될 수 있으면 집 안에서 큰소리를 내지 않으려고 한다.
因爲長輩們在，所以在家盡量不想發出太大的聲音來。

相關詞彙 대성（大聲）

► **큰일[-닐]** 名 大事

衍生片語 ～을 맡기다（委以重任），～이 나다（出大事）

常用例句 작은 일에 꼼꼼해야 큰일도 잘한다.
小事做得認眞，才能做好大事。
마을에서는 큰일을 결정할 때마다 회의를 연다.
村裡每當決定大事的時候，都會召開會議。

相關詞彙 대사（大事）

► **키우다** 動 養育，培育

衍生片語　나무를 ～（栽培樹木），자녀를 ～（養育子女）

常用例句　일찍 일어나고 일찍 자는 습관을 키운다.
　　　　　培養早睡早起的習慣。

相關詞彙　양육하다（養育），기르다（培養）

◄ **킬로(kilo)** 名 千克，公斤

衍生片語　감자 일 ～를 사다（買一公斤馬鈴薯），1～를 달리다（跑一公里）

常用例句　한 달 동안 다이어트를 했더니 몸무게가 3킬로 빠졌다.
　　　　　減肥減了一個月，體重瘦了3公斤。
　　　　　차가운 새벽바람을 무릅쓰고 어머님은 삼 킬로가 넘는 역까지 배웅을 해 주셨다.
　　　　　冒著清晨的寒風，母親把我送到了3公里以外的車站。

相關詞彙　킬로미터（公里）

► **킬로그램(kilogram)** 名 公斤

衍生片語　삼 ～의 고기（3公斤肉）

常用例句　의사들을 찾아 다녀도 동생의 병은 좀처럼 낫지 않았다. 육십삼 킬로그램이었던 몸무게가 오십일 킬로그램으로 줄었다.
　　　　　去找了醫生，弟弟的病也絲毫不見好轉，原先63公斤的體重已經降到了51公斤。

相關詞彙　키로（公斤）

◄ **킬로미터(kilometer)** 名 公里

衍生片語　십만 ～의 거리（10萬公里的距離）

常用例句　마라톤의 길이는 42.195킬로미터이다.
　　　　　馬拉松的長度是42.195公里。
　　　　　1킬로미터는 1000미터이다.
　　　　　一公里是一千公尺。

相關詞彙　킬로그램（公斤）

E

탑(塔) 名 塔

衍生片語 ~을 쌓다（蓋塔），~을 세우다（建塔）

常用例句 신도들이 절에 탑을 세웠다.
信徒們在寺廟裡建了座塔。
각 도시에는 유명한 탑이 있다.
每座城市都有著名的塔樓。

相關詞彙 타워（tower，塔）

태도(態度) 名 態度

衍生片語 거만한 ~（傲慢的態度），학습 ~가 좋다（學習態度端正）

常用例句 그는 군인다운 태도로 부동자세를 취하면서 전화를 받았다.
他以軍人的態度保持著不動的姿勢接電話。
그는 미래에 대해 비관적인 태도를 가지고 있다.
他對未來持一種悲觀的態度。

相關詞彙 자세（姿勢）

태우다 動 載客

衍生片語 승객을 차에 ~（用車載客）

常用例句 우리들은 아버지를 기다릴 수도 없어서 옆집 마차에 대충 짐을 꾸려 싣고 동생들을 태우고 떠났다.
我們來不及等父親，用隔壁家的馬車簡單裝了些行李，就拉著弟弟妹妹們離開了。
저녁을 먹은 후 바람이 서늘해지면 아버지는 나를 목에 태우고 밖으로 나가셨다.
吃過晚飯後，如果風轉涼了，爸爸就會讓我騎在他的脖子上到外面去。

相關詞彙 승차시키다（使乘車），승차하다（坐車）

태우다 動 焚燒

衍生片語 책을 ~（焚書），쓰레기를 태우는 냄새（焚燒垃圾的味道）

常用例句 아파트 관리인이 휴지를 태우고 있다.
公寓管理員正在燒廢紙。

相關詞彙 연소시키다（使燃燒）

▻ **탤런트(talent)** 名 （電視）演員

衍生片語 연기가 좋은 ～（演技好的演員），유명한 ～가 되다（成爲著名演員）

常用例句 우리 아들은 탤런트가 되는 것이 꿈이다.
我兒子的理想是當演員。

相關詞彙 연기자（演員，藝人），배우（演員）

▻ **터** 名 打算

常用例句 내일 갈 터이니 걱정 마.
明天就去，別擔心。
배 그플 터인데 어서 먹어라.
肯定餓了，趕快吃吧。
나는 내일 꼭 극장에 갈 터이다.
我明天一定要去劇場。

相關詞彙 계획（計劃）

▻ **터널(tunnel)** 名 山洞，隧道

衍生片語 ～을 뚫다（挖隧道），기차가 ～ 속으로 진입하다（火車進入隧道）

常用例句 정부에서 해저에 터널을 뚫기로 하였다.
政府決定挖海底隧道。

相關詞彙 추도（隧道）

▻ **터미널 (terminal)** 名 終點站

衍生片語 고속버스 ～（高速巴士終點站），시외버스 ～（長途巴士終點站）

常用例句 버스 터미널에 있는 백화점에서 만나자.
我們就在汽車客運站的百貨店裡見面吧。

相關詞彙 스테이션（station，車站），정차장（停車場）

▻ **턱** 名 下巴

衍生片語 ～이 뾰족하다（下巴尖），～에 수염이 나다（下巴長鬍子）

常用例句 경화가 그들을 턱으로 가리키며 심각하게 물었다.
京華指著他們的下巴，嚴肅地問。

相關詞彙 수염（鬍子）

▶ 털다 動 抖落，傾（囊）

衍生片語 먼지 묻은 옷을 ～（抖了抖滿是灰塵的衣服），사재를 ～（傾盡所有）

常用例句 노인은 곰방대를 털며 이야기를 시작했다.
老人抖著菸袋開始講起了故事。
그는 전 재산을 털고 빚까지 얻어 사업에 투자했다.
他拿出全部財產，甚至還借了債投資了生意。

相關詞彙 떨다（抖落），내놓다（傾出）

▶ 테스트(test) 名 試驗，檢查，考試

衍生片語 능력을 ～하다（檢查能力），～를 받다（參加考試）

常用例句 다음 달에 이 제품의 품질을 여러 가지로 테스트할 계획입니다.
計劃下個月對這個產品的品質做各種測試。
그가 이 일을 맡을 능력이 있는지를 테스트할 필요가 있다.
他是否有能力勝任此項工作，有必要測驗一下。

相關詞彙 검사（檢查），시험（試驗），점검（檢查）

▶ 테이프 (tape) 名 彩帶，膠帶

衍生片語 스카치 ～를 사다（買透明膠帶），녹음～를 갈아 끼우다（換錄音帶）

常用例句 개막식에서 참석자들이 테이프를 끊었다.
開幕式上由出席者剪了彩。
기술자가 테이프로 전선을 감았다.
技術人員用膠帶纏住了電線。

相關詞彙 비디오（錄影帶）

▶ 토론(討論) 名 討論

衍生片語 찬반 ～（正反討論），정책 ～（政策討論）

常用例句 우리는 사형 제도 존속 여부에 대하여 열띤 토론을 벌였다.
我們關於是否繼續保留死刑制度這個問題展開了激烈的討論。
이번 남북 회담에서 군축 문제가 토론되었다.
這次的南北會談就裁軍問題展開了討論。

相關詞彙 논의（議論）

► **톤 (ton)** 名 噸

衍生片語 6천만 ～（6千萬噸），일 ～ 트럭（一噸型卡車）

常用例句 낚시꾼들에게 빌려주는 배들은 대개 오 톤 미만의 작은 발동선이었다.
借給垂釣者們的船基本上都是5噸以下的小型汽船。

相關詞彙 톤수（噸數）

◄ **통(桶)** 名 桶

衍生片語 ～에 물을 받아 두다（用桶裝水），막걸리 한 ～（一桶米酒）

常用例句 통조림도 몇 통 사 들었다. 산모와 아이들에게 줄 과일과 오징어발도 샀다.
拿了幾盒罐頭，還買了要給產婦和孩子的水果和魷魚腳。

相關詞彙 물통（水桶）

► **통(通)** 名 封

衍生片語 편지 세 ～（三封信），전화 한 ～（一個電話）

常用例句 이력서 한 통과 호적등본 두 통, 졸업증명서 두 통을 준비해 두어라.
請準備一份履歷表、兩張戶口名簿影本和兩份畢業證明。

相關詞彙 부（份）

◄ **통신(通信)** 名 通信，通訊

衍生片語 ～ 상태가 불량하다（通訊情況不好），정보 ～（訊息通訊）

常用例句 신문사에서는 주재 기자의 통신을 받아 신문에 그대로 실었다.
報社接到駐地記者的報導之後，就將其直接登在了報紙上。
그는 요즘 컴퓨터 통신을 통해 많은 사람들과 통신하고 있다.
他最近透過電腦通訊和很多人取得聯繫。

► **통일(統一)** 名 統一

衍生片語 의견의 ～（意見的統一）

常用例句 영화나 연극도 오케스트라처럼 전체적인 조화와 통일을 이루어야 한다.
電影或話劇也要像管弦樂團一樣，達到整體的協調統一。

相關詞彙 통합（統合）

E

통장(通帳) 名 存摺

衍生片語 은행에서 ~을 정리하다 (在銀行整理存摺)

常用例句 그는 도장과 통장을 가지고 은행으로 갔다.
他拿著印章和存摺去銀行了。

相關詞彙 계좌 (帳戶)

통하다(通-) 動 通，通往

衍生片語 피가 ~ (血流暢通)，이 방은 옆방과 ~ (這間屋子和旁邊的房間是相通的)

常用例句 바람이 잘 통하는 곳에 빨래를 널어야 잘 마른다.
把衣服曬在通風好的地方，才容易乾。
이 두 길은 서로 통하기 때문에 가다 보면 반대편에서 오는 사람과 만나게 된다.
因為這兩條路是相通的，所以走著走著會遇到從反方向來的人。

相關詞彙 연결되다 (聯結)

특별하다(特別-)[-뼐-] 形 特別

衍生片語 특별한 감정 (特別的感情)，목소리가 특별하다 (嗓音特別)

常用例句 그는 집에 있을 때는 특별한 경우가 아니면 늘 자기 화실 속에 틀어박혀 있었다.
他在家的時候，如果沒有特殊情況，通常都是待在自己的畫室裡。
철수는 영희에게 특별한 관심을 갖고 있다.
哲秀對英姬特別關心。

相關詞彙 별다르다 (與眾不同)，특이하다 (特別)

특징(特徵)[-찡] 名 特徵

衍生片語 ~을 찾다 (尋找特徵)，~이 드러나다 (特徵顯現)

常用例句 존댓말의 발달은 우리말의 두드러진 특징이다.
發達的敬語是我國語言 (韓國語) 明顯的特徵。
문학소녀의 특징이 대체로 그렇듯, 그녀는 방 안에만 틀어박혀 꿈을 먹고 살았다.
文學少女的特徵大致上是待在屋子裡靠作夢活著。

相關詞彙 특색 (特色)

▷ **특히(特-)[트키]** 副 特別

衍生片語 ～ 사과를 좋아하다（特別喜歡蘋果），～ 해결하기가 어렵다（尤其難解決）

常用例句 특히 퇴근 시간에는 다른 때보다 차가 많이 밀린다.
尤其是下班時間要比起其他時間塞得更厲害。

相關詞彙 특별히（特別的）

▶ **튼튼하다** 形 結實，堅硬，堅強，牢固

衍生片語 짐을 튼튼하게 묶다（行李綁得很結實），국가 경제가 ～（國家經濟基礎雄厚）

常用例句 몸이 튼튼해야 공부도 잘할 수 있다.
身體結實了，功課才會好。
경기가 아무리 어려워도 그 회사는 재무 구조가 튼튼해 문제 없다.
那家公司財務結構很穩固，經濟再困難也沒有問題。

相關詞彙 튼실하다（堅實），강건하다（牢固），건강하다（健康），굳건하다（堅強）

▷ **틀다** 動 扭，擰，開（收音機）

衍生片語 허리를 비비 ～（扭腰），몸을 ～（扭轉身體）

常用例句 열쇠를 구멍에 넣고 틀자 문이 열렸다.
鑰匙放進孔裡一轉，門就開了。
심심하면 전축을 틀어도 좋고, 저기 화집이 있으니 그것을 꺼내 봐도 좋다.
無聊的話聽聽唱片也好，那邊有畫冊拿出來看也行。

相關詞彙 돌리다（轉），비틀다（擰）

▶ **틀리다** 形 不對，錯

衍生片語 답이 ～（答案錯誤）

常用例句 아무리 좋은 기사가 실린 신문이라도 교정이 틀려 있다면 틀린 신문입니다.
刊登的消息再好，假如校對出錯，就是錯誤的報紙。
사소한 일로 형님과 틀려 지내고 싶지는 않다.
不想因為小事和哥哥鬧彆扭。

相關詞彙 잘못되다（錯誤），사이가 나쁘다（關係不好）

틀림없다[-리멉따] 形 準，沒錯

衍生片語 틀림없는 사실（準確無誤的事實）

常用例句 목소리로 보아 밖에 있는 사람은 여자가 틀림없다.
從聲音上來看，在外面的人是女的沒錯。
분명 철수가 알아서는 안 될 무슨 사정이 개재돼 있음에 틀림없는 것 같았다.
肯定隱瞞了什麼哲秀不能知道的事情。

相關詞彙 꼭맞다（完全相符，完全合適），옳다（正確），정확하다（正確），맞다（正確）

티셔츠(T-shirts) 名 T恤

衍生片語 하얀 ～（白色T恤），～를 입다（穿T恤）

常用例句 그는 청바지에 티셔츠의 편한 차림을 즐겨 입는다.
他喜歡牛仔褲搭配T恤式的休閒穿著。

相關詞彙 셔츠（襯衫）

筆記

> **파일 (file)** 名 文件，檔案

衍生片語 ～을 정리하다（整理文件），～을 복사하다（影印文件）

常用例句 정보대 최 중위는 파일 박스로 가서 파일 하나를 꺼내 들고 들여다 보았다.
情報處崔中尉從文件箱裡拿出一份文件仔細看了起來。

相關詞彙 문서（文件）

> **판단(判斷)** 名 判斷

衍生片語 상황 ～（判斷情況），정확한 ～을 내리다（做出正確判斷）

常用例句 사람은 자기의 주관적 판단에 따라 자기의 일을 결정한다.
人根據自己的主觀判斷決定自己的事情。
현실을 정확하게 판단하는 냉철한 이성이 필요하다.
需要冷靜地正確判斷現實的理性。

相關詞彙 판정（判定），결정（決定）

> **판매(販賣)** 動 銷售

衍生片語 할인 ～（打折銷售），～ 가격（銷售價格）

常用例句 석탄 판매가 부진하여 거의 모든 탄광이 적자에 시달리고 있다.
煤炭銷售萎縮，幾乎所有的煤礦都被赤字營運所困擾。
김 사장은 광고를 하고 매장을 호화롭게 꾸며야 판매가 증가한다 고 주장한다.
金社長主張：「只有打廣告，將賣場裝飾得豪華些，銷售量才會增 加。」

相關詞彙 매출（賣出）

> **판매하다(販賣-)** 動 銷售

衍生片語 상품을 ～（銷售商品）

常用例句 도매상들에게 판매할 물건을 따로 정리하였다.
另外整理出了銷售給批發商的物品。
업체 간의 과당 경쟁으로 물건을 생산비 이하의 가격으로 판매하 는 경우가 있다.
企業間的過度競爭導致出現了低於成本價銷售的情形。

相關詞彙 팔다（賣）

ㅍ

▶ 팔리다 **動** 被賣

衍生片語　집이 ~（房子被賣了）

常用例句　내가 살던 집은 어떤 노인에게 팔렸다.
我住過的房子賣給了某個老人。
요즘에는 물건이 잘 팔리지 않아서 걱정이다.
最近東西不好賣，很是擔心。

相關詞彙　매출되다（被賣）

패션(fashion) **名** 時裝，時尚

衍生片語　~ 감각이 뛰어나다（很時尚），신세대들은 ~에 민감하다（新一代對時尚很敏感）

常用例句　그는 세계의 패션을 주도하는 디자이너이다.
他是引領世界時尚的設計師。

相關詞彙　유행（流行）

▶ 팩(pack) **名** 營養面膜，包裝盒

衍生片語　비닐 ~（塑膠包裝盒）

常用例句　우유팩을 아무데나 버려서는 안된다.
不能把牛奶盒到處亂扔。

相關詞彙　안마（按摩）

팬(fan) **名** 發燒友，迷

衍生片語　영화 ~（影迷），축구 ~（球迷）

常用例句　판소리의 애절하면서도 구성진 가락은 전 세계의 음악 팬들을 열광시키기에 충분하다.
盤索里那哀傷、婉約的曲調足以使全世界的音樂迷們瘋狂。

相關詞彙　지지자（支持者）

▶ 팬(pan) **名** 平底鍋

衍生片語　~을 사용하다（用平底鍋），~을 사다（買鍋）

常用例句　프라이 팬 하나로는 모든 음식을 만들 수 있다.
有了煎鍋，什麼食物都能做。
새 팬을 사왔다.

買了新的平底鍋。

(相關詞彙) 솥 (鍋)

▶ 팬티(panties) 名 內褲，短褲

(衍生片語) 팬츠 (短褲)，면만으로 만드는 팬티 (純棉內褲)

(常用例句) 아이가 팬티를 입고 있다.
孩子穿著短褲。

(相關詞彙) 속옷 (內衣)

▶ 펴다 動 打開，翻開，弄直，鋪

(衍生片語) 날개를 ～ (展開翅膀)，접은 종이를 ～ (展開摺著的紙)，허리를 ～ (挺直腰)，다리를 ～ (伸腿)，방바닥에 이불을 ～ (在房間地板上鋪被子)

(常用例句) 보따리를 펴보니 그속에 어어니의 편지가 들어 있었다.
打開包袱一看，裡面有媽媽的信。

(相關詞彙) 펼치다 (展開)

▶ 편안하다(便安-)[펴난-] 形 舒服，舒適

(衍生片語) 편안한 자세 (舒服的姿勢)，편안한 의자에 앉다 (坐在舒適的椅子上)

(常用例句) 그는 특유의 유머로 상대편을 편안하게 한다.
他特有的幽默讓對方感到很舒服。
어머니는 자식들 때문에 하루도 마음이 편안할 날이 없다.
因為子女的緣故，媽媽沒一天過得安心。

(相關詞彙) 편하다 (舒服)

▶ 편하다(便-) 形 方便，便利

(衍生片語) 저녁 시간이 ～ (晚上時間較方便)，몸과 마음이 모두 ～ (身心都舒服)

(常用例句) 그 백화점은 매장의 정리가 잘되어 있어 물건 사기가 편하다.
那家百貨店賣場整理得很好，購物方便。
아들이 요새 일은 않고 그저 편하게 놀고 있다.
兒子最近不工作，只顧著舒舒服服地玩。

(相關詞彙) 편안하다 (舒服)

ㅍ

편히(便-) 名 舒服地

衍生片語 〜 자다（舒適地睡），〜 살다（生活得舒心）

常用例句 엄마에게 신경 안정제와 고혈압 치료제를 함께 복용하게 하고 베개를 꺼내 편히 눕혀 드렸다.
讓媽媽服下鎮定劑和高血壓藥，然後拿出枕頭讓媽媽舒舒服服地躺下了。

相關詞彙 편안히（舒服地）

평범하다(平凡-) 形 平凡，普通

衍生片語 평범한 논리（常理），외모가 〜（相貌平凡）

常用例句 그는 반에서 그다지 눈에 잘 띄지 않는 평범한 학생일 뿐이다.
他在班上只是個不顯眼的平凡學生。
인생의 진리는 오히려 평범하고 가까운 곳에 있지 아니할까?
人生的真理反而存在於平凡而又不遠的地方，不是嗎?

相關詞彙 보통이다（普通）

평생(平生) 名 平生，一輩子

衍生片語 〜을 두고 잊지 못할 일（畢生難忘的事情），〜을 같이하다（共度一生）

常用例句 이렇게 훌륭한 밥상을 받아 보기는 육십 평생에 처음이었다.
活了60年，還是第一次看到這麼豐盛的餐桌。
이번 의외의 사고로 그는 평생 불구가 되었다.
這次意外事故使他終生殘廢。

相關詞彙 일생（一生），한평생（一生）

평소(平素) 名 平常，平時

衍生片語 〜보다 늦다（比平時晚），〜대로（像平時一樣）

常用例句 그는 평소보다 옷차림에 꽤 신경을 쓴 듯했다.
和平時比起來，好像在穿著上花了很多心思。
평소 아끼던 잔돈으로 사온 새를 날려 보냈다.
把用平時省下來的零用錢買來的鳥，放回了大自然。

相關詞彙 평상시（平時），보통때（平時），상시（平時）

ㅍ

▶ **평일(平日)** 名 平日

> 衍生片語 ～에 출근하고 주말에 쉬다 （平時上班週末休息）
>
> 常用例句 이 가게는 평일보다 주말에 손님이 많다.
>> 這家商店週末比平時客人多。
>>
>> 그는 평일은 물론이고, 휴일에도 쉴 수 없을 정도로 일이 많다.
>> 她事情很多，別説平時了，就連休假日都不能休息。
>
> 相關詞彙 평상시 （平時）

▶ **포기하다(拋棄-)** 動 放棄

> 衍生片語 진학을 ～ （放棄升學），출전을 ～ （放棄出戰）
>
> 常用例句 나는 너를 포기할 수 없다.
>> 我不能拋棄你。
>>
>> 이 집을 계약하고 싶으면 먼저 계약했던 전세 계약금을 포기해야 한다.
>> 想要簽下這個房子的話，首先必須放棄簽約租金。
>
> 相關詞彙 그만두다 （放棄），버리다 （丟棄），단념하다 （斷念）

▶ **포도주(葡萄酒)** 名 葡萄酒

> 衍生片語 ～ 한 잔 （一杯葡萄酒），～를 마시다 （喝葡萄酒）
>
> 常用例句 식사를 하면서 포도주를 마시었다.
>> 一邊吃飯，一邊喝葡萄酒。
>>
>> 적포도주의 보기 좋은 색깔은 사람으로 하여금 매우 먹음직스럽게 한다.
>> 紅葡萄酒那賞心悦目的顏色讓人胃口大開。
>
> 相關詞彙 와인 （wine，葡萄酒）

▶ **포장(包裝)** 名 包裝

> 衍生片語 상품 ～ （商品包裝），～을 꾸리다 （包外包裝）
>
> 常用例句 여러 가지 상품이 그럴듯한 포장으로 눈속임을 한다.
>> 各種商品用相當不錯的包裝掩人耳目。
>>
>> 질, 포장, 수를 막론하고 확실히 나무랄 데가 없다, 게다가 가격도 합리적이다.
>> 不論品質、包裝還是數量都確實無可挑剔，而且價格合理。
>
> 相關詞彙 싸개 （包裝）

포함되다(包含-) 動 被包含

衍生片語 조사 대상에 ~ （被包含在調查對象範圍之內）

常用例句 문화라는 한마디 말에는 여러 가지 의미가 포함되어 있다.
「文化」一詞包含了多種含義。
방세와 식비까지 모두 포함되었다.
房費和伙食費都包含在內。

相關詞彙 제외 （除外）

포함하다(包含-) 動 包含

衍生片語 여러 의미를 포함하는 개념 （包含各種意義的概念），대중문화를
연구 영역에 포함하는 이론 （將大眾文化包含在研究領域的理論）

常用例句 우리 가족은 나를 포함해서 모두 다섯이다.
我們家包括我在內一共五個人。
우리 측의 제안을 협정안에 포함하도록 요구하였다.
要求把我們的提案包含在協定內。

相關詞彙 들어가다 （進入）

폭(幅) 名 幅，寬度

衍生片語 ~이 좁다 （寬度窄），~이 넓다 （幅度寬）

常用例句 이 길은 폭이 2미터 가량 된다.
這條路大約有兩米寬。
그 사람은 행동의 폭이 넓다.
那個人交際範圍很廣。

相關詞彙 너비 （寬度），넓이 （寬度），길이 （長度）

표시하다(標示-) 動 表示

衍生片語 의사를 ~ （表達意思），유감을 ~ （表示遺憾）

常用例句 환경 보호를 위해 각 환경 운동 단체에서 연대를 표시하였다.
爲了保護環境，各個環境團體表示要聯合起來。
그는 내게 친근감을 표시하였다.
他對我表示出了親近感。

相關詞彙 드러내다 （顯露），나타내다 （表示）

▶ **표정(表情)** 名 表情

衍生片語 밝은 ～（開朗的表情），슬픈 ～을 짓다（露出一副悲傷的表情）

常用例句 그는 불만스러운 표정을 감추고 어색하게 웃었다.
他隱藏了不滿的表情，不自然地笑了。
감독의 말에 젊은이는 약간 어리둥절한 표정이 되었다.
對於導演的話，年輕人露出了有些不知所措的神情。

相關詞彙 모습（樣子），모양（模樣），얼굴색（表情）

▶ **표현(表現)(하)** 名 表現，表達

衍生片語 예술적 ～（藝術的表現），～ 방법이 서투르다（表達方式生疏）

常用例句 그 학생은 선생님에 대한 감사의 표현으로 자그마한 선물을 드렸다.
那個學生送給老師一份小禮物表示感謝。

相關詞彙 표출（表出），나타냄（表現）

▶ **표현하다(表現-)** 動 表現

衍生片語 이별의 한을 표현한 작품（表現離別之恨的作品），자신의 의사를
분명하게 ～（明確地表達自己的意思）

常用例句 지금의 행복한 심정을 말로 다 표현할 수가 없다.
無法用語言表達出現在幸福的心情。
그는 인간을 고독한 군중으로 표현하였다.
他把人描述爲孤獨的人群。

相關詞彙 나타내다（表現），표줄하다（表現出），내보이다（表現）

▶ **폭** 副 嚴實，熟

衍生片語 잠이 ～ 들다（熟睡），～삶은 호박（燉爛了的南瓜）

常用例句 휴일에 폭 쉬었더니 몸이 개운하다.
休假日休息得好，身體很輕鬆。
머리를 덮고 폭 자다.
蒙頭睡大覺。

相關詞彙 깊게（深深地），많이（很多），심히（深深地）

▶ **풀** 名 漿糊

衍生片語 ～을 바르다（抹漿糊），～을 쑤다（熬漿糊）

常用例句 풀이 마르자 종이가 우그러졌다.

ㅍ

一抹上漿糊紙就皺了。

풀 먹였던 옷이 습기를 머금어 눅다.

漿過的衣服受潮變軟了。

相關詞彙 아교（膠水）

▶ 풀다 動 解開，解（恨）

衍生片語 신발끈을 ～（解鞋帶），분을 ～（解恨）

常用例句 누군가 회사 컴퓨터에서 암호를 풀고 비밀문서를 복사해 갔다.

有人破解了公司的電腦密碼，複印了祕密文件。

그가 사과를 해서 화를 풀기로 했다.

他決定道歉來消氣。

相關詞彙 화해하다（和解），해결하다（解決）

풀리다 動 暖和起來，解凍，釋放

衍生片語 날씨가 ～（天氣轉暖），강이 ～（江水解凍），혐의자가 ～（嫌疑犯被釋放）

常用例句 일기 예보에 따르면 내일은 날씨가 풀린다고 한다.

天氣預報說明天天氣會轉暖。

한강의 얼음이 풀렸다.

漢江解凍了。

相關詞彙 따뜻하다（溫暖），녹다（融化）

▶ 풍경(風景) 名 風景

衍生片語 ～이 아름답다（風景秀麗），시골의 장날 ～（鄉村趕集的景象）

常用例句 단풍이 곱게 물든 시골의 풍경은 한 폭의 그림처럼 보였다.

被楓葉染成紅色的鄉村風景，看上去就像是一幅畫。

相關詞彙 경치（景緻）

프로(professional) 名 專業人員

衍生片語 ～ 기사（專業技師），～ 복서（專業複印）

常用例句 벌써 두 번의 범행으로, 그 완전한 성공으로 프로 범죄자 같은 기술을 터득하게 되었다.

犯了兩次罪，最大的收穫就是學到了職業罪犯的技術。

일부 연예인의 연기는 자기선전을 위한 것으로, 최선을 다하지 않아, 거의 프로 정신을 볼 수가 없다.

有些演藝人員演出是爲了宣傳自己而已，並沒有盡力去演，一點也看不到職業精神。

(相關詞彙) 프로페셔널（professional，專業），직업（職業），전문가（專家）

► **프로(program)** 名 節目

(衍生片語) ～를 보다（看節目），～를 방영하다（播放節目）

(常用例句) 이 씨는 가장 빠르고 영리하게 모든 프로를 끌고 나갔다.
小李最快速、最俐落地完成了所有的節目後，就出去了。
관중은 프로그램의 감상자이자 판정인이다.
觀眾是節目的欣賞者和評判者。

(相關詞彙) 전문적（專業的）

► **프로그램(program)** 名 節目，程序

(衍生片語) ～을 짜다（製作節目），공연～（演出節目）

(常用例句) 나는 그가 마련한 여섯 달 과정의 교육 프로그램에 참가하여 많은 것을 배웠다.
我參加了他安排的六個月培訓課程，學到了很多。
텔레비전에선 주말 프로그램의 편성이 중요하다.
電視裡週末節目的編排很重要。

(相關詞彙) 목록（目錄）

► **플라스틱(plastic)** 名 塑膠

(衍生片語) ～ 장난감（塑膠玩具），～ 그릇（塑膠盤子）

(常用例句) 우리는 폐품 플라스틱 제품들을 녹여서 만든 재활용품을 사용한다.
我們使用的再生產品是將廢舊塑膠製品熔化後製造而成的。
이런 종류의 플라스틱 카드 안에는 크로칩이 내장되어 있어 화폐를 저장할 수 있다.
這種塑膠卡片內有一片超薄微型積體電路片，可以儲存貨幣。

(相關詞彙) 비닐（塑膠）

► **피다** 動 開

(衍生片語) 개나리가 활짝 ～（迎春花盛開），꽃이 ～（開花）

(常用例句) 그 나무는 가지가 죽어 잎이 피지 않는다.
那棵樹枝枯死了，不長葉子。

ㅍ

여름이 되어 해바라기가 활짝 피었다.
夏天到了，向日葵盛開。

相關詞彙　벌어지다（展開），펴지다（展開）

► 피로(疲勞) 名 疲勞，疲倦

衍生片語　～를 느끼다（感到疲勞），～가 쌓다（累積疲勞）

常用例句　피로 회복에는 충분한 휴식이 최고다.
充足的休息對消除疲勞最有效。
아이들의 재롱 떠는 모습을 보고 있자니 피로가 저절로 풀렸다.
看到孩子們玩耍的樣子，倦意全消。

相關詞彙　피곤（疲睏）

피로하다(疲勞-) 形 疲勞，疲倦

衍生片語　몸이 ～（身體疲勞），사람들의 피로한 정신（人們疲憊的神情）

常用例句　조명이 너무 밝으면 눈이 쉽게 피로해진다.
燈光太亮的話，眼睛很容易疲勞。
먼 길 오시느라 피로하실 텐데 가서 좀 쉬세요.
您遠道而來辛苦了，快好好休息吧。

相關詞彙　지치다（筋疲力盡），힘들다（費力）

► 피시(PC) 名 個人電腦

衍生片語　～방（網咖）

常用例句　퍼스널컴퓨터를 '피시'로 약칭한다.
個人電腦簡稱PC。

相關詞彙　개인용 컴퓨터（個人用電腦）

필름(film) 名 膠片，影片，電影

衍生片語　～을 인화하다（印照片），～ 한 통（一捲膠片）

常用例句　이 필름은 16밀리짜리이다.
這個膠片是16毫米的。
영상실에서 필름이 돌아가는 소리가 난다.
放映室傳出膠片轉動的聲音。

相關詞彙　영화（電影）

► 필통(筆桶) 名 筆筒，筆盒

衍生片語 연필을 ～에 넣다（把鉛筆放在筆筒裡）

常用例句 필통 속에는 연필 몇 자루와 지우개가 들어 있었다.
筆筒裡裝著幾枝鉛筆和橡皮擦。

相關詞彙 필갑（筆盒）

하얗다[-야타] 形 白

衍生片語　하얀 눈 위를 걷다（在白雪上行走），하얀 옷（白衣服）

常用例句　그 아이는 얼굴이 너무 하얘서 꼭 아픈 사람 같다.
那個孩子臉色蒼白，像個病人似的。
하늘에 눈이 날리어 온통 새하얗다.
天空飄起雪，一片銀白。

相關詞彙　희다（白色）

하여튼(何如-) 副 無論

常用例句　성격이 어떤지는 모르겠지만 하여튼 인물 하나는 좋다.
雖然不知道性格怎麼樣，但長得不錯。
하여튼 그 사람이 모두 이길 수 있다.
總之，那個人會大獲全勝。

相關詞彙　어쨌든（無論如何），여하튼（無論如何）

하품 名 呵欠

衍生片語　～을 참다（忍住哈欠），～을 늘어지게 하다（打了一個長長的哈欠）

常用例句　어젯밤에 잠을 설쳤더니 자꾸 하품이 나온다.
昨晚睡眠不足，總是在打哈欠。
점심 식사 후 교실에 들어가자 여기저기서 졸거나 하품을 하는 학생들이 눈에 띈다.
午飯後一進教室，隨處可見愛睏或打哈欠的學生。

相關詞彙　기지개（伸懶腰）

한꺼번에[-버네] 副 一下子，一齊

衍生片語　～ 몰려들다（一下子湧過來）

常用例句　그는 밀린 외상값을 한꺼번에 갚았다.
他一次還清了賒欠的帳款。
그는 지진으로 부모와 처자를 한꺼번에 잃었다.
因爲地震，他一下子失去了父母和妻兒。

相關詞彙　한번에（一次），일시에（一下子）

▶ **한동안** 副 一度，一個時期

衍生片語 무거운 침묵이 ～ 계속되다（沉默持續了好一陣子），～을 망설이다（猶豫了一段時間）

常用例句 한동안의 논란 끝에 그들은 두 패로 갈라섰다.
在經歷了一陣的混亂後，他們分成了兩派。
감동되어 한동안 말을 못하였다.
感動得一時說不出話來。

相關詞彙 한때（一度）

▶ **한숨** 名 嘆氣，嘆息

衍生片語 ～ 소리（嘆氣聲），～을 쉬다（嘆氣）

常用例句 땅이 꺼질 듯이 한숨을 내쉰다.
他嘆了口氣，像是地要塌了似的。
나도 모르게 한숨이 새어 나왔다.
我不自覺地嘆了一口氣。

相關詞彙 탄식（嘆息）

▶ **한잔(-盞)** 名 一盞，一小杯

衍生片語 술 ～ 마시다（喝一杯酒）

常用例句 오랜만에 소주 한잔 어때?
好久不見，喝杯燒酒怎麼樣？
뜨거운 술 한잔을 마시면 반드시 좋아질 것이다.
喝上一杯熱酒，肯定會感覺好些。

相關詞彙 음주（飲酒）

▶ **한잔하다(-盞-)** 動 喝一杯

衍生片語 맥주를 ～（喝杯啤酒）

常用例句 오늘 일 끝나고 한잔하러 가지.
今天工作做完後，去喝一杯吧。
그와 일품향에 가서 간단히 한잔하기로 약속했다.
約他到「一品香」小酌。

相關詞彙 술마시다（喝酒），음주하다（飲酒）

► **한쪽** 名 一邊

衍生片語 방의 ～ 구석 (房間的一角) ，～ 눈을 감다 (閉上一隻眼)

常用例句 탑이 한쪽으로 기울어져 있다.
塔向一邊傾斜。
한쪽의 의견만 듣고 반대쪽의 의견을 무시하면 공정한 판단을 내릴 수 없다.
如果只聽取一方的意見而無視另一方意見的話，就不能做出公正的判斷。

相關詞彙 한편 (一邊)

► **한참** 名 好一會兒

衍生片語 ～ 뒤 (過了好一會兒) ，～ 동안 기다리다 (等了好一會兒)

常用例句 그는 한참 나를 노려보더니 돌아서 가버렸다.
他瞪了我好一會兒，轉身走掉了。
담장을 따라 한참을 걸어가니 기와집이 나왔다.
沿著牆走了好一會兒，才看到瓦房。

相關詞彙 한동안 (好一陣子) ，장시간 (長時間)

► **한편(-便)** 名 一邊

衍生片語 ～이 되다 (結成一幫)

常用例句 한편으로는 말하면서 한편으로는 문 밖으로 뛰어나갔다.
一邊說，一邊往門外跑去。

相關詞彙 한 쪽 (一夥)

► **한편(-便)** 名 一邊，另一方面

衍生片語 방 ～에 앉다 (坐在房間的一邊)

常用例句 그의 합격 소식을 들으니 한편 기쁘기도 하고 한편 걱정스럽기도 했다.
聽到他合格的消息，喜憂參半。
장군은 부하들을 독려하는 한편 구원병을 요청했다.
將軍一面激勵部下，一面請求援軍。

相關詞彙 한쪽으로는 (一邊，另一邊)

▶ **할인하다(割引-)[하린-]** 動 折扣

衍生片語 5퍼센트 ~（打九五折），할인하지 않다（不打折）

常用例句 그 매장에서는 물건 값을 20% 할인하여 판매한다.
那個賣場物品打八折出售。
이 가격은 30%를 할인한 가격이라 더 깎아 줄 수 없다.
這個價格是打七折的價格，不能再便宜了。

相關詞彙 감가（減價）

▶ **함부로** 副 隨便，胡亂

衍生片語 ~ 행동하다（隨便行動），~ 대하다（怠慢）

常用例句 그는 직무상의 권한을 함부로 남용했다.
她濫用了職權。
이것은 기밀이니 공개할 때가 되기 전까지 함부로 말해서는 안 된다.
這是機密，在公開之前，不能亂說。

相關詞彙 마음대로（隨便）

▶ **합격(合格)[-껵]** 名 合格

衍生片語 ~을 축하하다（祝賀合格），시험에 ~하다（考試及格）

常用例句 그는 세 번 만에 운전면허 시험에 합격하였다.
他考了三次，才拿到駕照。
그사이 그는 대학에 가서 시험을 치렀고 합격 통지서를 받았다.
那段時間他去大學參加考試，拿到了入學通知書。

相關詞彙 통과（通過）

▶ **합치다(合-)** 動 合，合併

衍生片語 힘을~（齊心協力），합쳐 살다（一起生活），마음을 합쳐서 일하다（萬眾一心地工作）

常用例句 친구 서넛이 합쳐서 여행을 가기로 했다.
決定三四個朋友一起去旅行。
결혼한 남동생은 부모님과 합쳐서 살기로 결정했다.
結婚的弟弟決定和父母一起生活。

相關詞彙 합하다（合併）

해결(解決) 名 解決

衍生片語 ~을 보다（解決），~에 나서다（出面解決）

常用例句 친구 간에 생긴 문제의 해결은 당사자가 직접 해야 한다.
朋友之間產生問題，需要當事人自己解決。

相關詞彙 처리（處理）

해결하다(解決-) 動 解決

衍生片語 문제를 ~（解決問題），모순을 ~（解決矛盾）

常用例句 그는 아직도 자신의 어려움을 부모님이 대신 해결해 주시리라 믿고
있다.
他仍然相信父母會替他解決困難。
다년간 존재해온 고질병을 해결하였다.
治癒了存在多年的宿疾。

相關詞彙 풀다（解決）

해석(解釋) 名 解釋

衍生片語 영어 원문 ~（英語原文解釋），의미의 ~（釋義）

常用例句 이러한 해석은 작자의 원래 뜻에 비교적 가깝다.
這樣解釋比較接近作者原意。
이 문장은 '주인공이 꿈꾸는 미래를 상상하는 것'이라고 해석해야
뜻이 통한다.
這個句子只有解釋爲「想像主角夢想的未來」，意思才通順。

相關詞彙 해설（解釋），풀이（解說）

행동(行動) 名 行動

衍生片語 ~ 범위（行動範圍），난폭한 ~（粗暴的行爲）

常用例句 그는 계획을 행동으로 옮겼다.
他將計劃付諸了行動。
그는 자신의 버릇없는 행동을 정중히 사과했다.
他爲自己無禮的行爲鄭重道歉。

相關詞彙 활동（活動）

행동하다(行動-) 動 行動

衍生片語 정중하게 ~（行爲沉穩），손님이 주인처럼 ~（客人像主人般地

行動)

(常用例句) 선생님의 의견에 따라 행동하겠습니다.
我一定會按照老師的意見去做事。
그런 일일수록 침착하게 행동해야 실수가 없다.
越是那種工作，越要沉著行事，才不會有失誤。

(相關詞彙) 움직이다（行動）

► 향기(香氣) 名 香氣

(衍生片語) ～가 좋다（香氣宜人），진한 커피 ～（濃濃的咖啡香），은은한 ～（淡淡的香氣）

(常用例句) 백합 향기에 흠뻑 취한다.
陶醉於百合花的香氣中。

(相關詞彙) 향（香），향취（香氣）

► 허용하다(許容-) 動 容許

(衍生片語) 허용하는 기준（許可標準），외출을 ～（准許外出）

(常用例句) 학교 측은 학생들의 장발을 허용한다.
學校容許學生留長髮。
자유란 법이 허용하는 범위 안에서 누릴 수 있다.
在法律允許的範圍內享受自由。

(相關詞彙) 허락하다（允許），인정하다（承認），용정하다（容許）

► 헌 冠 舊

(衍生片語) ～ 구두（舊皮鞋），～ 신문지를 모으다（收集舊報紙）

(常用例句) 헌 털옷을 뜯어서 새로 뜨개질한다.
把舊毛衣拆了重新織一下。
헌 옷대로 새 옷을 맞추다.
比照舊衣服裁新衣服。

(相關詞彙) 옛（過去的），오래된（長時間的）

► 헤어지다 動 散，散開，分離

(衍生片語) 헤어진 연인（分手的戀人），부부가 ～（夫妻分手）

(常用例句) 인연이 끊어지면서 그들은 헤어져 버렸다.
緣分盡了，他們分手了。
우리 집이 이사를 해서 오랫동안 친분이 있던 동네 사람들과 헤어졌다.

因爲我們家搬了家，所以就離開了那些一直以來交情不錯的鄰居們。

相關詞彙 이별하다（分別）

► 현관(玄關) 名 門廊

衍生片語 ～에 들어서다（走進玄關），～을 나서다（出了玄關）

常用例句 현관 앞에는 신발들이 나란히 놓여 있었다.
鞋子整齊地放在玄關前。
초인종이 울리자 모두들 현관 쪽으로 눈을 돌렸다.
鈴聲一響，大家都一齊看向玄關那邊。

相關詞彙 현관문（走廊門），대문（大門），정문（正門）

► 현금(現金) 名 現金

衍生片語 ～으로 지불하다（支付現金），～이 모자라다（現金不夠），～거래（現金交易）

常用例句 상품권으로 물건을 샀더니 점원이 남은 액수를 현금으로 환불해 주었다.
用代券買了東西後，店員把剩餘的金額換成了現金。

相關詞彙 돈（錢）

► 현대(現代) 名 現代

衍生片語 ～ 문명（現代文明），～ 학교 교육의 문제점（現代學校教育的問題）

常用例句 그 병은 현대 의학으로도 고칠 수 없는 불치병이다.
那個病是現代醫學也無法治癒的不治之症。
전통 문화는 현대로 오면서 많이 사라졌다.
到了現代，傳統文化消失了很多。

相關詞彙 현시대（當代）

► 현지(現地) 名 副 基礎上

衍生片語 ～ 를 답사하다（實地考察），～ 상황에 알맞다（適合當地情況）

常用例句 현지 관찰을 많이 하여 식견을 넓혀야 한다.
要多做現場考察，以增長見聞。
현지 민족의 민간 문화 예술이 융성의 기운이 오르도록 만들었다.

繁榮了當地的民族民間文化藝術。

（相關詞彙）실지（實地），현주소（現實情況）

▶ **혹은(或-)[호근]** 名 或者

（衍生片語）아들 ～ 딸（兒子或女兒），10년 ～ 20년（十年或二十年）

（常用例句）방 안의 사람들은 혹은 앉기도 하고, 혹은 눕기도 하였다.
房間裡的人或坐或臥。
자신 혹은 고인에 대해 담화를 하면서 인생의 몇몇 의미를 찾을 수 있다.
可以談談自己或古人，尋找一些人生的意義。

（相關詞彙）아니면（或者）

▶ **홈페이지 (homepage)** 名 首頁

（衍生片語）인터넷 ～（首頁），미니～（迷你首頁，個人主頁），다채로운 개인 ～（多姿多彩的個人網站）

（常用例句）이 홈페이지 내의 온갖 자료의 판권을 소유한다.
擁有此網頁內所有資料的版權。

（相關詞彙）사이버（網頁）

▶ **화나다(火-)** 動 生氣，冒火

（衍生片語）화난 얼굴（生氣的臉），엄청나게 ～（大發雷霆）

（常用例句）나는 화난다고 친구에게 욕설을 한 것을 후회했다.
我後悔生氣罵了朋友。
어쨌거나 소용 없는 일로 그를 화나게 만들 필요는 없었다.
無論如何，沒有必要因爲無用的事情而惹他發火。

（相關詞彙）노하다（憤怒）

▶ **화려하다(華麗-)** 形 華麗，奢華

（衍生片語）의상이 ～（服飾華美），화려하게 꾸미다（裝扮得很華麗）

（常用例句）그녀는 어렸을 때부터 화려한 삶을 동경했다.
她從小憧憬奢華的生活。
영화배우들의 생활은 겉으로는 화려해 보인다.
電影演員的生活表面看上去很奢華。

（相關詞彙）호화롭다（豪華的）

ㅎ

▶ **화분(花盆)** 名 花盆

衍生片語 ～이 깨지다（打碎花盆）, ～을 사다（買花盆）

常用例句 화분에 꽃씨를 심었다.
在花盆裡種了花。

相關詞彙 꽃병（花瓶）

▶ **확실하다(確實-)[-씰-]** 形 確實

衍生片語 확실한 증거（確鑿的證據）, 의문점을 확실하게 밝히다（準確地闡明有問題的地方）

常用例句 회사는 그에게 신원이 확실하면 곧 채용하기로 약속하였다.
公司承諾, 一旦核對了他的身分便會馬上錄用。
귀로 들은 것은 거짓이고, 눈으로 본 것이 확실하다.
耳聞爲虛, 眼見爲實。

相關詞彙 틀림없다（一定）, 분명하다（分明, 明顯）, 정확하다（正確）

▶ **확실히(確實-)[-씰-]** 副 確切地

衍生片語 조사를 ～ 하다（確切地調查）

常用例句 병명이 무엇인지 확실히 말씀해 주십시오.
請告訴我確切的病名。
엄마의 약손은 확실히 효과가 있었다.
媽媽的手的確有治病的效果。

相關詞彙 분명히（分明）, 틀림없이（一定）

▶ **확인되다(確認-)[화긴-]** 動 確認, 肯定

衍生片語 합격이 ～（確認合格）

常用例句 그가 거짓말을 한 것이 조사 결과 확인되었다.
調查結果證實他說了謊。
구치소 안에서 사람 하나가 없어진 것이 뒤늦게 확인됐다.
後來才知道拘留所少了一個人。

相關詞彙 재확인（再次確認）

▶ **확인하다(確認-)[화긴]** 動 確認

衍生片語 일정을 ～（確認行程）

常用例句 사실 여부를 확인해 보세요.
請確認是否屬實。
등교 전 준비물을 꼭 확인해야 한다.
上學前一定要確認準備的物品。

相關詞彙 확실하다（確定）

▶ 환갑(還甲) 名 花甲，六十大壽

衍生片語 ～을 맞이하다（迎接花甲），～를 지내다（年過花甲）

常用例句 할아버지는 환갑이 지나신 지 한참인데도 아주 정정하시다.
爺爺雖早已年過花甲，但仍然身體健康。
그 양반은 지금 환갑 지내고 여든이 넘은 어른이다.
那位老先生現在已是辦過六十大壽，年過八十的老人了。

相關詞彙 회갑（花甲），환력（花甲）

▶ 환영(歡迎) 名 歡迎

衍生片語 ～ 군중（歡迎群眾），～을 받다（受歡迎）

常用例句 탱크병들이 청년의 환영에 응답하여 손을 흔들었다.
坦克兵招手向前來歡迎的青年作出了回應。
그는 우리의 제안을 쌍수를 들고 환영했다.
他舉雙手歡迎我們的提案。

相關詞彙 환송（歡送）

▶ 활동(活動)[-똥] 名 活動

衍生片語 정치 ～（政治活動），～ 경력（活動經歷）

常用例句 활동 무대가 넓다.
活動舞台很寬廣。
휴화산이 활동을 다시 시작하였다.
休眠火山重新開始活動。

相關詞彙 행동（行動）

▶ 활동하다(活動-)[-똥-] 動 活動

衍生片語 세계를 무대로 ～（以世界爲舞台展開活動）

常用例句 병사들은 달이 밝아 밤에 활동할 수가 없었다.
因爲月光太亮，士兵們晚上無法活動。
오륙백 명이나 수용할 수 있는 대강당에는 한여름 동안 땀을 흘려

가며 활동한 남녀 대원들로 빈틈없이 들어찼다.

在能容納五六百人的大禮堂裡，擠滿了在盛夏裡大汗淋漓地參加活動的男女隊員們。

(相關詞彙) 움직이다（活動）

활발하다(活潑-) 形 活潑

(衍生片語) 활발한 교류（活躍的交流），활발한 동아리 활동（活躍的社團）

(常用例句) 날씨가 따뜻한 탓인지 아이들만은 부끄러움 없이 활발하게 뛰어놀고 있다.

大概是天氣暖和的緣故，孩子們一點也不害羞，活潑地跑來跑去。

문화제 준비는 날이 갈수록 진행이 활발해 보였다.

日子一天天過去，文化節的準備活動也正如火如荼地進行著。

(相關詞彙) 생기있다（有活力），씩씩하다（充滿活力）

활용하다(活用-)[화룡-] 形 充分利用，靈活應用

(衍生片語) 규칙활용（充分利用規則），충분히 잘 ～（充分利用）

(常用例句) 여가를 자기 개발에 잘 활용하는 사람만이 성공할 수 있다.

只有將空閒時間有效地利用於自我發展的人才能成功。

놀리는 땅을 주차 공간으로 활용한다.

把玩耍的空地用作停車場。

(相關詞彙) 이용하다（利用），사용한다（使用）

회복하다[-보카-] 動 恢復

(衍生片語) 국권을 ～（恢復國家主權），건강을 ～（恢復健康）

(常用例句) 한번 무너진 신뢰는 회복하기 어렵다.

一旦失去信任，就會很難恢復。

갑작스러운 충격에 정신을 잃었던 그녀는 몇 시간 후에야 의식을 회복했다.

突如其來的打擊使她一時之間回不過神來，幾小時後才恢復意識。

(相關詞彙) 정신차리다（清醒），되찾다（恢復）

효과(效果) 名 效果

(衍生片語) 파급 ～（波及效果），치료 ～（治療效果）

(常用例句) 남편의 말은 아내의 슬픔을 달래는 데 어느 정도 효과가 있었다.

丈夫的話對安慰妻子的傷痛多少有些效果。

좋다는 약은 모두 먹었으나 별 효과가 없었다.
吃了公認是很好的藥物，卻沒有什麼效果。

(相關詞彙) 효험（效果），효력（效力）

▶ 후배(後輩) 名 後輩，晚輩，晚期的同學

(衍生片語) 대학 ～（大學晚輩），우수한 ～（優秀的後輩）

(常用例句) 어느 날 아내의 학교 후배가 집을 찾아왔다.
某天妻子的學妹找上門來。
선배, 후배 한자리에 모인 동문회이다.
學長、學弟們歡聚一堂的同學會。

(相關詞彙) 후생（後生）

▶ 후춧가루[-춛까-] 名 胡椒粉

(衍生片語) ～를 뿌리다（撒胡椒粉），～를 못 먹다（吃不了胡椒粉）

(常用例句) 떡국에는 후춧가루를 넣어야 한다.
應該在年糕湯裡撒胡椒粉。
후춧가루 맛은 맵다.
胡椒粉味辛辣。

(相關詞彙) 고춧가루（辣椒粉）

▶ 훌륭하다 形 很好，了不起，優秀

(衍生片語) 훌륭한 작품（優秀的作品），훌륭한 행동（了不起的行動）

(常用例句) 사람은 훌륭하게 되면 될수록 겸손해야 한다.
人越優秀，就應該越謙虛。
낡은 자동차였지만 차의 성능은 훌륭했다.
雖然是舊車，但性能很好。

(相關詞彙) 우수하다（優秀的）

▶ 훨씬 副 更

(衍生片語) ～ 많다（更多），～ 적다（更少）

(常用例句) 사전을 꺼냈더니 가방이 훨씬 가벼웠다.
掏出字典後，包包明顯輕了不少。
교통 시설의 발달로 여행이 옛날보다 훨씬 편리해졌다.
因爲交通設施發達，旅行比過去更方便了。

相關詞彙 월등히（優秀地），뛰어나게（出色的）

► 흐르다 動 流

衍生片語 시간이 ～（時光流逝），땀이 ～（流汗），군침이 ～（流口水），기름이 ～（流出油）

常用例句 물은 높은 데서 낮은 데로 흐른다.
水往低處流。
꽃이 만발한 화원에는 봄기운이 완연히 흐르고 있었다.
花朵競相開放的花園裡，春意盎然。

相關詞彙 흘리다（流）

► 흐리다 形 陰沉

衍生片語 공기가 ～（氣氛陰沉），기억이 ～（記憶模糊）

常用例句 친구는 무슨 걱정이 있는지 얼굴빛이 흐렸다.
朋友好像有什麼擔心的事，臉色陰沉。
날이 잔뜩 흐린 게 비가 올 것 같다.
天陰得厲害，好像要下雨了。

相關詞彙 혼탁하다（混濁），어둡다（黑暗）

► 흔들다 動 搖，擺，揮動，震撼

衍生片語 손을 ～（揮手），몸을 ～（擺動身體），머리를 ～（搖頭，否定），꼬리를 ～（搖尾巴，諂媚）

常用例句 누나는 자는 동생을 흔들어 깨웠다.
姐姐搖醒了睡覺的弟弟。
사람들은 태극기를 흔들며 만세를 불렀다.
人們揮動太極旗，高呼萬歲。

相關詞彙 움직이다（移動）

► 흔히 副 常常，經常

衍生片語 ～ 일어나는 사건（經常發生的事），～ 하는 말（常說的話）

常用例句 그런 사람은 길거리에서 흔히 볼 수 있다.
那樣的人在路上經常見到。
아이들끼리 놀다 싸우는 것은 흔히 있는 일이다.
孩子們玩著玩著突然打起來，這是常有的事。

相關詞彙 종종（常常），때때로（不時），자주（經常）

ㅎ

▶ **흘러가다** 動 流走

衍生片語 흘러가는 강물（流逝的江水），세월이 ～（歲月流逝）

常用例句 시간이 흘러가면 상처도 저절로 나을 것이다.
時間流逝，傷口也會自動癒合。
낙엽이 냇물 위에 둥둥 떠서 흘러간다.
落葉隨著溪水漂走。

相關詞彙 흘러내리다（流下去）

▶ **흘러나오다** 動 流出去

衍生片語 샘물이 ～（泉水流出來），연기가 ～（冒煙）

常用例句 방에서 불빛이 흘러나오고 있다.
房間裡透出燈光。
라디오에서 아름다운 음악이 흘러나오고 있다.
收音機裡傳出動聽的音樂。

▶ **흘리다** 動 流，撒；當耳邊風

衍生片語 물을 ～（流水），정보를 ～（走漏消息），군침을 ～（流口水），땀을 ～（流汗），귓등으로 ～ (귓전으로 흘리다)（當作耳邊風）

常用例句 뜨거운 햇살 아래 장정들은 땀을 흘리며 열심히 일하고 있다.
炎熱的陽光下，壯丁們正流著汗努力地工作。
선생님 말씀을 한마디라도 흘리지 말고 집중해서 들어라.
集中精力好好聽，不要漏掉老師講的任何一句話。

相關詞彙 쏟다（傾瀉），지나치다（過度，過分）

▶ **흥미(興味)** 名 興趣

衍生片語 ～를 불러일으키다（激發興趣），바둑에 ～를 붙이다（迷上圍棋）

常用例句 영화란 줄거리를 알고 보면 흥미가 반감되는 법이다.
電影若是知道情節的話，趣味就會減半。
그는 사회 문제에 별 흥미를 못 느낀다.
他對社會問題不感興趣。

相關詞彙 취미（愛好），재미（有意思）

희망(希望)[히-] 名 希望

衍生片語 ～이 없다（沒有希望），～과 용기（希望和勇氣）

常用例句 죽기 전에 고향으로 돌아가기를 희망한다.
希望死前回到故鄉。
그에게는 더 이상 살 희망이 남아 있지 않았다.
他再也沒有活下去的希望了。

相關詞彙 소망（願望），바람（希望）

筆 記

以下內容為歷年韓國語能力考試中出現的慣用語

↘ 가는 날이 장날이다. 　　來得早不如來得巧；來得真不是時候（12回中級）

↘ 가는 말이 고와야 오는 말이 곱다 　　你不仁，我不義；你敬我三分，我敬你一尺（14回中級）

↘ 갈수록 태산이다. 　　越來越難；一關要比一關難；一山更比一山高（8回中級，11回中級，12回中級）

↘ 그림의 떡 　　畫中餅；水中月；鏡中花（8回中級，11回中級）

↘ 급할수록 돌아가라 　　越是著急越要慢慢繞開障礙物走；欲速則不達（7回中級）

↘ 꿩 대신 닭 　　無魚蝦也好；無牛捉來馬耕田（12回中級）

↘ 낯이 익다 　　面熟（16回中級）

↘ 누워서 떡 먹기 　　易如反掌（8回中級）

↘ 눈(을) 감아 주다 　　放過一馬（8回中級）

↘ 눈치를 보다 　　看人臉色（8回中級）

↘ 더위를 타다 　　怕冷（7回中級）

↘ 돈을 물 쓰듯 하다 　　花錢如流水（11回中級）

↘ 땀이 비 오듯 하다 　　汗如雨下（7回中級，12回中級）

↘ 땅 짚고 헤엄치기(= 식은 죽 먹기) 　　易如反掌；小菜一碟（10回中級）

↘ 뚝배기보다 장맛 　　比喻外醜內秀（8回中級）

↘ 마음을 졸이다 　　內心焦急；心急如焚（7回中級）

↘ 말 한 마디로 천 냥 빚 갚는다 　　一語值千金（14回中級）

↘ 모르는 게 약이다	不知者不罪（11回 中級）
↘ 무소식이 희소식이다	沒消息就是好消息（9回 中級）
↘ 밑 빠진 독에 물 붓기	比喻根本沒有指望（10回 中級）
↘ 발 없는 말이 천 리 간다	好話不出門，壞事傳千里；言語無足行千里；人言可畏（14回 中級）
↘ 발(이) 넓다[너르다]	交際廣（7回 中級，9回 中級）
↘ 배보다 배꼽이 더 크다	本末倒置（8回 中級）
↘ 불(을) 보듯 뻔하다[훤하다]	明擺著的；已成定局（8回 中級）
↘ 산 넘어 산	困難重重；過了一山又一山（13回 中級）
↘ 세월이 약이다	時間會改變一切；時間就是良藥（8回 中級）
↘ 손 내밀다/벌리다	伸出援手；求助別人（7回 中級）
↘ 손을 잡다	聯手；攜手合作（7回 中級）
↘ 손(을) 떼다	撒手不管（13回 中級）
↘ 시작이 반이다	好的開始是成功的一半（13回 中級）
↘ 식은 죽 먹기	易如反掌（8回 中級，13回 中級）
↘ 싼 게 비지떡이다	便宜沒好貨；一分錢一分貨（11回 中級，12回 中級）
↘ 어깨가 무겁다	肩膀上擔子重；負擔或責任沉重。（7回 中級）
↘ 우물 안 개구리	井底之蛙（10回 中級）
↘ 티끌 모아 태산	積少成多（13回 中級）
↘ 하늘의 별 따기	比登天還難（8回 中級，10回 中級)
↘ 호랑이도 제 말 하면 온다	說曹操，曹操就到（14回 中級）

其他準備中級能力考試需要掌握的慣用語

ㄱ

↘ 가슴에 못(을) 박다	往心口上捅刀子
↘ 가슴에 새기다	銘記在心
↘ 가슴을 붙태우다	心急如焚
↘ 가슴(을) 앓다	痛心；心痛
↘ 가슴이 떨리다	激動；興奮；緊張；害怕
↘ 가슴이 뜨끔하다	心裡一驚；內疚；驚恐
↘ 가슴이 뭉클하다	心情激動；心潮澎湃
↘ 가시(가) 박히다	話中帶刺
↘ 각광을 받다	引人注目；受人歡迎
↘ 간발의 차이	不相上下
↘ 간(을) 졸이다	憂心不安
↘ 간이 떨어지다	心驚肉跳；心驚膽顫
↘ 간(이) 붓다	膽大包天
↘ 간(이) 크다	膽子大；天不怕，地不怕
↘ 감투를 벗다	摘掉烏紗帽；辭官
↘ 강 건너 불구경	隔岸觀火
↘ 개구리 올챙이 적 생각 못 한다	好了傷疤忘了痛；得了金飯碗，忘了叫街時
↘ 개미 새끼 하나 볼 수 없다	一隻螞蟻也沒有；連個人影都見不到；別說人影，就連螞蟻也沒看見
↘ 개미 새끼 하나도 얼씬 못 한다	警戒森嚴

↘	거북이 걸음	烏龜速度；蝸行牛步
↘	거짓말을 밥 먹듯 하다	說謊就像吃飯似的
↘	거품(을) 물다	議論紛紛；口若懸河；口沫橫飛
↘	걱정이 태산이다	極為擔心；要操心、煩憂的事繁多
↘	걸음을 떼다	剛剛起步
↘	걸음이 가볍다	步子輕；步伐輕盈。
↘	아파감에 게눈 감추듯 하다	狼吞虎嚥
↘	게걸음 치다	邁著螃蟹步；橫著走；步行緩慢
↘	고개(를) 들다[쳐들다]	抬頭
↘	고개를 떨구다	低垂著頭
↘	고개를 젓다 (=고개를 흔들다)	搖頭（晃腦袋）；不認同；反對；拒絕
↘	고무신을 거꾸로 신다	腳踏兩條船；戴綠帽子
↘	고배를 들다[마시다/맛보다]	經歷失敗；嚐到苦頭
↘	골치(가) 아프다	頭疼；傷腦筋
↘	골탕(을) 먹다	吃虧；吃苦頭；深受其害
↘	공주병	公主病
↘	공처가	妻管嚴；怕老婆
↘	과거(가) 있다	有過去
↘	교통정리	維持秩序；整頓交通
↘	구름같이 모여들다	雲集；群聚一起
↘	구미가 당기다[돌다]	垂涎三尺；引起興趣；合口味
↘	국수(를) 먹다	吃喜糖；結婚

↘	귀가 가렵다[간지럽다]	耳朵癢（意指好像有人在談論自己）
↘	귀(가) 따갑다	耳朵都起繭子了（意指聽得厭煩）
↘	귀가 뚫리다	耳朵都穿透了（意指聽懂了）
↘	귀가 얇다	耳根子軟（意指易聽信人言）
↘	귀(를) 기울이다	傾聽；專心聽
↘	귀신도 모르다	神不知鬼不覺；極為神祕
↘	귀신이 되다	成仙了
↘	귀청(이) 떨어지다	震耳欲聾
↘	귓가에 맴돌다	縈繞在耳旁；不絕於耳
↘	귓등으로 듣다	當作耳邊風
↘	귓전으로 듣다	當成耳邊風
↘	그림자도 없다	沒有一個人影；不知去向；不見人影
↘	극과 극이다	極對極；天地之別
↘	금강산도 식후경	金剛山也是飯後的景致；民以食為天
↘	금상첨화(錦上添花)	錦上添花
↘	금(이) 가다	出現裂痕
↘	기를 쓰다	使出渾身解數；全力以赴
↘	길눈(이) 밝다	記路；認路（意指只要走過的路就不會忘）
↘	깨가 쏟아지다	芝麻開花節節高；生活美滿（意指夫妻恩愛情深）
↘	깨소금 맛	芝鹽的味道；幸災樂禍
↘	꼬리(가) 길다	多行不義必自斃；拖泥帶水；歹戲拖棚

꼬리(를) 내리다	夾尾巴；捲起尾巴
꿀 먹은 벙어리	啞巴吃蜜—有口難言；啞巴吃黃連—有苦說不出
꿈 깨다	夢醒了；清醒；白作了一場美夢
꿈도 꾸지 마라	別作白日夢了
꿈도 야무지다	夢想遠大；諷刺夢想過大沒有實現的可能性
꿈에도 생각지 못하다	作夢也沒有想到
끝장(을) 보다	善始善終；一不做，二不休；看到下場；算帳

ㄴ

나사가 빠지다	掉螺絲；沒精神；發愣
낙하산을 타다 (낙하산이다)	坐降落傘；（有靠山）一路高升；走後門
날개(가) 돋치다	長了翅膀；銷售一空；意氣風發
날(을) 받다	定日子；擇日
날벼락을 맞다 (생벼락을 맞다)	晴天霹靂（遭天打雷劈）；惹出一身腥
밤을 꼬락 새우다	通宵達旦
남대문(이) 열리다	南大門開了（意指男生的褲子拉鍊沒拉）
남의 등을 쳐 먹다	在背後算計人（狡猾惡毒地搶奪別的人東西）
낮과 밤이 따로 없다	沒日沒夜
낮말은 새가 듣고 밤말은 쥐가 듣는다	隔牆有耳；說話要小心
낯이 두껍다 (얼굴이 두껍다, 낯두껍다, 낯가죽이 두껍다)	臉皮厚；厚顏無恥
낯(얼굴)을 들지 못하다	沒臉見人；抬不起頭
낯이 뜨겁다	讓人臉紅；感覺丟臉；羞恥

내 손에 장을 지진다	天打雷劈，不得好死
내 코가 석 자다	泥菩薩過河，自身難保
냄새(를) 맡다	聞到味；有所察覺；察覺異狀
냉수 먹고 속 차리다	潑點涼水，清醒清醒
너 죽고 나 죽자	你死我活；誰也不饒誰
넋을 놓다 (넋이 나가다)	失魂落魄（魂跑了）；魂不守舍；失神；發愣；出神
넋을 잃다	失魂落魄；像丟了魂似的；出神；失神
노여움(을) 사다	惹人生氣；觸怒
녹초가 되다	筋疲力盡；疲憊
눈 가리고 아웅 하다	掩耳盜鈴；此地無銀三百兩；自欺欺人
눈 밖에 나다	不被信任；被人厭惡
눈길을 끌다	奪目；吸引視線；顯眼
눈길(을) 모으다	引人注意
눈도 깜짝 안 하다	眼睛眨都不眨；無動於衷；泰然自若
눈에 밟히다	浮現在眼前
눈에 익다	眼熟
눈(을) 돌리다	避開視線；把目光轉向
눈이 높다	眼光高
눈(이) 맞다	心意相通；對上眼；相互看上眼
눈이 밝다	有眼力；眼明手快
눈총(을) 맞다	被人厭棄；受歧視；遭白眼

눈치(가) 보이다	看人臉色；給眼色看
눈치(가) 빠르다	有眼力
눈치가 없다 (빠르다)	沒有眼力
눈칫밥(을) 먹다	看別人臉色度日；寄人籬下

ㄷ

달밤에 체조하다	做事不合時宜；不是現在該做的事
닭 잡아먹고 오리발 내민다	吃了雞肉卻吐鴨骨頭（意指做壞事卻想作假掩飾）
담 쌓고 지내다	斷交；不相往來
대가리(가) 크다	腦袋大；頭大
더위(를) 먹다	中暑
덜미를 잡다[쥐다]	抓住把柄
덜미가 잡히다	被抓住後頸；被抓到了把柄
도장(을) 찍다	蓋章；發誓
독 안에 든 쥐	甕中之鱉；身陷困境
돈(을) 굴리다	貸款；放高利貸；借錢生利
돈방석에 앉다	坐在金山上（意指坐擁財富）
돌(을) 던지다	扔石頭；批評；落井下石
돌처럼 굳어지다	像石頭一樣變硬；僵住
돌팔이	江湖騙子
되로 주고 말로 받는다	給一升得一斗（意指給少得多）
두각을 나타내다	嶄露頭角

↘	두고 보다	走著瞧
↘	두 손(을) 들다	高舉雙手投降
↘	뒤가 구리다	有問題
↘	뒤가 든든하다	有靠山
↘	(재수가 없으면) 뒤로 넘어져도 코가 깨진다	（運氣不好）喝口涼水都塞牙
↘	뒤로 물러나다	讓步；後退；退縮
↘	뒤를 노리다	伺機挑毛病
↘	뒤를 캐다	跟蹤；暗查
↘	등에 업다	仰仗；依靠
↘	등(을) 돌리다	背叛
↘	딱 꼬집다	指出缺點；正中要害；直截了當
↘	땀(을) 빼다	費盡心思；吃了苦頭
↘	땡땡이 치다	逃課
↘	떠오르는 별	後起之秀；新星
↘	떡 본 김에 제사 지낸다	得到所要的東西；有好機會就善加利用
↘	떡 줄 사람은 생각도 하지 않는데 김칫국부터 마신다 魚未捕到就忙著煎魚；八字都還沒一撇	
↘	떡을 치다	足夠了
↘	떼 놓은 당상이다	十拿九穩；胸有成竹；很有把握
↘	똥오줌을 못 가리다	不辨是非；不分青紅皂白

ㅁ

↘	마른침을 삼키다	焦躁不安

↘	마음에 두다	放在心上
↘	마음에 못을 박다	往傷口撒鹽；比喻非常痛心
↘	마음은 굴뚝 같다	迫切、極度想做某事；殷切期盼
↘	마음(을) 놓다	放心
↘	마음(을) 쓰다	費神；擔心
↘	마음(을) 잡다	下定決心；心收回來
↘	마음이 가볍다	安心；心情舒暢；無事一身輕
↘	마음이 무겁다	心情沉重
↘	막상막하(莫上莫下)	難分高下；不分伯仲
↘	만물박사(萬物博士)	八面玲瓏；學識淵博；萬事通；活字典
↘	만사태평 (萬事太平)	萬事大吉；萬事太平
↘	만원이다	客滿；人滿為患
↘	말꼬리(를) 잡다	挑別人說話的缺點；挑人語病
↘	말에 가시가 있다	話中帶刺；話中有話
↘	말을 놓다	說非敬語；出言不遜
↘	말(을) 삼키다	欲言又止
↘	말(을) 맞추다	對口供；統一口徑
↘	말이야 바른말대로 말이지	說實話
↘	말주변이 없다	嘴笨；不健談；木訥；口拙
↘	맛(을) 들이다	喜歡；感興趣
↘	맛이 가다	變質了；精神或性格變差
↘	맥(을) 못 추다	使不上勁；無法出力

맥(이) 빠지다	沒有力氣；筋疲力盡
맥주병이다.	啤酒瓶；旱鴨子
머리(를) 긁다	撓頭；搔頭（因為不安或害羞，不知如何是好時，按撫情緒的動作）
머리(를) 쓰다	用腦子；用心思索
먼 친척보다 가까운 이웃이 더 낫다	遠親不如近鄰
면목(이) 없다	無顏；沒臉見人
명함도 못 내민다(못 들이다)	連名片不好拿出來；無名之輩
목석 같다	像木石一樣；呆若木雞
목에 힘을 주다	脖子上用力；趾高氣揚；傲慢
목구멍에 풀칠하다	勉強糊口
목숨이 왔다 갔다 하다	生命垂危；非常危險；生死關頭
목에 힘을 주다	趾高氣昂；傲慢；盛氣凌人
목이 빠지게 기다리다	焦急等待；望眼欲穿
몸을 꼬다	扭捏
몸을 던지다	投身於
몸에 배다.	熟練；熟悉
몸(이) 달다	著急；坐立不安
못을 박다	板上釘釘子；傷人心；確定
무릎(을) 꿇다	屈膝；投降；屈服
물 건너가다	無緣於
물로 보다	小看

몸만 오세요	只要人來就行了
물에 빠진 생쥐	落湯雞
믿는 도끼에 발등 찍히다	狗咬呂洞賓；最常用的斧頭最容易砍到腳後跟
밑도 끝도 없다	沒頭沒尾；前言不搭後語
밑지는 장사	虧本生意；做吃虧的事

ㅂ

바닥을 비우다	見底
바람(을) 넣다	鼓動；煽風點火；慫恿；打氣
바람(을) 맞다	被放鴿子了；被爽約
바람(을) 피우다	有外遇；風流；劈腿
바늘 도둑이 소 도둑 된다	小時偷針，大時偷金（小時候犯錯，若大人沒有即時管教，長大後就容易是非不分）
바늘 방석에 앉은 것 같다	如坐針氈
바람(을) 쐬다	兜風；透透風
발(을) 구르다	跺腳；心急
발(을) 끊다	不來往；切斷關係
발(을) 뻗고 거다	放心睡
발로 뛰다	努力工作
발등(을) 찍히다	遭出賣
발목(을) 잡히다	被束縛；被綁著什麼也做不了；被限制；被逮到弱點
발이 묶이다	腳被捆綁；受困；無法行動
배가 등에 붙다	餓得前胸貼後背

↘ 배꼽(을) 빼다	捧腹大笑
↘ 배꼽(을) 잡다	笑破肚皮
↘ 배(를) 두드리다	生活安逸；生活富足無憂
↘ 배보다 배꼽이 더 크다	肚臍比肚子還大；喧賓奪主
↘ 배부른 소리(를) 하다	吃飽了撐得慌
↘ 백 번 듣는 것보다 한 번 보는 것이 낫다	百聞不如一見
↘ 백수/백조	閒逛的人；無業遊民
↘ 백지 한 장의 차이	一步之遙；非常小的差異
↘ 뱃가죽이 등에 붙다	餓得前胸貼後背
↘ 베일에 가리다	蒙上面紗
↘ 벼락(을) 맞다	遭雷劈；遭天譴
↘ 벼락 맞을 소리	會遭雷劈的話
↘ 불똥이 튀다	引火焚身；殃及；禍及
↘ 불행 중 다행	不幸中的大幸
↘ 붓을 들다	提筆寫作；開始寫作
↘ 법 없이 살다	守法公民
↘ 법 없이도 살 사람이다	有法律沒法律都非常自覺的人
↘ 병나발(을) 불다	整瓶倒過來喝
↘ 보기 좋은 떡이 먹기에도 좋다	看起來有食欲，吃起來也香
↘ 보따리(를) 싸다	捲鋪蓋走人；不做了
↘ 복덩이	福星
↘ 복장(이) 터지다	氣炸了；極為不爽

↘ 본전도 못 찾다	本錢都沒撈回來；連老本都虧掉
↘ 볼을 적시다	潸然淚下；流淚
↘ 봄(을) 타다	心裡不安穩；春病（春季的體弱無食欲）
↘ 봉(을) 잡다	撿到寶貝（鳳）了
↘ 부정(을) 타다	不吉利；倒大霉
↘ 불똥(이) 튀다	引火焚身；飛禍；殃及
↘ 비위(가) 좋다	腸胃好，脾氣好
↘ 뺨치다.	打耳光；和…相提並論
↘ 뼈가 휘도록	骨頭彎了（鞠躬盡瘁）；累得骨頭都彎了。
↘ 뼈를 깎다[갈다]	懸梁刺股；極盡艱苦
↘ 뼈만 남다	只剩骨頭（皮包骨）；骨瘦如柴

ㅅ

↘ 사람(을) 잡다	冤枉人；害人；迷惑人
↘ 사람(이) 되다	做人；成為真正的人
↘ 사서 고생(을) 하다	自找苦吃
↘ 사시나무 떨듯	像白楊樹一樣發抖（瑟瑟發抖）；渾身顫抖
↘ 사족(을) 못 쓰다	喜歡或高興的僵住了
↘ 사흘이 멀다 하고	三天兩頭
↘ 산통이 깨지다	添亂；攪和
↘ 살(을) 붙이다	加工潤色；添油加醋；充實內容
↘ 살을 붙이고 살다	在……生活；安家
↘ 새 발의 피	微不足道；小菜一碟；極少

↘ 새빨간 거짓말	明顯的謊話；彌天大謊；睜著眼說瞎話
↘ 색안경을 쓰고 보다	戴有色眼鏡看人；對人有成見；不客觀
↘ 생사람(을) 잡다	冤枉人；陷害無辜
↘ 서쪽에서 해가 뜨다	太陽打西邊出來了；極稀奇；絕不可能
↘ 선수(를) 쓰다	先下手為強
↘ 성(에)[성(이)] 차다	滿足；盡興
↘ 세 살 버릇 여든까지 간다	江山易改，本性難移
↘ 세상을 뜨다	離開人世
↘ 소 잃고 외양간 고친다	亡羊補牢
↘ 소리 소문도 없이	悄無聲息；神不知鬼不覺
↘ 소리를 죽이다	悄悄的；放低聲音；極小聲地說
↘ 소매를 걷다	全力以赴；準備開始做
↘ 속(을) 긁다	倒胃口；惹人厭惡；令人作嘔
↘ 속(을) 썩이다	傷心；傷別人心；苦惱；憂心
↘ 속이 시커멓다	心是黑的；沒有良心；居心叵測
↘ 속(이) 타다	憂心焦慮；心急如焚
↘ 속이 터지다	氣得肺都要炸了
↘ 손(에) 익다	順手；拿手；得心應手
↘ 손가락 안에 꼽히다	屈指可數；甚少
↘ 손가락 하나 까딱 않다	一個手指頭都不伸；動都不動一下
↘ 손가락 하나도 움직이지 못하다	一動也不能動
↘ 손가락질(을) 받다	被人指指點點；被指責；被批評

↘	손길을 뻗치다	伸出……之手；伸手介入；侵入
↘	손꼽아 기다리다	掰著手指頭盼；拭目以待
↘	손바닥(을) 뒤집듯 하다	說變就變；馬上變臉
↘	손발이 닳도록 빌다	苦苦求饒
↘	손발이 맞다	手腳一致；齊心協力；合作無間
↘	손아귀에 넣다	落入……手心；在……掌握之中
↘	손에 물 한 방울 묻히지 않고 살다	兩手不沾陽春水；茶來伸手，飯來張口
↘	손을 들다	舉手投降
↘	손이 가다	費工夫；插手辦事
↘	손(이) 거칠다	手不老實；手腳不乾淨
↘	손이 닿다	力所能及；搆得著
↘	손(이) 맵다	手藝好；出手重
↘	손(이) 작다	小氣
↘	손이 크다	大手大腳；出手大方；手段多
↘	쇠귀에 경 읽기	對牛彈琴；亂彈琴
↘	수(가) 좋다	有辦法
↘	수작(을) 걸다	耍手段；應酬
↘	숨 돌릴 사이도 없다	連喘氣的時間都沒有
↘	숨(을) 돌리다	喘口氣
↘	숨이 턱에 닿다	氣喘吁吁；喘不過氣
↘	시간 가는 줄 모르다	不知不覺時間就過去了
↘	시기상조 (時機尚早)	為時尚早

↘ 시장이 반찬	餓了吃什麼都香；饑不擇食
↘ 식은 죽 먹듯	家常便飯；易如反掌
↘ 신경(을) 쓰다	費心
↘ 신물(이) 나다	令人作嘔；膩了
↘ 신주 모시듯	倍加關愛；呵護有加；小心謹慎；盡心盡力
↘ 심술(을) 놀다[놓다]	使壞；耍心眼；搗蛋；搞鬼
↘ 심장에 파고들다	銘記於心；刻苦銘心
↘ 쓴잔을 들다[마시다/맛보다]	吃苦頭
↘ 쓸개(가) 빠지다	無視；六神無主；無腦袋

○

↘ 아니나 다를까[다르랴]	果不其然；不出所料
↘ 아쉬운 소리	求情；請求或求助的話
↘ 아쉬운 소리(를) 하다	說可憐的話
↘ 안면(을) 바꾸다	翻臉不認人；假裝不認人
↘ 안색을 살피다	察言觀色
↘ 앓느니 죽지	受不了
↘ 앓던 이가 빠진 것 같다	如釋重負；心病去除
↘ 앞뒤가 맞다	有邏輯；條理清晰
↘ 애간장(을) 태우다	心急如焚；焦急
↘ 애(를) 먹다	吃苦；受罪
↘ 애(를) 쓰다	上心；費心費力
↘ 애가 타다	著急；焦心急慮；心急如焚

↘	어깨를 겨누다[겨루다]	不相上下；實力相當；並駕其驅
↘	어깨에 걸머지다	肩負重擔
↘	어깨에 힘(을) 주다	趾高氣揚；傲慢
↘	어느 세월[천 년]에	不知要等到何年何月
↘	어려운 걸음(을) 하다	撥冗而至；難得走一趟
↘	얼굴만 쳐다보다	面面相覷
↘	얼굴에 그늘이 지다	愁容滿面
↘	얼굴에 먹칠(을) 하다	給臉上抹黑
↘	얼굴을 내밀다	出頭露臉；露面
↘	얼굴이 두껍다	臉皮厚
↘	얼굴이 뜨겁다	臉發熱；漲紅了臉；丟臉
↘	얼굴이 반쪽이 되다	臉瘦了一大半；形容人瘦了一大半
↘	얼굴이 피다	臉色好看；紅光滿面；容光煥發
↘	얼어 죽을	該死的；不恰當的
↘	얼(이) 나가다	失神；發愣
↘	업어 가도 모르다	讓人背走了都不知道；睡得不醒人事
↘	엎질러진 물	覆水難收；生米煮成熟飯
↘	여간(이) 아니다	不同尋常；非同小可
↘	여우같다	像狐狸一樣；狐狸精
↘	열에 아홉	十之八九
↘	열(이) 식다	降溫；沒有熱情；熱情退卻
↘	염치(가) 좋다	不知廉恥

열풍이 불다	盛行；流行
오장(을) 긁다	傷人心
옷걸이가 좋다	天生就是衣架子；身材好
옷이 날개다	人靠衣裝馬靠鞍；人要衣裝，佛要金裝
욕을 벌다	自找挨罵；找罵
울음을 삼키다[깨물다]	忍住不哭；抑住不哭
웃는 얼굴에 침 못 뱉는다	拳頭不打笑臉；伸手不打笑臉人
원숭이도 나무에서 떨어질 때가 있다 智者千慮，必有一失；聰明一世，糊塗一時；人有失常，馬有亂蹄	
웬 떡이냐	天上掉餡餅；飛來橫財；飛來之福
이를 악물다[깨물다/물다/사리물다]	咬緊牙關
이름(을) 날리다[떨치다]	揚名；出名；成名
인심(을) 쓰다	討好
인심(을) 잃다	失去人心
일손이 잡히다	事情上手；有心思做事
임자(를) 만나다	遇到伯樂；遇到對手
입맛(을) 다시다	眼饞；垂涎三尺
입에 달고 다니다	總掛在嘴邊
입에 맞다	合口味；正合所好
입에 침도 바르지 않다	嘴上的唾沫都沒擦乾淨；臉不紅心不跳，睜眼說瞎話
입(을) 놀리다	隨便亂說話；耍嘴皮
입(을) 다물다	閉嘴；封口；不說

↘ 입(을) 씻다[닦다]	侵佔利益後加以掩飾
↘ 입이 고급이다	嘴刁；嘴尖
↘ 입이 귀밑까지 찢어지다[이르다]	高興得合不攏嘴
↘ 입이 닳도록[닳게]	嘴都磨破了；大費唇舌
↘ 잉꼬 부부	比翼鳥，連理枝

ㅈ

↘ 자리를 뜨다	轉移位置；起身離開位置
↘ 자리(를) 잡다	占位置；定居；取得立足點
↘ 재미(를) 붙이다	感興趣；上癮
↘ 정신(을) 차리다	打起精神
↘ 정신(이) 나가다	精神失常
↘ 정신(이) 팔리다	精神不集中；著迷；入迷
↘ 제 눈에 안경	情人眼裡出西施；蘿蔔白菜各有所愛
↘ 제 집 드나들듯	隨意進出
↘ 종지부를 찍다	結束；畫上句號；終結
↘ 주머니(를) 털다	傾其所有；搶奪
↘ 주먹이 오고 가다	動手打架
↘ 죽 끓듯 하다	變幻無常；反覆不定
↘ 죽기보다 싫다	討厭至極；極其討厭
↘ 죽도 밥도 안 되다	怎麼弄也不行
↘ 죽이 맞다	相似；非常相同
↘ 쥐뿔도 모르다	一無所知；一竅不通

↘ 진(을) 치다	擺好陣勢
↘ 짚신도 짝이 있다	草鞋也會成雙；每個人都有自己的伴

六

↘ 첫발을 내디디다	邁出第一步；剛開始起步
↘ 치(를) 떨다	咬牙切齒；痛恨
↘ 침(을) 뱉다	吐口水
↘ 침이 마르다	口乾舌燥；不厭其煩
↘ 칼로 물 베기	夫妻沒有隔夜仇；不記仇；狗咬狗，一嘴毛
↘ 코가 납작해지다	威信掃地；沒有自信；羞恥；沒面子
↘ 코가 높다	自命不凡；自視甚高
↘ 코가 땅에 닿다	90度大鞠躬；五體投地
↘ 코가 비뚤어지게[비뚤어지도록]	一醉方休；酩酊大醉；爛醉
↘ 코끝도 안 보인다.	見不到面；不露面；沒消息；看不到人影
↘ 코웃음(을) 치다	嗤之以鼻
↘ 콧대를 세우다	耀武揚威；趾高氣揚；高傲
↘ 콩나물 시루 같다	像豆芽菜一樣，密密麻麻；人頭攢動；人山人海

ㅍ

↘ 파리 목숨	命如草芥；微不足道的命
↘ 팔짱(을) 끼고 보다	隔岸觀火；袖手旁觀
↘ 폼(을) 잡다	擺架勢；裝腔作勢
↘ 풀(이) 죽다	萎靡不振；無精打采；垂頭喪氣

↘ 피가 거꾸로 솟다	血液倒流；極為衝動
↘ 피(가) 끓다	熱血沸騰；血氣方剛
↘ 피땀(을) 흘리다	流血流汗；辛苦地努力；花心血
↘ 필름이 끊기다	膠捲斷了；不省人事
↘ 핏대(가) 서다	青筋暴起；激動生氣
↘ 핏대(를) 세우다[올리다]	面紅耳赤；生氣激動；臉紅脖子粗

ㅎ

↘ 하늘에 닿다	碰著天了；比天高
↘ 하늘이 노랗다	天旋地轉；焦慮傷心至精疲力竭
↘ 하루가 멀다고[멀다 하고]	三天兩頭；經常
↘ 한 눈을 팔다	東張西望
↘ 한 치 앞을 못 보다	鼠目寸光；無法預見；見識淺短
↘ 한가락 뽑다	唱一曲；露一手
↘ 한물 가다	過了旺季；人老珠黃
↘ 한숨(을) 돌리다	鬆一口氣
↘ 한시가 급하다	非常急切
↘ 해가 떨어지다	太陽下山了
↘ 허를 찌르다	擊中要害；出其不意
↘ 허리띠를 졸라매다	勒緊褲腰帶；忍受飢餓
↘ 허파에 바람 들다	無緣無故的；無故的愛笑
↘ 허풍이 세다	虛張聲勢
↘ 헌신짝 버리듯	像丟舊鞋一樣；棄之如蔽屣

혀(가) 꼬부라지다	說話不清；口齒不清
혀를 차다	咂舌（不滿、不快或遺憾時的表現）
혈안이 되다	拼命；瘋狂
화가 머리끝까지 나다[치밀다]	火冒三丈；怒氣衝天
화살을 돌리다	掉轉矛頭；倒戈；轉移攻擊目標
활개(를) 치다	得意洋洋；意氣風發
힘을 기르다	養精蓄銳
힘을 빌리다	借助別人的力量
힘을 얻다	受到鼓舞

筆記

筆記

TOPIK

筆記

國家圖書館出版品預行編目資料

TOPIK韓語測驗：中級單字／陳艷平、張新
杰主編. ――版. ――臺北市：文字復興，
2012.07
　　面；　公分. ――（TOPIK：2）
　ISBN 978-957-11-6681-0（平裝）
　1.韓語　2.詞彙　3.能力測驗
803.289　　　　　　　　　101008070

WAll TOPIK:02

TOPIK韓語測驗～中級單字

發 行 人 ― 楊榮川

總 編 輯 ― 王翠華

主　　編 ― 陳艷平　張新杰

封面設計 ― 吳佳臻

出 版 者 ― 文字復興有限公司

原出版者 ― 北京大學出版社有限公司

地　　址：106台北市大安區和平東路二段339號4樓

電　　話：(02)2705-5066　　傳　　真：(02)2706-6100

網　　址：http://www.wunan.com.tw

電子郵件：wunan@wunan.com.tw

劃撥帳號：19628053

戶　　名：文字復興有限公司

台中市駐區辦公室/台中市中區中山路6號

電　　話：(04)2223-0891　　傳　　真：(04)2223-3549

高雄市駐區辦公室/高雄市新興區中山一路290號

電　　話：(07)2358-702　　傳　　真：(07)2350-236

法律顧問　元貞聯合法律事務所　張澤平律師

出版日期　2012年7月一版一刷

定　　價　新臺幣320元

本書原由北京大學出版社有限公司以書名《韓語
詞彙掌中寶　中級》出版，經由原出版者授權本
公司在台灣地區出版發行本書繁體字版。